ハヤカワ・ミステリ文庫

〈HM511-1〉

厳冬之棺

孫 沁文

阿井幸作訳

早川書房

8985

凛冬之棺
by
孙沁文

Translated by
Kosaku Ai
First published 2023 in Japan by
HAYAKAWA PUBLISHING, INC.
This book is published in Japan by
direct arrangement with
NEW STAR PRESS CO., LTD.

目次

登場人物（系図）

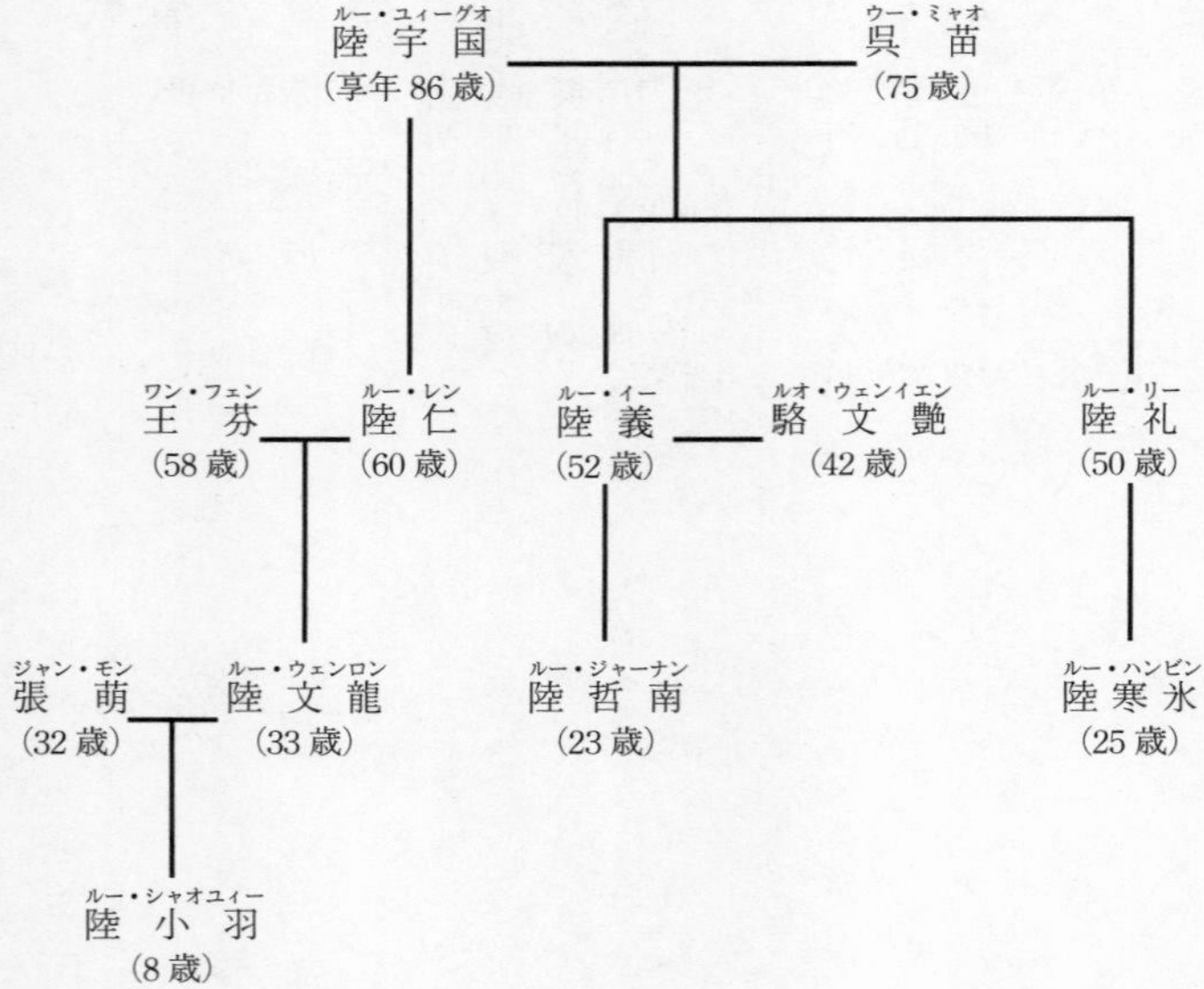
陸宇国《ルー・ユィーグオ》
（享年86歳）
呉苗《ウー・ミャオ》
（75歳）
王芬《ワン・フェン》
（58歳）
陸仁《ルー・レン》
（60歳）
陸義《ルー・イー》
（52歳）
駱文艶《ルオ・ウェンイエン》
（42歳）
陸礼《ルー・リー》
（50歳）
張萌《ジャン・モン》
（32歳）
陸文龍《ルー・ウェンロン》
（33歳）
陸哲南《ルー・ジャーナン》
（23歳）
陸寒氷《ルー・ハンビン》
（25歳）
陸小羽《ルー・シャオユィー》
（8歳）

その他の登場人物

季忠李《ジー・ジョンリー》（55歳）…………………陸《ルー》家執事
劉彦虹《リィウ・イエンホン》（26歳）……………陸家メイド
范小晴《ファン・シャオチン》（28歳）……………陸家メイド

葉舞《イエ・ウー》（26歳）……………………陸家入居者。心理学修士課程
鐘可《ジョン・クゥ》（21歳）……………………陸家入居者。声優

梁良《リャン・リャン》（31歳）…………………刑事。青浦区第二刑事連隊副隊長
冷璇《ロン・シュエン》（25歳）…………………見習い女性警官

楊森《ヤン・セン》（30歳）……………………漫画編集者。《死線《スーシエン》》編集長
方慕影《ファン・ムーイン》（21歳）………………漫画編集者。少女漫画担当

安縝《アン・ジェン》（33歳）……………………漫画家

陸家平面図

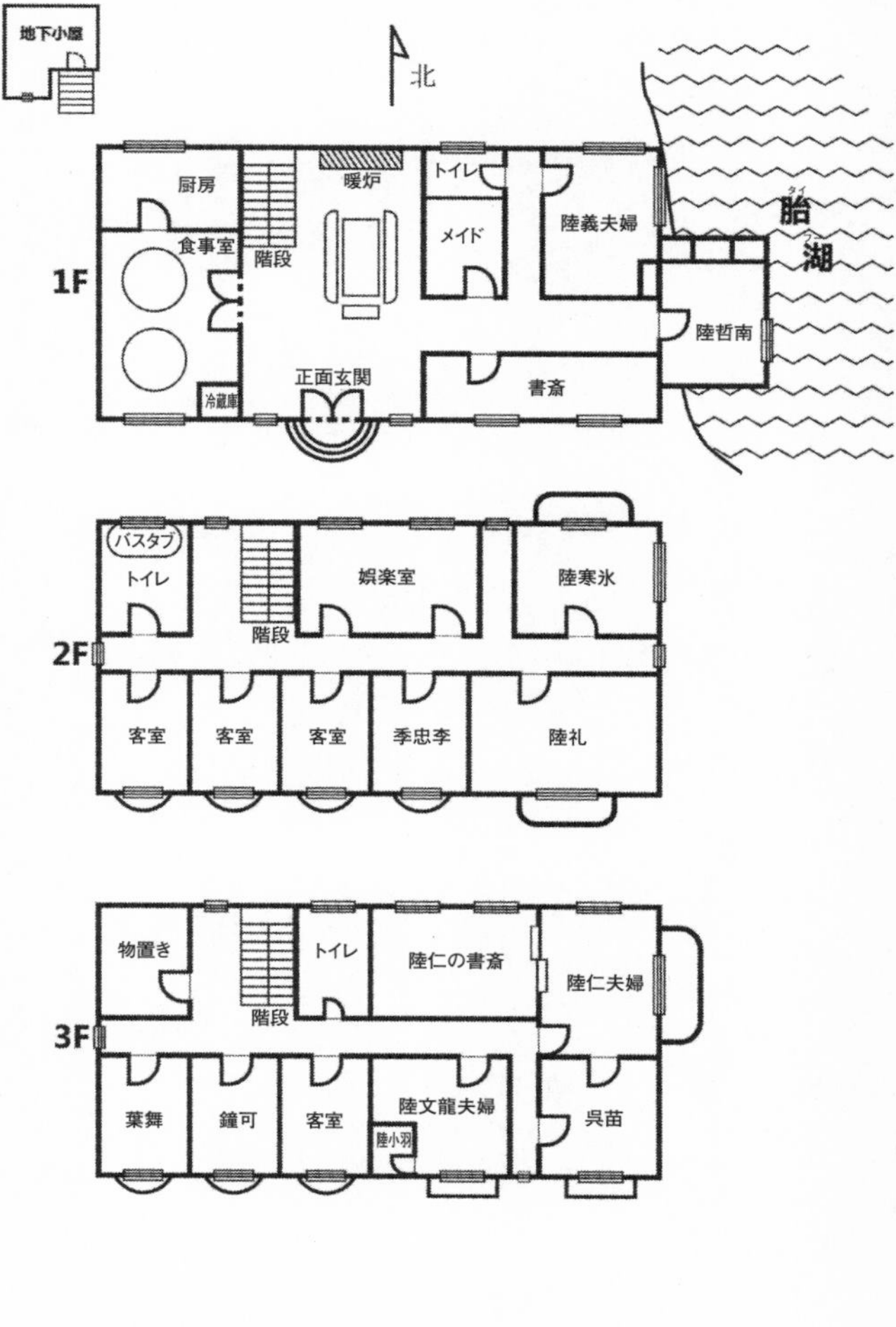

地下小屋
北
1F
厨房
階段
暖炉
トイレ
陸義夫婦
胎《タイ》
湖《フー》
食事室
メイド
陸哲南
正面玄関
書斎
冷蔵庫
2F
バスタブ
トイレ
階段
娯楽室
陸寒氷
客室
客室
客室
季忠李
陸礼
3F
物置き
階段
トイレ
陸仁の書斎
陸仁夫婦
葉舞
鐘可
客室
陸文龍夫婦
陸小羽
呉苗

厳冬之棺

序　章

1

満月が青白い光を夜空に照らし、月光が鏡のような湖面に逆さまに映り込み、周囲の暗闇の濃さをいっそう引き立たせている。

夜の帳《とばり》のなか、薄靄《うすもや》のなかを足早に進むひとつの影がある。化け物じみた姿をしていて、真っ青な顔にはなんの表情も浮かんでおらず、長く乱れた髪が両頰を覆っている。ざんばら髪を振り乱した女幽霊が闇夜を突き進んでいるかのごとき異様な光景だ。

人影は何かを抱えているらしく、それが彼女の胸元で絶えず脈動しているのが不気味に映る。

ひどくぬかるんだ地面を踏みつけているので、人影が履いている黒い布靴はもう泥まみれだというのに、彼女の足取りがそれで重くなることはない。しばらくすると人影は、しきりに息を切らし、湖の岸辺で足を止めた。うつむく彼女は氷のような視線を同じように冷たい湖にまっすぐ向けている。すると人影は足を上げ、岸辺の石ころをいくつか湖に蹴飛ばした。幾重にもさざ波を寄せる湖の深さを調べているように。

人影が胸元にある何かに一瞬目を向けると、それはまだ懸命にもがいているようだった……

次の瞬間、泣き声が闇夜の静寂を切り裂いた。茫洋《ぼうよう》としたこの場所ではことさらよく響いた。

その恨みと悲しみのこもった泣き声は、その人影の胸元から聞こえる。

人影が抱いているのは、女児の赤ん坊だった。

人影は布に包まれた赤ん坊を食い入るように見つめた。赤ん坊は自分が生まれてからの運命をとっくに悟っているかのように、泣き続けている。しかし泣き声は寒々しい闇夜に吸い込まれ、気持ちを動かされる者はいない。

人影は腕を伸ばし、赤ん坊を両手の上で仰向けにした。そして枯れ木のような両腕がたちまち開かれると、赤ん坊は湖に落下した。一連の動きにためらいはかけらもなかった。

すぐにぽちゃんという音がし、赤ん坊の体はみるみるうちに水底に沈んだ。一部始終を見届けた人影の眼差しには、憐れみの情など微塵もない。泣き声はその途端にやんだが、湖の奥底からかすかに伝わってくるようだった。

人影はその場に長く留まらなかった。水面《みなも》が再び静かになると、彼女は背を向けて岸辺から離れ、何も起きていないかのように、後ろにある屋敷へゆっくりと入っていった。

2

夏の夜更けはただでさえ毎晩蒸《む》し暑く寝苦しいのに、部屋のエアコンが何年も故障中とあって、少年のランニングシャツは汗ですっかりびしょ濡《ぬ》れだ。少年は「ふんっ」と声を漏らし、ゴザの上で寝返りを打つも、いまだにベストな寝る姿勢が見つけられないでいた。耳元で羽音を立てる数匹の蚊がいっそう苛立たせた。

少年は額《ひたい》の汗をぬぐい、起きることにした。ため息をついてベッドに座ると、暗闇のなか、床に置いたスリッパを両足で探した。ベッドスタンドを点《つ》けると、壁時計は深夜二時を指していた。少年は足音を立てないように自分の部屋から出た。すでに熟睡している両親にバレないように、玄関で靴に履き替えると家を抜け出した。寝つけない深夜にこっそり遊びに出かけることは、少年にとって初めてのことではない。内気な少年はこのような人気《ひとけ》のない深夜を心ゆくまで楽しんだ。体をなでるそよ風に心地よさを覚え、周りから絶え間なく聞こえる虫の声に耳を傾けながら、夜の裏通りを目的もなく気ままに一人で徘徊《はいかい》する。

少年は深夜の別の顔とスリルが好きで、物陰に潜む怪物が自分をうかがっているといつも妄想していた。こうした緊迫感あふれる雰囲気のなか、少年はミステリアスな妄想の世界に耽《ふけ》った。先の見えない夜の裏通りは、少年にとって絶好の遊び場だ。

路地を曲がった少年の視界に白い光がちらついた。少年は振り向いてその光の出どころを探した。かすかな白い光が漏れているのは、すぐ近くの古びた窓ガラスからだった。

こんな夜更けに自分のほかにまだ起きている人がいるのか？

好奇心に駆られた少年は息を殺して窓の前に立った。ここは近所に住む賈《ジア》おばさんの家じゃないか、と彼はおぼろげに思い出した。

賈おばさんは声の大きな中年女性だ。ケチでみみっちく、話に首を突っ込むのが好きで、いつも周囲と揉め事を起こしている。ほとんどのご近所トラブルの背後に、花柄の服が好きなこのおばさんの影がある。一人暮らししている賈おばさんに家族がいるのか分からないし、寂《さび》しさをまぎらわすため、いつも人と揉め事を起こすのだと分析する人もいる。

その賈おばさんが深夜に何をやっているんだ？

少年は室内の様子を想像しながら背伸びした。彼の視線が窓ガラスを透過したとき、見えたものは彼が頭に思い描いた刺激的なシーンではなかった。

室内には電気スタンドが点いていた。弱々しい灯《あか》りの下で何者かがソファーに腰かけ、窓に対して体を斜めにして、頭には大きめの帽子をかぶっているようだった。少年にはその人物の顔も見えないどころか、髪型も判断できず、わずかに傾けた上半身から細身だということぐらいしか分からなかった。それ以外は男か女かも判別不能だ。だがその人物が賈おばさんとは絶対に別人だということだけは断定できた。

その人影は鉛筆を握り、スケッチブックに何かを描いていた。鉛筆の先が紙を走るシャッシャッという音が少年の耳に聞こえてくるようだった。

真夜中にこの人物はなぜ賈おばさんの家で絵を描いているのか？　賈おばさんといったいどんな関係なんだ？　一連の疑問が頭をよぎり、少年は目を凝《こ》らして観察を続けることにした。彼の視線は人影が手にしている画用紙に注がれた。何を描いているのか？　よく見える目で少年は謎の人物の作品をにらんだ。

画用紙には、おそらく一人の、仰向けに寝る人物が描かれていた。人影が握るスケッチ用鉛筆は、絵の人物の表情を描いているところだ。ひと描きごとによどみがない。遠目から見れば、一心不乱に絵画に打ち込むその人影は、寝食を忘れて没頭する芸術家だ。

作品の完成が徐々に近づくなか、少年はその一部始終を目撃した。深夜、一人の少年が窓の前にへばりつき、室内にいる見知らぬ人間が絵を描くさまを食い入るように凝視している。これほど奇妙な光景があるだろうか？　その絵は魔力を帯びているように少年の視線を釘づけにし、長いあいだ目を捉えて離さない。ところが人影が絵に最後の筆を入れると、少年はようやくその絵のなかにいるのがほかでもない賈おばさんだと気づいた。

だが絵のなかの賈おばさんの表情はいつもと違い、極度に歪《ゆが》んでいた。しかし身なりやトレードマークの花柄模様の服から見て、賈おばさんであることは間違いない。

少年が疑問に思ったそのとき、人影は立ち上がると電気スタンドの位置を少し動かして、壁側の化粧鏡の前に光を集中させた。

少年は息を呑んだ。

ライトに照らされて現われた物体に、少年は体を硬直させた。それは床に仰向けになっている賈おばさんだったが、彼女の姿勢と表情は絵そっくりで、顔は怪物の爪で鷲《わし》づかみにされたように歪んでいる。微弱なライトの下にいる賈おばさんの顔は異常なほど青ざめていて、明らかに生気を失っている。

人影はさっきまでずっと賈おばさんの死体をスケッチしていたのだ。

人影は死体の前で足を止めると、こともなげにその自信作をスケッチブックから剝がし、死体の上に落とした。少年は悲鳴をこらえ、逃げるように家まで飛んで帰ると、布団にくるまって大汗をかこうが出てこようとはしなかった。

翌日、路地の入り口が何台ものパトカーでふさがれた。賈おばさんの死体が運び出された。死因は絞殺だった。警察が死体の上に見つけた素描画には、賈おばさんの死体が描かれていた。しかも絵のなかの死体と現場の遺体の姿は完全に一致していた。さらに警察が頭を抱えたのは、賈おばさんの死体発見現場はなかから戸締まりがされていた密室だったことだ。犯人は犯行後にどうやって消えたのだろうか？

その後、事件がマスコミによって大々的に報道され、犯人は物好きな連中から、〝死のクロッキー画家〟というあだ名をつけられた。

第一章　水密室

1

陸《ルー》家長子の陸仁《ルー・レン》が消えて三日になる。

都市部の喧騒《けんそう》から遠く離れた屋敷の住人の誰もが、陸仁が見つからないことにかなり気をもんでいた。携帯電話もつながらなければ、部屋には出かけた形跡もない。なんの前触れもない失踪が、陸家に尋常ならざる雰囲気を漂わせていた。そして数日後に、陸家当主の呉苗《ウー・ミャオ》が七十五歳の誕生日を迎える。祝宴に関するすべては陸仁が一人で取り仕切っていたのに、その彼が見つからないままだと、パーティーも滞《とどこお》りなく進まないかもしれない。

連日の大雨がぽつんと建つ陸家の屋敷を洗い流し続け、屋敷の横にある風光明媚《めいび》な湖の湖面も徐々に上昇し、いまにもあふれ出しそうだ。こんな天気に陸仁はどこに行ったというのか？

陸仁の失踪でもっとも心穏やかでないのが妻の王　芬《ワン・フェン》だ。結婚してから、夫が自分に一言《ひとこと》もなく何日も家を空けることなどなかった。王芬は気が気でなく胸騒ぎがしていた。しかしそばにいる王芬と陸仁の息子の陸　文　龍《ルー・ウェンロン》はことさらに落ち着いていた。三十三歳の陸文龍は若手の外科医であり、冷静さは彼の職業病なのかもしれない。陸文龍は、ソファーで動揺する母親をずっと慰めている。

昼を過ぎるとようやく雨がやみ、ひと筋の陽光が徐々に雲間から差し込んだ。雨が上がったあとの空気はとりわけ新鮮で、ずっと家にこもっていた陸　小　羽《ルー・シャオユィー》はたまらず外へ遊びにいった。陸小羽は現在の陸家で唯一の子どもで、まだ八歳だ。陸文龍の息子であり、陸仁の孫にあたる。祖父の失踪に対し、この無邪気な子どもはなんの違和感も覚えておらず、まったく関心がない態度を見せている。この年齢の子どもにとっては、遊ぶことが何より大切なのだ。

陸小羽は王芬と陸文龍の言いつけを守らず、楽しそうな笑い声を上げながら屋敷の外を駆けまわる。ほどなくして自分が遊ぶテリトリーを拡大し始めた。落ちている木の枝を拾うと、空気を切り裂きながら屋敷の裏側に飛んでいった。

屋敷裏の庭に近い場所には独立した半地下の貯蔵室がある。〝半地下〟の由縁は、その小屋の三分の二が地下に埋まり、三分の一が地上に出ているからだ。つまり貯蔵室の上の一部が地面から出っ張っているということで、その出っ張り部分の地面からほど近い場所に二十センチ四方の換気窓が付いている。

陸小羽がその貯蔵室のそばに来たとき、窓は閉まり、ガラスは一面泥水で汚れていた。窓枠のフックに暗褐色の何かが引っかかっている。陸小羽にはそれが干からびた腸詰めに見えた。そのもう片方の先端は地面に渦を巻いているので、一瞬見ただけでは小さな蛇と勘違いしてしまう。

小羽《シャオユイー》はその不思議な物体に釘づけになった。近づき、木の枝で用心深くそれをつついてみたが、何かは判断できなかった。生き物ではないと分かると、小羽は木の枝でそれをフックから持ち上げ、地面に放り投げた。新しいおもちゃを見つけた小羽は持っていた枝を捨てて、地面に落ちた正体不明の紐状の物を代わりに取り上げると、楽しそうに振りまわした。

仕事に忙殺される外科医にとって息子の世話は悩みのタネだ。反抗的でわんぱくなのは子どもの永遠の性《さが》だが、小羽はそんな性を余すことなく発揮しているようだ。体罰でしつけようが懇切丁寧《こんせつていねい》に言い聞かせようが、どちらも子どもの教育にとって最善策ではない。ときどき、陸文龍は小羽が生まれる前に戻って、静かにゆっくり本を読んで日々を過ごしたいとさえ思う。そして妻が第二子を身ごもっていることを思うと、陸文龍は将来に対する自信がますますなくなった。

　少し目を離したすきに小羽がまたどこかに行ってしまった。父親が失踪したまま行方知れずという一大事に、むやみに心労を増やす息子に陸文龍は我慢の限界だった。運動靴に履き替えて屋敷を出ると、まずは息子を連れ戻してじっくり言い聞かせなければと考えた。しかし屋敷の正門を出たとき、小羽が自分で帰ってきた。陸文龍はため息をつき、小羽の名を大声で呼んだ。

　そのとき陸文龍は息子が握っている物に目がいった。真っ黒で、きっととても汚れているに違いない。陸文龍は仕方なさそうに頭《かぶり》を振り、このあと小羽に手洗いをさせないと、と思った。

「小羽、何を持ってるんだ？　汚いだろう！」陸文龍は叱《しか》ると、息子が持っていた紐状の何かを奪った。

　そしてそれを手にした瞬間、陸文龍は言葉を失った。彼は握っている物を見つめ、違和感に気づいた。

「小羽、どこでこれを拾った!?」陸文龍の口調はことのほか厳しかった。

　小羽は父親の剣幕に恐れをなし、大声を上げて泣いた。

医者である陸文龍にははっきり分かった。目の前にある暗褐色の紐状の物が、赤ん坊のへその緒だということを。

2

陸文龍《ルー・ウェンロン》は小羽《シャオユィー》に案内されながら貯蔵室の前までやってきた。貯蔵室の南側、下に続く階段を下りると入り口があり、その扉は貯蔵室の地下部分の三分の二を占めている。

連日の大雨のせいで階段全体が水没していて、にごりきった水が地面の縁いっぱいまでたまって、大きな水たまりになっている。つまりこのとき、貯蔵室の入り口は雨水で完全に水没していて、扉全体が水中にあった。貯蔵室に入るなら、水たまりに潜るしかない。

陸文龍は水たまりに視線を落としながら、どれぐらいの深さか見積もった。目測で、貯蔵室の地上部分は高さ一メートル、地下部分は二メートルぐらいだ。だから水たまりの深さは二メートル程度ということになる。そして階段の幅を含めると、水たまりの体積は小さくない。短時間で水を全部抜くとしたらかなり手間がかかる。

しかしへその緒を目にしたときから、陸文龍は直感で貯蔵室から不穏な気配を感じ取っていた。その不穏な気配と父親の失踪との関係性を、陸文龍はあえて深く考えようとしなかった。いまの彼はこの地下室にすぐにでも飛び込んで、なかがどうなっているのか調べたいという一心だった。

午後、陸文龍は身内に高性能の水中ポンプを用意してもらった。モーターの唸り声とともに水たまりの水面が徐々に下がり、石造りの階段がゆっくり顔を見せた。散々《さんざん》難儀したすえ、びしょ濡《ぬ》れの扉がようやく現われた。

陸文龍は急いで階段を駆け下りると、鍵がかかっていなかったため、入り口の扉を押し開けた。そのとき、彼は自分の嫌な予感が的中したと悟った。

扉からそう遠くない貯蔵室の床に、寝間着姿の陸仁《ルー・レン》が倒れていた。真っ青な顔は薄暗い室内でもひときわ目を引き、焦点の合わない見開いた両目が天井を見つめ、瞳は真っ赤に充血している。開いた口はこの世に何かを訴えかけているように見えるが、もう声を発することはない。

陸仁は死んでいた。しかし、床はほとんど乾いていた。

地下小屋の事件現場簡略図

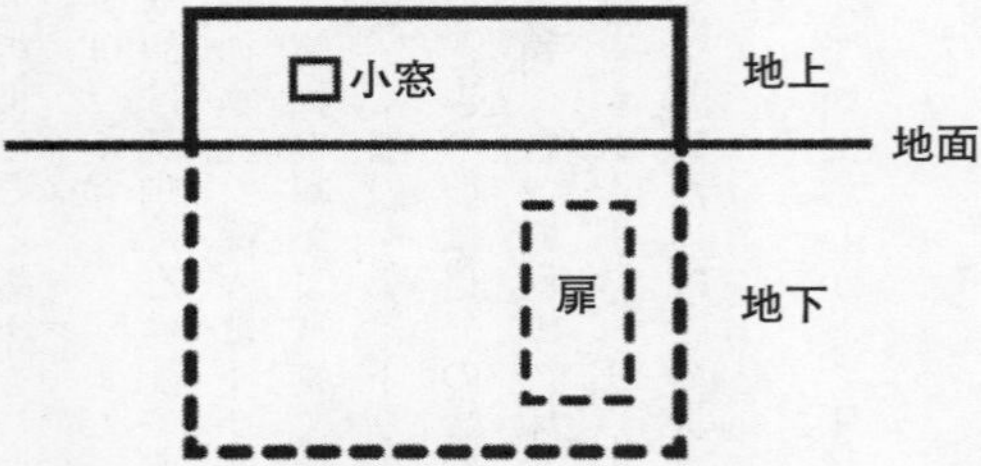

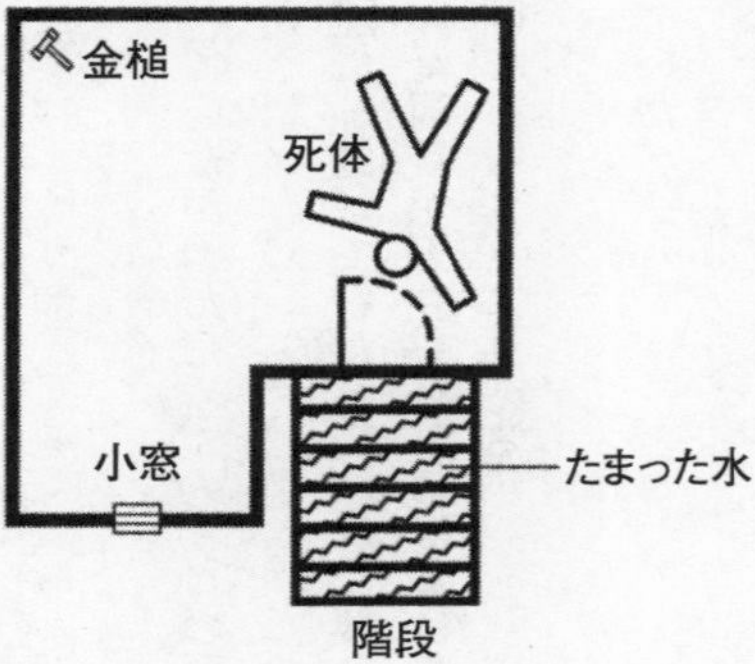

3

青浦区《チンプー》にある古い集合住宅の最上階にある賃貸物件で、一人の男の死体が天井のペンダントライトにぶら下がっている。警察がなかに入ったとき、死後一日以上経っていた。真冬とは言え、湿度の高い環境だから死体はすでに強い異臭を放っていた。

本件を担当するのは青浦区第二刑事連隊副隊長の梁良《リャン・リャン》だ。そして彼とともに初動捜査に訪れたのは、彼の部下で、警察学校を卒業したばかりの見習い女性警官の冷璇《ロン・シュエン》だ。

現場に足を踏み入れるなり、冷璇は鼻をふさいだ。彼女にとって現場で死体を見たのはこれが初めてではないが、この異臭にはまだ慣れることができなかった。

「まだまだだな、冷《ロン》」梁良は冷璇の肩を叩いた。「でもこの仕事をしていれば、こんな場面腐るほど見るから、いつか慣れるさ」

梁良はまだ三十一歳の若い警察官で、年齢こそ冷璇と大差ないものの、体からはその年齢に似合わない老練さと落ち着きがにじみ出ている。梁良は正義感あふれる行動派で、頭もキレるため、わずか数年で数え切れない手柄を立てたほか、重大な刑事事件を何件も解決し、あっという間に副隊長にまで上り詰めた。

梁良は警察隊のなかで男前の部類だ。長くも短くもない髪はいつも梳《す》いてきれいに整え、濃い眉毛の下には力みなぎる両目が輝き、高い鼻にくっきりした輪郭、そして日焼けした肌、見ようによっては日本の俳優の織田裕二にも少し似ている。人づき合いを大切にしているため、公安局内で犯罪捜査以外の専門知識が必要になった場合、関連分野の専門家を招き、初動から事件解決に協力してもらっている。これもすべて彼が普段築き上げた人脈がなせる業《わざ》だ。

梁良は二十平方メートル程度のワンルームの賃貸物件を見渡した。室内はかなり散らかっていて、衣服や靴下、ペットボトルなどが散乱し、床一面に大量の紙が撒き散らされている。梁良は再び顔を上げて宙吊りの死体を観察した。肥満型の男の首に巻かれた麻ひもは、ライトの付け根にくくりつけてある。だが男の足元には踏み台になるような倒れた椅子などはなかった。

「王《ワン》、状況を報告してくれ」梁良は若い警察官に声をかけた。

「はい、梁隊長《リャン》」王はつばを飲み込むと、やや緊張しながら梁良に報告する。「被害者は馮亮《フォン・リャン》という専業作家で、普段は雑誌社に推理小説を投稿してなんとか生計を立てていました。数日前に彼と連絡が取れなくなった大家が今日ここに来て、死体を見つけたそうです」

「推理小説家ねえ……」梁良はあごをさすった。

死体が下ろされると、監察医が細かく調べ上げる。監察医が死体のそでをめくったとき、死体の腕が針穴だらけなことに気づいた梁良はしゃがんでその細かく密集した針穴をつぶさに見た。

「死体はクスリをやっていた可能性がありますね」監察医が判断を下す。それとともに何人かの鑑識官が室内から注射器の針を複数個見つけた。

梁良はうなずき、ドアのそばまで来ると、床に落ちているねじれた留め金を見つけた。

「これはどういうわけだ？」彼は留め金を指差しながら尋ねた。

「ああ、梁隊長、この部屋のドアは内側から鍵がかかっていたんです。一大事と気づいた大家が近所の住民たちと一緒にドアを強引に押し開けて、死体を発見したんです」王はメモ帳を見ながらそのとおりに報告する。

梁良はねじれた留め金を拾い上げてしげしげと見つめた。確かに外的な力の衝撃で壊れたものだ。そして窓の前まで来ると、両開き窓が開いており、室内に吹き込む冷たい風に思わず身震いした。窓の外側には堅固な防犯用の格子が設置されているが、格子は壊れていない。

「密室だ」梁良は室内を見渡し、現場にドアと窓以外に出入り口がないことを確認すると、そのような結論を出した。

4

梁《リャン》　良《リャン》は振り返り、黙り込む冷《ロン》　璇《シュエン》に尋ねる。「冷《ロン》はどう思う？」

「えっと……」冷璇はしばらく逡《しゅん》巡《じゅん》した。警察官の制服を着ているとはいえ、顔にまだあどけなさが残っている。白い肌、くりっとした両目、整った顔立ち、美女が持つ特徴のすべてが冷璇から見て取れた。その端麗な容姿のせいで、警察隊に入ってから大勢の男の同僚から好意を寄せられた。しかしそんなことは気にも留めず、我の強い気性の彼女は、仕事で成果をあげることで仲間から認められたいと思っている。

「わたしは殺人事件だと思います」冷璇は自分の見解を臆せず言った。

「ほう？　その根拠は？」

冷璇は部屋の真ん中に立ち、さっきまで死体がぶら下がっていた天井を指差した。「現場には踏み台のようなものがないじゃないですか。犯人は被害者を殺してから自殺に見せかけようとして、ロープで死体を天井に吊り下げたんだと思います。でも焦っていたせいか、踏み台を用意するのを忘れたまま部屋を出ていったんです」

「自殺に見せかけたのに踏み台を置き忘れたのか？　その犯人もマヌケだな？」梁良はからかった。「それに部屋は内側から鍵がかけられているし、窓も防犯用の鉄柵が設置されている。犯人はどうやって出ていったんだ？」

「それは……わたしには分かりません」冷璇は少し不機嫌そうに聞き返す。「じゃあ梁《リャン》隊長はどうお考えですか？」

「いまのところ、俺の見立てでは自殺だ」梁良は簡潔に結論を述べた。

「自殺ですか？　じゃあ何を踏み台に使ったんですか？　宙に浮いてロープで自分を吊ったとでも言うつもりですか？」冷璇は一番の疑問点を口にした。

梁良はほほ笑むと、床を指差した。「踏み台に使ったものは、目の前にある」

「あっ、そうか！」

「ああ、この散らばった原稿用紙だ」梁良はからくりを解き明かす。「死体は分厚い原稿用紙の束を足元に置いて、即席の足置き台にしたんだ。高く積んだ原稿用紙を足場にし、ライトに結んだロープの輪をかけて首を吊ったんだ。

しかし現場の窓が開けっ放しだった。昨晩は強風が吹いていたから、彼が自殺したあとに外から吹き込んだ風が、積んであった原稿用紙を吹き飛ばしたせいで足置き台が消えて、現場には散乱した紙だけが残ったわけだ」

自分の推理を言い終えると、梁良は床から原稿用紙を適当に数枚拾い上げた。おそらく自殺した男が書いた小説の原稿だろう。

「でも椅子があるのに、どうして原稿用紙を使ったんでしょうか？」冷璇はまた疑問を口にした。

梁良はしばらく考え込み、答えた。「何かのメッセージなのかもしれん……自殺者はもともと作家だったのが、薬物依存で身を落とした人間だ。依存症の突然の発作に襲われたのか、クスリを買う金がなかったのか、悶《もだ》え苦しみながら自分の命を絶つことにした。自分の小説を足置き台にしたのは、これらも自分の人生の一部と見なして、こいつらの力を借りてあっちの世界に旅立つことで、向こうでまた作家としての誇りと信念を取り戻そうとしたのかもな」

梁良の口から初めてそんなセリフを聞いた冷璇は、やや唐突に感じた。しかし一瞬で密室の謎を解き明かした梁良に、彼女は心から敬服した。周りの警察官も羨望の眼差しを次々に向けている。冷璇がまだ警察学校にいた頃に聞いた梁良の噂——尋常ではない怪事件に対処する極意を持っているというのは、ガセではないようだ。

改めて現場にひととおり目をやった梁良はつけ加えた。「自殺という結論をいま下すのもあまりに早計だから、この説を補強する根拠を見つけなきゃいけないがな」彼は王《ワン》に指示を出した。「もう一度現場とこの男のパソコンをよく調べて、遺書が残されていないか確認するんだ。それと散らばっている原稿用紙を積みなおして、この男が首をくれる高さがあるか見て、紙に足紋がついていないか鑑識官に調べさせろ。あと、薬物依存症だと判断するのは、戻って司法解剖してからだ」

すぐに鑑識官が現場から被害者の手書きの遺書を発見し、この作家死亡事件は難なく幕を下ろした。

公安局に戻ってから、監察医によって被害者が長期的に薬物を乱用していたことが判明した。捜査員が現場で見つけた針からは高純度の薬物が検出された。近年市場に広まっている新型ドラッグだ。梁良はこの情報を麻薬取締班の同僚にただちに伝えた。最近この薬物のルートをずっと探っている彼らにとって、有力な手掛かりになるかもしれない。

事件解決後、梁良と冷璇は局内の一室でインスタントラーメンを食べていた。

「いまの作家ってクスリにも手を出してるんですか？　わけが分かりません……」冷璇は麺をすすり、さっきの自殺の件を思い返していた。

「それが普通だ。タレントだってやってるだろう？　いまどきの人間も社会も、俺たちには理解不能さ。だから自分のことだけやっていればいいんだ」梁良は何気ない口調で言う。

「だけど推理小説家が密室で死ぬっていうのはドラマ性があるな」

「ええ……密室事件なんて小説のなかだけだと思っていました」

「それはまだ経験が浅いからだ。そんなへんてこな事件、現実には山ほどある……確か何年も前に昆虫研究所で起きた殺人事件だと、現場のドアや窓が粘着テープで密閉されていて……」

「梁隊長はそういった事件が得意なんですか？」梁良の長話を聞きたくない冷璇は話を遮《さえぎ》った。

「そういった分野の専門家たちと知り合いだから、コツを学んだだけだ」梁良は得意げに話しながら、どんぶりに残ったスープを飲み干し、満足そうな表情を浮かべた。

「そういった分野の専門家なんかいるんですか？」冷璇が掘り下げて質問しようとしたとき、課内の電話が突然鳴った。冷璇はどんぶりを置き、デスクにある電話を取った。

受話器を置いた冷璇は血相を変えて言う。「梁隊長、青浦湖心《チンプーフーシン》公園の陸《ルー》家の屋敷で殺人事件です！」

5

ルーフに警光灯を点滅させたパトカーが数台、陸《ルー》家の大屋敷の門の前に停まっている。皮肉なことに、何年も寂《さび》れたままの土地がここまでにぎやかになるのはこれが初めてのことだった。

車から降りた冷《ロン・シュエン》璇は、目の前のぬかるんだ地面にひるんで足を止めた。仕事のために買ったばかりの革靴が汚れると心配したからだ。だが梁《リャン・リャン》良はそんなことお構いなしに駆け足で事件現場に向かった。恨みを晴らしたい死者が自分を待っているのだから、梁良にはためらっている暇などないのだ。

屋敷の裏側にまわると、小高い地面に造られた地下に続く小屋が目に入った。すでに陸家の住人一同がその小屋の入り口付近を取り囲んでいた。車椅子に乗る高齢の老婦人が生気のない顔で小屋を見つめている。屋外が冷えるので、その後ろにいるメイドが婦人の体が冷えないよう、ときどきブランケットを掛けなおすのを手伝っている。

「こんなところにこんな大きな屋敷があって、こんなにたくさんの人が住んでいるなんて……」冷璇は感心したようにつぶやいた。

「分かってないな。市の中心部と比べてここの空気はきれいだから、むしろ住みやすいんだよ」梁良は冷璇のほうを向いて答えた。

警察官に案内されながら二人は階段を下り、低い敷居をまたいで地下小屋に入った。陸家の地下貯蔵室になっているここは、普段は酒や食糧の保管に使われているのだが、最近は修繕工事のためにずっとからっぽになっていた。十数平方メートルの広さで、薄暗い室内には天井から電球が一個垂れ下がっているだけだ。真っ黒いレンガが、空間に無限の圧迫感を与えている。

冷璇は貯蔵室に足を踏み入れた瞬間、酒瓶を踏んづけてしまいあやうく転びそうになったが、そばにいた梁良に抱きとめられて事なきを得た。目を凝《こ》らすと、床のあちこちに空いた酒瓶が転がっており、いくつかの瓶からこぼれた酒が地面にいくつもの痕《あと》をつくっている。倒れている死体の顔が惨《むご》たらしくなければ、〝酔っ払いが寝転んでいる〟だけだと信じ込んでしまうだろう。

冷たい床に死体が大の字で仰向けになっている。死体は陸家の長子陸仁《ルー・レン》で、享年六十歳だ。両側のこめかみ部分には白髪が見える。梁良はしゃがみこみ、監察医と死体の状況を観察した。

ベテラン監察医が死体の見分を始める。まず、口や鼻、爪など、顔と体の表面を細かく観察すると、すぐさま暫定的な結論を下した。「眼球結膜に点状の出血が見られ、唇と指が青く変色し、下半身は大小便を失禁しています。口と鼻が潰れ、その周りに皮下出血が見られます。それ以外に特に目立った外傷はありません。現時点では、死因は口と鼻を圧迫されたことによる窒息とみられます。ただの〝窒息死〟と言ったほうが分かりやすいでしょうか」監察医は死体の顔をふさぐような真似をした。「何者かが何かでもって被害者の口と鼻をふさいで窒息死させたんでしょう」

「窒息死？　何でふさがれたか分かりますか？」梁良は死体の周囲を見渡した。「現場にはこれといった凶器はなさそうですが」

「いまはなんとも。戻って被害者の口と鼻からサンプルを検出しないと判断できません」監察医は死体をひっくり返し、直腸温を測った。「それに口から強いアルコールの臭いがします。死ぬ前に相当酒を飲んだに違いありません」

梁良は目の前に散乱する酒瓶に目をやり、続けて尋ねた。「死亡推定時刻は？」

「直腸温と死斑、それに死後硬直の様子から見て、十二時間以上前でしょう。殺害時刻は昨晩の一時から三時ぐらいです」

そのとき梁良の背後から冷璇が小声で話しかけた。「この陸仁って人知ってますよ。有名な慈善家で、慈善団体を運営していて、ホームレスや身寄りのない子どもを引き取っているってニュースでちょくちょく取り上げられていました」

「善人ほど早死するってやつか……」梁良は死体の前で両手を合わせた。

「でも陸家って、どうしてこんなところに住んでいるんですか？」冷璇は不思議そうに尋ねる。

「その話はあとだ」それだけ言うと梁良は室内を歩きまわり、手掛かりがないか探した。南側の壁の高所に小窓があり、陽光が窓を通過して室内に斜めに差し込み、北側の床に白い斑点をつくっている。窓を開けようかと近寄ったが、届かなかったのでやめた。そしてまた室内をぐるりと見ると、隅に置かれた木箱に気づいた。なかには金槌などの工具が入っている。そのほか貯蔵室には何もない。

梁良は死体が倒れている場所まで戻った。そのそばに落ちている被害者の携帯電話は液晶画面に深いヒビがいくつも入っていた。鑑識官の一人がそこから指紋を検出し、別の警察官が地面に散らばった携帯電話ケースの破片をピンセットで集め、それらを透明な証拠品袋に入れている。

「このケータイはまだ動くか？」梁良が尋ねる。

「強い力で割られていて、ひどく壊れているので電源はもう入りません。修理できるかどうかは戻ってからじゃないと」鑑識官が梁良に言う。

「金槌で叩き壊したのか？」

「いいえ、床に叩きつけられています、それも何度も。そこに痕がありますよ」鑑識官は床に残る痕跡を指差した。

梁良は部屋の隅の木箱に目を向け、いまの情報をメモした。

6

梁《リャン・》良《リャン》と冷《ロン・》璇《シュエン》は貯蔵室から出た。地上に出て梁良が真っ先に近寄ったのは、先ほど手が届かなかった小窓だ。彼は外側からガラス窓を押し開けて、身をかがめて頭を突っ込んでみようとした。陸《ルー》家の人間の話では、これは換気用の小窓で、二十センチ四方しかない。梁良はなんとかして強引に頭半分を入れたが、耳から後ろは入らなかった。引っかかって出られなくなるのを恐れ、潔く諦めた。

「何してるんですか？」後ろでその行動を見ていた冷璇は梁良がおかしなことをしていると思っていた。

「なんでもない。ちょっと見ていただけだ」いまの確認で、貯蔵室の構造的に、たとえ頭全部を換気窓に突っ込めたとしても、扉付近にある死体を見ることはできないと梁良は悟った。

陸《ルー》家の客間は贅を凝《こ》らした豪華な内装で、中央に置かれたソファーはパリから輸入したという世界的に有名なブランドのもので、高級なジャカードと本革が組み合わされていて、エレガントに見える。しかしそれは陸家の大屋敷の一部にすぎない。ソファーに座っているのは被害者の陸仁《ルー・レン》の息子の陸文龍《ルー・ウェンロン》と、陸仁の妻の王芬《ワン・フェン》だ。王芬は夫を失ったショックでうつむき、ハンカチでしきりに涙を拭いている。

「陸さんが死体を発見したんですね？」梁良は開口一番そう尋ねた。

「ええ」陸文龍は眼鏡のブリッジを上げた。「私です」そして彼は、小羽《シャオユィー》が窓の外でへその緒を拾ったことから、自身が入り口のたまった水を抜き取ったことまでを繰り返し簡潔に説明した。

「陸さんはそれがへその緒だとどう判別したんですか？」

「長いこと医者をしていますからね、その程度の常識はあります」

「お父さんがいなくなったのはいつですか？」

「二日前の朝だったはずです。ちょっと出かけてくると言ったきり、連絡が取れなくなって……まさか自宅の地下室で亡くなっていたなんて」陸文龍は表情に苦悩をにじませたが、それは最初からすべて阻止できたと考えているようだった。

「お父さんは最近何か変わったことをしていたり、誰かと会ったりしていましたか？　それか恨みを買うようなことは？」

「特にありません」陸文龍はちょっと考えたあとで答えた。「父は慈善団体のトップでしたから、普段会うのも福祉施設や孤児院の人間で、たまに囲碁仲間と碁を打つ程度で、これといった付き合いはありませんでした」

「お父さんが誰かから恨みを買っていたとかは？」

「あまり考えられません。父は人当たりがよくて優しい性格をしていましたから、誰かと争ったという記憶自体ほとんどありませんし、恨む人間はいないと思います」

梁良は陸文龍の話を記録すると、王芬のほうを向いて尋ねた。「王《ワン》さんはどう思われますか？」

王芬はいまだに情緒不安定ですすり泣いている。彼女は息子になだめられながら、赤く腫れた目を力強くこすり、顔を上げて梁良に話しだした。「分かりません……うちの陸仁は善人で、貯蓄の大半をはたいて福祉施設を創設して、帰る場所のないかわいそうな子どもたちを引き取っていました。どうして善人がこんな目に遭わなきゃいけないんです？」

そう言うと王芬はまた声を詰まらせた。「いったい誰が陸仁にこんなひどいことを？　人でなし！」

王芬の現在の状態から、これ以上話を聞くのが不可能だと判断した梁良は、彼女に付き添って上の階で休ませるよう警察官に命じた。それから陸文龍への質問を続けた。「お父さんは普段から貯蔵室に行っていましたか？」

「分かりません。不機嫌なときは一日二日姿をくらますということはときどきありましたが、いま考えると毎回貯蔵室にこもって酒を飲んでいたのかもしれません。暗くて静かな場所が好きだと言っていましたし。私にはちょっと理解できません」

「そうですか、ではお父さんはどんなことで不機嫌になったんですか？」

「福祉施設の高齢者が亡くなったり、両親に捨てられて行く場所がなくなった子どもに会ったり、あとは心無いメディアに慈善事業はパフォーマンスだと中傷されたときなど、そういった煩《わずら》わしい悩みはしょっちゅうあるでしょう。世のため人のためにあんなに働いているのに世間に理解されない父に心から同情したこともあります」そう言った陸文龍の目がうるんだ。

「そういった悩みは天国にはきっと存在しないでしょう」刑事としてこんな状況でこんな話をするのが適切かどうか梁良は悩んだ。重い雰囲気を和らげるために彼は話題を変えた。

「ところで、水中ポンプで貯蔵室の入り口にたまった水を抜いたとき、水は満杯だったたんですね？」

「ええ、水面がもう地面スレスレにまでなっていました。ここ数日の嵐でたまったんでしょう」

「しかし雨水は貯蔵室内にまで侵入していなかったようですが、あの地下室の防水性はそんなに高かったのですか？」

「確かに高いです」陸文龍は断言した。「あそこはもともと食糧を保存する場所なので、乾燥していないと駄目ですから。あの地下室を建てるときはアスファルト防水の材料を使って、なかにも防水塗料を塗って、入り口の扉は木製の複合板で、扉の縁と換気窓にも防水ゴムシートを貼っています。だから外を水に囲まれても、なかまで水は入らないんです」

「そういうことですか……水も漏らさないってことですね」梁良はうなずいた。「では階段が雨水で水没したのがいつかは覚えていますか？」

陸文龍は思い出しながら答えた。「たぶん二日前の夜だと思います。昨日貯蔵室の近くを通りかかったとき、もう水がたまっていましたから」

「ふっ……二日前の夜？」その瞬間、ある考えが梁良の脳裏をよぎった。彼は厄介な問題にぶち当たったと突然悟った。

「間違いありません」陸文龍の声は自信がこもっていた。

「ええと……では、ここ最近、付近から水中ポンプの作動音が響いていたことはありませんか？」

「水中ポンプ？　ないと思いますが……なぜ？」陸文龍は首を振った。

「本当ですか？　外の雨音がうるさかったでしょう……」梁良は少し興奮気味に両目を見開いた。そばにいる冷璇は呆然としている。

「ここ数日はずっと仕事を休んで家にいました。昼も夜寝るときも静かな環境が必要で、ちょっとした物音でも目が醒めてしまうんです。水中ポンプみたいな大きな騒音がしていたら、聞こえないはずがありません。ただ私は雨の音が好きという変な癖があるので、大きいほど寝つきがよくなるんですよ」陸文龍はきっぱりと言い切る。「もちろんほかの者に聞いていただいても構いません。ただ……それが父の死となんの関係が？」

梁良は突然屋敷を出て、貯蔵室に飛んでいった。何がなんだか分からない冷璇は不思議に思いながら、その後ろについていくしかなかった。貯蔵室の外では監察医の張《ジャン》が荷物を片づけて撤収作業をしている。梁良は張の肩をつかみ、息を荒らげながら尋ねた。「張さん、さっき言った死亡推定時刻はいつでしたっけ？」

梁良の突然の質問に張はぎょっとさせられたが、それでもすぐに答えた。「昨晩の一時から三時のあいだですが……それが何か?」

「昨日の深夜ですね?」梁良は念を押して確認した。

「ええ」張はうなずいた。「正確に言うと今日未明です」

自分の耳がおかしくないことを確認した梁良は愕然《がくぜん》とした表情を浮かべた。

「おかしい……」彼は空中のある一点をにらみながら独りごとをつぶやいた。「これは密室殺人だ」

7

「密室?」その言葉が一日に二回も出てきたことに冷璇《ロン・シュエン》はいぶかしんだ。「どうして密室です? 現場の扉に鍵はかかっていなかったはず……」彼女は困惑した。

「冷《ロン》は頭の回転が遅いな」梁良《リャン・リャン》はそう文句を言った。「よく考えてみろ。貯蔵室には入り口がひとつしかなかったが、その入り口は二日前に雨で水没していた。でも被害者は死んでから一日も経っていない」そして彼は冷璇を事件現場に案内し、やや乾いている床を指差して言った。「そして床は酒がこぼれた跡がいくつかある以外、ほとんど乾いている。つまり入り口が水没してから、貯蔵室の扉が開かれることはなかったということだ。じゃなかったら雨水がなかに入ってくるからな。日中はほとんど日があたらない地下室で、しかもこんな天気じゃ、大量の水が短時間で蒸発するまでにはならない」

「あっ……」冷璇はようやく事の重大性に気がついた。

「やっと分かったか」梁良は満足げな視線を投げかけた。「そうなると、物理的に絶対説明不可能な矛盾点が出てくる——死後一日も経っていない死体が、二日前に浸水して封鎖されている小屋のなかにどうやって入ったんだ?」

梁良がそのパラドックスに言及したとき、冷璇は不思議に感じるとともに息を呑んだ。そしてすぐさま後ろにいた張《ジャン》監察医に尋ねた。「張さん、人間が自分で自分を窒息死させられると思いますか?」

リアリティのない仮説だが、張はそれでも自身の専門知識を活用して目の前の新人に辛抱強く伝えた。「自分を窒息死させるのは理論的に不可能だ。窒息する前に筋肉から力が抜けるし、だいたい意識を失うからな。自分の口や鼻を重たい物で押さえていないかぎりそうなるが、現場に被害者を窒息させられる凶器やそういった物がなかったのは見ただろう。だから被害者が自殺した可能性はほぼゼロだというのが私の基本的な考えだ」

冷璇はややうなだれながらうなずいたが、その直後にまた興奮した顔色になった。「梁《リャン》隊長、たまった水を抜いてから、扉を開けて死体をなかに入れて、そのあとにまた放水したということは考えられませんか？」

梁良は容赦なく首を振り、入り口まで来ると、地面からのびる石段を指差してジェスチャーしながら話す。「計算してみろ。入り口前の階段スペースは少なくとも深さ二メートル、縦と横もそれぞれ二メートルずつある。階段自体の体積を抜かしても、このスペースを水没させるとなると、四千リットルは必要になる。つまり四トンの水だぞ」

冷璇は数学の授業で習った単位の換算式を必死に思い出し、梁良の計算結果を密かに検証した。「死体が見つかる少し前まで、バケツをひっくり返したような大雨がやむことなく降っていた。人力で水をちょっとずつすくい出したとしても、水をくんだ瞬間雨水が外から流れ込んでくるんだ。そんな悪天候のなか、これほど多くの水をすくい切るのはほぼ不可能だ。池でAの管から排水すると同時にBの管で注水するっていう数学の定番の問題みたいなもんだ」自分の考えを明確にするため、梁良はそうやって例題を挙げた。

「じゃあ傘を差してたらどうですか？　そうすれば雨水が流れ込まなくなりますよ」冷璇は新たな解決策を提案した。

「無駄だ」梁良は相変わらずきっぱり否定した。「貯蔵室の外の地面は傾いているから、階段スペースの上に傘を差したところで、周りの地面から雨水が伝って流れ込んでくる。

だからたまった水をなかから迅速に排出しようとすれば、大型の水中ポンプを使うしかない。だがさっきの陸文龍《ルー・ウェンロン》の話だと、水中ポンプの作動音はしなかった。もちろんあとで陸《ルー》家の他の住人にも確認しないといけないがな」

冷璇は突然悟った。「だからさっき陸文龍に水中ポンプのことを聞いていたんですね？」

「そうだ」

「実はさっき張さんに自殺の証明ができないか聞いたとき思ったんですよ……大雨が降る前に陸仁《ルー・レン》はもう貯蔵室にいたんじゃないかって」冷璇は自身の考えに拘泥《こうでい》した。「行方不明になったのは二日前ですよね？　そのときもうここにいたのかも。でも……」

「陸仁の死亡推定時刻は本日未明だ。自殺の可能性を排除すると、本件には明らかに殺人犯がいる。陸仁が最初からこの貯蔵室にいたのなら、犯人はどうやって侵入して犯行に及んだのか？　犯行後どうやって出ていったのか？　扉は少なくとも一度開けなければいけないから、密室という難問が残っている以上、論理的な矛盾もそのままだ」

冷璇はめまいを覚え、悪あがきするのを諦めた。物理法則を無視した現場と対峙した彼女は思考が袋小路に追い詰められ、全身に無力感がのしかかった。しばらく押し黙ると、そばにいた梁良に助けを求める目を向けた。

長いあいだ警察官をやっている梁良にとって、密室殺人事件に遭遇したことも少なくないが、最終的にはさほど労力を使うことなく謎を解き明かしてきた。だからこの種の事件が得意だと錯覚していたのだ。だが今回の事件を前にして、梁良は初めて途方に暮れた。入り口が雨水でふさがれた地下室という尋常ではない密室は、梁良が初めて遭遇する難問だった。現場に冷静かつ客観的な分析が下せるとしても、密室についてはなんの手掛かりもつかめない。先ほど小説家の自殺事件の真相を一瞬で見抜いたときの達成感と比べると、〝陸仁殺人事件〟はあらゆる理性の光すら飲み込む無限の深淵を思わせた。

熟考し終えると、梁良は事件現場をもう一度さらに細かく捜査した。だがやはり〝室内に他の出入り口はない〟と結論を出した。それから梁良は最後の希望をあの換気用の小窓に託した。窓を調べたが、鍵をかけられないとはいえ、梁良がさっき試したようにこの狭さを人間が通り抜けるのは根本的に不可能だ。死体があった場所は扉から若干《じゃっかん》離れているし、二枚の壁でできた角で遮《さえぎ》られているので、窓の外に仕掛けを設置して陸仁を殺すのはほぼ無理だ。

梁良は諦め切れずに窓枠の周囲の丈夫な壁をさすったが、こんな小さな窓では赤ん坊ぐらいしか這って入れないなと思った。

待てよ……赤ん坊？

梁良の背中に冷たいものが走った。死体が見つかる前に陸家の子どもが窓の前でへその緒を拾ったという話を思い出した。黒い血を滴《したた》らせたへその緒がいままさに自分の目の前で揺れているようだった。

梁良の脳裏に異様な光景が浮かんだ。嵐の晩、全身血まみれの赤ん坊が地下小屋へのろのろと這っていく。赤ん坊の手足は泥だらけで、お腹《なか》についたへその緒を引きずり、ぬかるんだ地面に引きずった跡を薄くつける。赤ん坊は窓によじ登り、そこから地下室に転り込み、泥酔して目を覚まさない陸仁の前まで来て、からっぽの両目で陸仁の顔を冷たく見つめている。突如、赤ん坊は小さな両手を伸ばし、陸仁の鼻と口をふさいだ。陸仁を窒息死させると、赤ん坊は口を開き、おもちゃを壊したときのような「ククク」といういたずらめいた笑い声を上げた。それから窓から這い出て、ついていたへその緒が窓枠の細いフックに引きちぎられ、そこにかかったままになった。そして赤ん坊は夜の闇の奥底へ消えた……

まさか……犯人は赤ん坊?

あり得ない……

そこまで考えると梁良は力を込めて頭を叩き、崩壊寸前の理性を即座に回復させようとした。

赤ん坊がどうやって人を殺せる？

梁良はオカルト関係のものは好きではなかったが、このときばかりは脳が何かしらの魔力に抗《あらが》えず、こんなおかしな想像を無意識にしてしまった。

「梁隊長、この事件はちょっと変ですよ」我に返ると、冷璇は苦しげな表情で彼の耳元でささやいた。「密室殺人事件解決の専門家を何人も知っているんですよね？　どういう人がいるんですか？　呼びませんか？」

梁良は携帯電話のアドレス帳を見ながらつぶやいた。「赫子飛《ハー・ズーフェイ》（本書の作者孫沁文が生み出した探偵）という物理学の准教授には、密室事件を何件も解決してもらったが、最近は研究が忙しくて手が離せないだろうな。F県に王《ワン》という警察官がいて、これも密室の専門家だ。当時世間が大騒ぎした〝モスマン事件〟を解決したのは彼だ。だが噂によると、実は謎を解き明かしたのは彼の背後にいる女子大学生（本書の作者孫沁文が生み出した探偵・夏時のこと）という話だ。調べたところ、その大学生はフランス留学に行っている」

「人脈広いですね……」冷璇は感心した。「他には？」

「あとは若い数学者がいて、全国を震撼させた〝黒曜館事件〟（中国の推理小説家・時晨の長篇ミステリ。ここで言う若い数学者とは、彼が生み出した探偵・陳爝のこと）を解決した人物だが、確かアメリカに行っていて……」

「つまりどの人も役立たずってことですか？」冷璇は皮肉を言った。

梁良はアドレス帳を下にスクロールさせ、「まだいるにはいるが……」と言った。

「誰です?」

「とりあえず陸家の住人から証言を聞こう。今日はまだ大勢に話を聞かなくちゃいけないから、十分後に住人全員を集めるんだ」梁良は命令した。彼は密室の難問をひとまず棚上げして、先に一連の基本的な調査を終わらせることに決めた。

しかしこの〝水密室事件〟がこれから続く陸家の惨劇の序章にすぎなかったとは、このときの梁良には知る由《よし》もなかった。

第二章　陸《ルー》　家

1

鐘《ジョン・クゥ》可が重いまぶたを開けると、窓の外では連日の重たい雲がすっかり消え去り、久方ぶりに差し込む陽光が部屋に幾許《いくばく》かのぬくもりを与えていた。とはいっても、こんな冬の日は布団のなかにいたい。このまま布団に頭を突っ込んだまま、寝息を立ててぐっすり眠っていたいものだ。陸《ルー》家に住み始めてからこの一年で、休みの日なら必ず遅くまで寝るという習慣がすでに身についてしまった。平日は仕事で忙しく、睡眠時間が極端に足りないせいで、休日に寝溜めするほかないのが主な理由だ。

二十一歳の鐘可の職業はいわゆる〝声優〟だ。子どもの頃から声優という仕事に対し並々ならぬ熱意を持っていた。テレビの音声をミュートにし、自分がテレビドラマやアニメの主役になったと思い込んで、画面を見つめながら自分で勝手にひねり出したセリフを声に出していた。大学に入ってから、〈月吟《ユエイン》〉というネット声優サークルに参加して、〝ネット声優〟となった。ネット声優とは要するに、インターネットを活動拠点とする声優のことだ。その間、鐘可はしょっちゅうラジオドラマやオーディオブックを収録し、ゲームキャラの声を当てることもあった。優れた演技の才能と個性的な声色のおかげで、彼女はネットで少しは知られるようになった。声優とはキャラクターに魂を吹き込む仕事だと鐘可は考えており、そのための苦労は買ってでもした。

卒業後、鐘可は声優になるという夢を抱いて上海に来た。ここには〈悦音《ユエイン》〉という中国ではトップクラスの声優事務所があり、鐘可にとって夢にまで見た憧れの場所だった。〈悦音〉に入るため、事務所の養成コースに入ったのが一年以上前。努力は実を結び、養成コース卒業後、彼女はついに優秀な生徒という名目で〈悦音〉の実習生になった。そのときから、鐘可はプロ声優としての道を正式に歩み出した。

しかしプロ声優の道は彼女の想像と違って甘くなかった。競争の激しい業界に加えて、声優業界自体が国内でまだ重要視されていないということもあり、声優の仕事一本のギャラが高くないのが現状だ。この業界の特殊性は、決まった労働時間がないところにも表われていて、膨大な仕事量をこなすために徹夜で収録することもある。〈悦音〉はいまのところアニメ業界に力を入れているため、ラジオドラマの収録に慣れている鐘可にとって、アニメのアフレコはあまり馴染みのない作業だ。キャラの感情を把握できないこともしょっちゅうで、たったワンフレーズを何遍も録りなおすことも珍しくなく、それが彼女の仕事時間をさらに増やしている。

ハードな声優業は鐘可にとって大きなストレスであり、そのストレスは仕事のみならず日常生活でものしかかった。故郷を離れ、たった一人で上海というハイペースな大都市で安定した暮らしを送ろうとすれば、もっとも重要となるのが経済的な土台だ。鐘可がまず頭を抱えたのは家賃だった。現在の上海の不動産価格は馬鹿にならず、独立キッチンがあるワンルームを市内で借りた場合、鐘可の給料の大半が吹き飛ぶ。できるだけコスパのよい部屋を借りるため、鐘可は足をほぼ棒にして探しまわった。そして一年前、すっかり心が折れていたところに、新聞の入居者募集の広告が目にとまった。

紙面の片隅にあったので、特に目につく広告ではなかった。そこには文字が数行書かれているだけで、文章も簡潔だった。要するに、青浦《チンプー》区の大屋敷で空き部屋を貸し出しているという内容だ。家賃を見てみると、驚くほど安い。つかのまの喜びのあと、鐘可も少し不審に思った。青浦区は市の中心部からかなり離れているとはいえ、そこまで辺鄙《へんぴ》だから家賃もここまで安い、ということはない。

鐘可は不安な気持ちでその屋敷に関する情報をネットで集めた。そして、屋敷に陸という家族しか住んでいないから、〃陸家〃と呼ばれているのだと分かった。陸家は青浦区内の湖心《フーシン》公園内にあるが、その公園はもう一般開放されていない。ほとんど世間から隔絶されたこの不思議な一家について、ネットには多くの噂があった。この一家は先祖代々男しか生まれず、女の赤ん坊が生まれたことはないだの、公園の湖には人食いの怪物が潜んでいるだの、夜に湖心公園に忍び込むと赤ん坊の泣き声がし、その声が途切れ途切れに耳元で聞こえるとか……そんなホラーテイストのある噂を読んで、鐘可は寒気を覚えた。しかし〈悦音〉の採用通知書がすでに手元にある彼女は、すぐにでも適当な部屋を見つけて住まなければいけない。差し当たって、毎日寝られる場所があればいい。そこまで多くのことを考える暇もなく、先に部屋を見てみることにした。鐘可は好奇心が強い女の子だったのだ。心の奥底で、ミステリアスなベールに包まれたその大屋敷にひと筋の希望を見いだしていたと言えなくもない。

鐘可は広告の電話番号を入力した。

2

その日の鐘《ジョン・クゥ》可は、ふわふわしたコーヒーブラウンのケープの下に季節はずれのワンピースと、可愛い花柄がプリントされた黒いニーハイソックス、黒いショートブーツという服装だった。防寒用に、ふんわりした真っ白なイヤーマフを当て、ネックウォーマーであごを少し隠している。全体的にもこもこしていて、可愛いすぎる格好だ。

鐘可の顔は赤ちゃんのように少しふっくらしていて、透き通るほど白くなめらかな肌は、息を吹きかけただけで傷ついてしまいそうなほどだ。近視のため、いつもやや大げさな丸眼鏡をかけている。くせっ毛がそよ風になびき、上品な亜麻色の光を放ち、眉上でぱっつんと切りそろえられた前髪がとても垢《あか》抜けて見える。

〝声のお仕事〟に従事している人間として、外見の服装や化粧よりも鐘可が気を配るのが喉のケアだ。特に風邪を引きやすいこの季節、喉を炎症させて声を変えるということはあってはならず、ピアニストが指を全力でガードするのと同じぐらい大切なのだ。以前、声優業界で鐘可と仲のよい友人が喉を痛めて映画のオーディションに参加できず、ブレイクするまたとないチャンスを失ったということがあった。

ルートを確認し終えた鐘可は、まず地下鉄二号線に乗った。中山《ジョンシャン》公園で路線バス一号に乗り換えて終点まで行くのだが、地下鉄の車輛内で、オタクにナンパされた。男から微《ウェイ》信《シン》（中国で広く使われているメッセンジャーアプリ。中国国内版が「微信」、国際版が「ＷｅＣｈａｔ」）アドレスの交換を求められた彼女はやんわりと断った。

「お嬢ちゃん可愛いね。微信《ウェイシン》に追加させてくれない？」オタクは丸いお腹を突き出しながら、自分のスマホを取り出した。

「結構です」鐘可は手を振った。

「いい声してるね」

「えっ……」

「どこ行くの？」

しつこく絡むオタクに我慢の限界が来た鐘可は、麻辣湯《マーラータン》のお椀が入っている袋をおもいっきり掲げ、言った。「これなんだか分かります？」

「麻辣湯《マーラータン》でしょ」

「どうして食べていないと思います？」

「地下鉄で物を食べるのは駄目……だから？」

「おまえの頭にぶっかけるからだよ！」

男はその言葉に身をすくめ、たまたま車輌が駅に到着したので、逃げるように降りていった。

見知らぬ男からの嫌がらせを切り抜けた鐘可は大きく息を吐くとともに、ビニール袋の麻辣湯《マーラータン》をうれしそうに見つめながら、さっき本当にぶつけないでよかったと思った。だって大好物なのだから。喉のケアがどれほど大切か知っている鐘可でも、麻辣湯《マーラータン》の美味しさには抗《あらが》えない。だから食べるときは、喉に刺激を与えないようにラー油をほんの少ししかかけない。

地下鉄を降りた鐘可は青浦《チンプー》行きのバスに乗り換えた。バスが走るのは人気《ひとけ》のない道路で、両側は見渡すかぎり畑があるだけだ。三十分後、バスがついに終点に着くと、鐘可は疲れ切った体をおして下車した。到着まで想像をはるかに超えた遠さだった。視線を上げると、ただだっ広い道路の端にぽつんと立つバス停の標識が目に入っただけで、周囲には平屋建ての家屋が数軒あるほか、何もない。市内の喧騒《けんそう》とは違い、怖いほどうら寂しい。

すっかり冷めた麻辣湯《マーラータン》に再び目をやり、とりあえずバス停に座ってこれを片づけることにした。買ってすぐに店内で食べればよかったと悔やんだが、捨てて無駄にもしたくなかった。袋を開けて、魚豆腐《ユィードウフ》をつまんで口に放り込み、五分後にはすっかりお腹いっぱいになった。

携帯電話でグーグルマップを確認すると、現在地から目的地の湖心公園《フーシン》までまだ少し離れているので、そこまで歩いていくしかない。そこの部屋に決めたら、これから毎日の出退勤でこんなにくたびれるのかと考えると、ちょっぴり腰が引けた。だがここまで来てしまったのだから、とりあえず見てみよう。そう考えながら鐘可は足取りを早めた。

十分後、連々と続く黒いフェンスが目の前に現われ、その中央には巨大な鉄の扉がはめ込まれていた。近寄って扉の上のブロンズプレートを見ると、〝青浦湖心公園《チンプーフーシン》〟の六文字が刻まれている。しかし鉄扉は電子錠でロックされていて、鐘可がいくら力を込めて引っ張ってもびくともしない。

そのとき、鉄扉に呼び鈴のようなボタンと、その近くに防犯カメラと四角形のインターホンがあるのに気づいた。少しためらってから呼び鈴を押すと、よく通るチャイムのベルが響いた。

「はい、どちらさまでしょうか?」インターホンから聞こえた若い女性の声はとても礼儀正しかった。

「えっと……」鐘可は言葉をつっかえながら答えた。「あっ……あの、すみません、新聞で入居者募集の広告を見たんですが……」

鐘可が言い終える前に〝カチャ〟という音がして、鉄扉がひとりでに開いた。

「どうぞお入りください」向こうは言い終えると、インターホンを切った。

ここまであっさりした出迎えは鐘可にとって少し予想外だった。彼女は少し緊張しながら注意深くなかに入った。

うねうねと延びた道を進むと、湖心《フーシン》公園の奥まで来ていた。百ムー（中国でよく使われる面積の単位。一ムーは〇・〇六七ヘクタール）余りのこの公園は、一九九〇年代までハイクラス向けのレジャースポットで、公園の初代経営者が陸《ルー》家の主《あるじ》――陸宇国《ルー・ユィーグオ》だったという。

陸宇国は一九二六年に生まれ、戦乱の世を過ごし、民国時代（一九一二年から四九年までの中華民国期の時代）は図書館の職員をしていた。中華人民共和国が成立すると、最初の妻と結婚し、彼女とのあいだに長子の陸仁《ルー・レン》をもうけた。一九六〇年代に妻が不幸にも病気で亡くなると、当時の滬劇《こげき》（上海の地方劇・オペラ）の女優だった呉苗《ウー・ミャオ》を二人目の妻として娶《めと》った。当時の滬劇界隈で、美しい容姿としなやかな肉体を持つ呉苗に多くの男が好意を寄せ、陸宇国ももちろんそのなかの一人だった。そのため、呉苗は陸宇国の寵愛を受け、結婚後まもなく、陸宇国とのあいだに陸義《ルー・イー》と陸礼《ルー・リー》という二人の息子を立て続けに産んだ。

その後、陸宇国は先見性のある理念で、裸一貫から毛皮と衣服を売り始めると、これが大当たりした。一九七八年に国が改革開放政策を打ち出すと、事業はさらに波に乗った。立ち上げた自身のアパレルブランドは、たった二年で当時の世界の中堅ブランドとも肩を並べられるほどになった。

一九八〇年代になると、事業が飛ぶ鳥を落とす勢いだった陸宇国は民国時代の図書館を邸宅として購入した。そこは彼が働いていた場所でもあった。元図書館の邸宅は湖のほとりに建ち、その湖には〝胎湖《タイフー》〟という奇妙な名前がついていた。家族は胎湖のほとりの屋敷に引っ越し、そこに定住した。その頃、陸仁の息子の陸文龍《ルー・ウェンロン》が生まれた。九〇年代には陸義と陸礼にも、陸哲南《ルー・ジャーナン》と陸寒氷《ルー・ハンビン》という息子がそれぞれ生まれた。三世代は大きな屋敷にともに住み、これが現在の陸家となった。

だがその後しばらくして、古希《こき》を前にした陸宇国は自身が創業したアパレル企業を突如として売り払い、長年苦心して育てたブランドも株もすべてひっくるめて手放し、売った金で屋敷周辺の土地の使用権を購入すると、数年がかりで富裕層限定のハイクラスな湖心公園を建設した。こうして陸宇国はアパレル業界から引退し、この公園で安らかな晩年を送ると宣言したのだった。

公園にはゴルフ場、星つきレストラン、豪華ホテル、特徴的な空中コテージ、水上観覧車などのレジャー施設が造られた。当時としては、ここは公園というよりもセレブ向けのVIPクラブだった。だが世のなかいいことばかり続かない。あいにく当時は富裕層がそこまで多くなく、湖心公園は経営不振を理由に結局潰れ、やむなく廃園となった。現在は陸家の屋敷一軒だけがここの留守を守っている。

二〇一二年に陸宇国は八十六歳で病死した。そして古希に入ったばかりの呉苗が陸家の家長を引き継ぎ、陸家のあらゆることを取り仕切るようになった。

3

ここに来る前に鐘可《ジョン・クゥ》も自分で陸《ルー》家の家族関係を調べたが、見つけ出せた情報は基本的に前述した程度だった。陸家には神秘のベールが隙間なく覆われていて、数々の理解不可能な謎があるように感じた。たとえば、陸宇国《ルー・ユィーグオ》が突然アパレル業から引退したのはなぜか？　どうして屋敷周辺の土地を買わなければいけなかったのか？　などだ。

もちろん、いまの鐘可にそんなことに構う余裕はない。ここの部屋がまともかどうかさっさと確かめたい一心だった。道に沿って歩くが、その両側は荒涼とした原っぱだ。枯れた雑草で地面一面がくすみ、ところどころ生えている木は遠くから見たら生命を持たないカカシそっくりだ。

閑散とした広場を通り抜けるとやや朽ちた建造物が見えた。そのなかのひとつはゴルフ場のクラブハウスだった建物で、現在は打ち捨てられ、その前にあるからっぽのティーグラウンドには雑草がひしめきあい、建物の外壁もすっかり朽ち果て、〝廃墟〟と呼んでも差し支えない様相だ。鐘可は来るところを間違えたのではないかと疑い始めた。ここがハイエンドな公園だったなんてどうにも想像できないし、ここにまだ人が住んでいることなどさらに信じられなかった。

広場を抜けて小さな坂を越え、公園の中心部にやってきた鐘可の前に広大な湖が突如姿を現わした。湖面が太陽の光を反射し、かすかな霧がかかっているようなので、ここからではほっきりと見えない。遠くには湖の中心にまで延びる桟道があり、その水面には円形の鉄製フレームがそびえ立っている。きっとすでに撤去された水上観覧車の骨組みだろう。

遠くまで見渡すと、湖全体の形状が子宮のなかに縮こまる胎児に見えた。もしかしてこれが〝胎湖〟の由来だろうか。冬の胎湖は大地の真ん中に寝そべる巨大な赤ん坊を思わせ、その周囲に生い茂る成長の機会をとっくに失った草木は、貪欲な赤ん坊に養分を吸いつくされてしまったように、岸辺で死を待っている。〝胎児〟のお腹のあたりに古い洋館が横向きに建っている。上空から見下ろすと、その洋館はさながら胎児のお腹から伸びて途中でちぎれたへその緒だ。

洋館に向かって歩く道中は足元が滑りやすくなっていて、ショートブーツが泥まみれになってしまったのが、やや潔癖症の鐘可には我慢ならなかった。そこを抜けてようやく、この行程の最終目的地――陸家に到着した。

こんなところに本当に人が住んでいるのか？　目の前の三階建ての邸宅を見上げながら

鐘可は呆気にとられた。古い洋館の外壁はワインレッドに塗られ、階ごとに窓がいくつも設置されている。一部の窓の外側には、大理石製のローマ建築ふうの円柱で囲まれた小さなベランダがあり、とても華麗な見た目をしている。

民国時代にはありふれていた西洋建築様式のおかげで、屋敷はいくぶんか金持ち向けの趣《おもむき》があり、数本の白い装飾付柱と壁に彫られた何枚ものレリーフが屋敷の基本的な輪郭を形成している。屋敷を上から下までざっと見渡した鐘可は、これが個人の住宅とはにわかに信じられなかった。この大きさはもう高級ゲストハウス並だ。だが長年ろくに修繕していないせいで、外観は目に見えて老朽化しており、目を凝《こ》らせば亀裂やシミがたくさん見つかるだろう。そこにさらに殺風景な周囲を加えると、昼だというのに建物全体から寂《せき》寥感《りょうかん》を覚える。

半円状の階段の先に屋敷の正面玄関がある。鐘可は恐る恐る階段を上がると、両開きの正面玄関の前にチャイムがあるのに気づいた。それを押そうとした途端、まるで住人が彼女の到着を知っていたかのように扉が突然開いた。扉を内側から開けた人物は白と黒で統一された使用人用の服装をした若い女性だった。

「いらっしゃいませ、お部屋を借りにいらしたかたですね?」彼女は先ほどインターホン越しだったときと同じような優しい口調で話しかけた。

「あ……どうも、そうです……」鐘可は目の前の人物を観察した。すらりとした体形に品のある顔立ち、髪を後ろでポニーテールにしていて、年の頃は三十歳に満たないぐらいだ。服装から見て、ここのメイドだろう。

「少しお足をお上げください」メイドが布を手にし身をかがめた。

「え……」自分の靴についた泥を目にし、鐘可は申しわけなさそうに足を上げた。メイドは片手に鐘可のくるぶしを乗せ、靴についた泥をぬぐった。そしてもう片方の靴にも同じことをすると、布をたたんで立ち上がった。

「どうぞ」メイドはなかに案内する所作を取った。

「ありがとうございます」鐘可はメイドに目礼しながらすぐさま靴に目を落とした。汚れがまったく見当たらなかった。

鐘可は客間に通された。そこのインテリアは外観と比べてかなり現代的な趣があった。トーンの重い色合いで華々しさをなくすことはせず、洗練された家具が自然で快適なレイアウトをつくっている。無垢材の床板はワックスし立てのようで、摩擦係数が低い靴なら歩くたびに滑ってしまいかねない。客間中央にある紫檀のテーブルを欧風ソファーが囲み、床には厚手の絨毯《じゅうたん》が敷かれている。向かいの壁には六十インチの液晶テレビがかけられ、その下にはレンガ造りの欧風暖炉がある。天井に吊るされたクリスタルシャンデリアが目もくらむ光を放っている。客間の北側には二階に通じる階段がある。

メイドが台所から鐘可にジュースを持ってくると、しばらくソファーに座って待つように言い、二階に上がっていった。

客間は暖かすぎるほどで、鐘可はイヤーマフとネックウォーマーを取り、ジュースをひとくち飲んだ。待つあいだ、周囲を見渡してあちこちに視線を向けた。想像以上の贅沢ぶりで、上海の郊外のさらにはずれにこんな大富豪一家が隠れ住んでいるなど誰が思うだろうか。しかし振り返って考えると、安すぎる家賃がやはり解せない。静まり返ってガランとした客間で、彼女は身勝手な思考の暴走を食い止めることができなかった。急に〝お化け屋敷〟という単語が脳裏によぎり……鐘可は思わず身震いした。

五分ほど経った頃、一人の男が階段を下りてきた。鐘可の耳にくぐもった足音が聞こえた。しかし下りてきた人物を目にした瞬間、鐘可はあやうく叫ぶところだった。「え!? あんたは……」

4

「あっ！」鐘可《ジョン・クゥ》を見た相手も驚きの表情を浮かべた。「きみかあ」

「あんたはさっき地下鉄で……」鐘可は相手を値踏みした。肥満体で、うつむかなくても分かるほどの二重あごは魯迅の〝顔じゅう瘤《こぶ》だらけの男〟（魯迅作「薬」）を嫌でも思い起こさせる。アニメ柄のパーカーは突き出たお腹のせいではち切れそうになり、若干《じゃっかん》ガニ股の曲がった両足のせいで歩幅を制限されている。彼がさっき地下鉄でナンパしてきたオタクだと鐘可はすぐに気づいた。

「いやあこんなことあるんだなあ……」男は少し下卑《げび》た笑みを浮かべた。「まさかお嬢ちゃんだったとはねえ……どうりで地下鉄に乗ってるとき、どこかで見た顔だなと思ったよ」

鐘可はこれ以上ないほど居心地悪くなった。「どうしてここに？」そう聞くとともに、男が言った〝地下鉄に乗ってるとき、どこかで見た顔だなと思ったよ〟とはどういう意味か疑問に思った。わたしの顔を見たことがあるということか？

「どうしてここにだって？　うははははは」男は重い足取りで歩き、ソファーに腰を下ろした。「自己紹介がまだだったね。ぼくは陸哲南《ルー・ジャーナン》、ここの住人だよ。ぼくのことは南瓜《ナングア》って呼んでいいよ、あだ名なんだ」

「あの……お嬢ちゃんって言うのやめてもらえますか？　鐘可といいます、さっきは失礼しました」

　さっき会った見知らぬ男が陸《ルー》家の一員とは鐘可には夢にも思わなかった。この陸哲南は陸義《ルー・イー》の息子だろう。

「いいんだいいんだ」陸哲南は手を振った。「まさかおじょ……ごめんごめん、鐘可ちゃんとこんな縁があるなんてね」

「でもさっきわたしより前の駅で降りてたのに、なんでわたしより先にいるんですか？」

「ああ、さっきはコスプレイベントの帰りだったんだよ。運転手にそこから車をまわしてもらうつもりだったんだけど、会場近くが渋滞でね、それならと一駅だけ乗って、そっちに迎えに来てもらったんだ。それで鐘可ちゃんと会えたんだから、よかったよね」

　鐘可はこういった軽薄なしゃべり方が好きではなく、今後こんな人間と同じ屋根の下で生活しなければいけないと考えると、少し耐えられなくなった。

「部屋を借りに来たんだよね？」陸哲南はやっと本題に入った。「上まで案内しようか？」

「お願いします」鐘可は立ち上がると、相手の視線が自分のニーハイのあたりをさまよっていると悟ると、スカートのすそを引っ張って慌てて下げた。

　鐘可は陸哲南に連れられて階段を上った。階段を上っているとき、目の前の陸哲南にいきなり足を踏み外され、押し潰されやしないかひやひやした。

「鐘可ちゃんは声優なんでしょ。どうりでいい声してるわけだ」

相手からの突然の言葉に鐘可は愕然《がくぜん》とした。「どうして声優だって知ってるんです?」

「そりゃあぼくらは部屋を借りに来るお客さんのことは基本的に把握しておくものさ」陸哲南はなんでもないという口ぶりだった。

最初に広告に載っていた電話番号にかけたとき、相手に名前と携帯電話の番号を聞かれたので、深く考えず伝えたことを鐘可は思い出した。だが、陸家に素性調査されるとは予想していなかった。これでさっき陸哲南がどうして〝地下鉄に乗ってるとき、どこかで見た顔だなと思ったよ〟なんて変なことを言ったのかの説明がつく。陸哲南はすでに自分の資料と写真に目を通していたに違いない。借り主候補へのそういった慎重な姿勢は鐘可にはむしろ理解できた。彼女もまた、ここに来る前に陸家をできるかぎり調べ上げたのだ。だがなんであれ、プライバシーを侵害されたという嫌悪感はぬぐい切れなかった。

「じゃあ陸《ルー》さんは何を?」鐘可は陸哲南に尋ねた。

「ぼく?　ぼくの仕事はね、家のなかの空き部屋を貸して、家賃を受け取ることだよ」彼はあっけらかんと答えた。どうやらこの陸哲南はまともな仕事に就いていない、掛け値なしの放蕩《ほうとう》息子でしかもオタクだ。

「じゃあここに何人住んでいるのか聞いていいですか？」鐘可は陸家の事情を追及しようとした。

「えーっとね」陸哲南は見上げながら指を折って数えた。「おばあちゃんでしょ、伯父一家に叔父一家、そしてぼくの家族、他の入居者とメイドや執事を合わせて十数人ってところかな。日を改めて紹介するよ」

この屋敷の広さをもとに鐘可は簡単に計算してみたが、十数人では全部の部屋が埋まるわけがなく、他に何室も空き部屋があるのだろう。

二人が三階まで来て、まわり階段を上り終えると、前方に幅の広い廊下が現われた。天井には一風変わった箱型のシャンデリアが吊り下げられ、西側の端の窓からは日の光が充分に差し込んでいないので、昼だというのに廊下の明かりはほぼシャンデリア頼みだ。階段に面した壁にはワインレッドのドアが三、四枚並んでいる。ドアとドアのあいだの壁にはポストモダンアートの絵画がかけられているが、屋敷全体の雰囲気とはまるっきりミスマッチだ。

陸哲南は鐘可を西側の部屋の前に案内した。「ここだよ」そう言って木製ドアを開けた。二十平方メートルぐらいのワンルームで、五つ星ホテルの客室を思わせる内装だ。無垢材を使用した大きなベッドが部屋の真ん中に置かれ、その他の生活に必要な設備も完備されている。ドアの向かいには外のベランダに通じるガラスドアがあり、ベランダの他に独立したトイレとシャワールームまである。

鐘可は室内をゆっくり一周すると、ベランダに出て外を眺めた。とてもすてきな見晴らしで、日当たりもよく、左には胎湖《タイフー》の一部も見える。ほとんどパーフェクトだ。そのあと、陸哲南に他の数室も見せてもらったが、レイアウトはだいたい一緒だった。

「どうだい、気に入った？」廊下に戻った陸哲南は反応を探るように尋ねた。

「ちょっと考えたいんですが……」

「いいよ、下で座りながらゆっくり考えればいいさ」

二人が客間に戻ると、さっきのメイドが陸哲南に小包を渡した。陸哲南が喜び勇んで小包を開けると、四袋の糖衣チョコが入っていた。このメーカーの糖衣チョコはカラフルにコーティングされている、陸哲南最推しの少女アイドルグループが広告塔を務める商品で、甘いものに目がない彼はこれを定期的に購入して食べているのだ。

陸哲南はガラス皿を四枚取り出してテーブルに整然と並べると、そこにチョコレートを入れた。それから四色の糖衣チョコをひとつずつつまむと、四枚のお皿にそれぞれ分けていった。つまり一枚の皿に入っているのは一色のチョコだけだ。

陸哲南が夢中になって分けるのを見ながら、鐘可は強迫神経症じゃないかと疑った。フライドポテトをわざわざ一本ずつきれいに並べてからじゃないと食べられないという人を以前見かけたことがある。

「ほら、どう？　とっても美味しいよ」陸哲南はしっかり分けた糖衣チョコを鐘可に寄越そうとした。

「甘いものはちょっと……すいません」鐘可は嘘をついた。陸哲南の脂ぎった指が触れた糖衣チョコなどとてもじゃないが食べられなかったのだ。

「借りるか決めた？」陸哲南は緑のチョコを口に放り込み、嚙み砕きながら話す。「さっき見たでしょ。部屋は広いし、物も揃ってるし、家賃も良心的で、ぼくと話だって合う。これからきっと仲よくなれると思うよ」

「えっと……とてもよい部屋でしたが、まだちょっと不明な点があって、家賃がこんなに安いのはなぜですか？」鐘可は本当の懸念を打ち明けた。

「はんっ！　安くて何が悪いのさ？　うちはお金がないわけじゃないし、たくさんある空き部屋を余らせたままにしておくのはもったいないから、いっそ貸し出したほうが家のなかもにぎやかになるってもんじゃないか。こんな人里離れたところにぼくら一家だけ住んでいるのは、寂《さび》しいにもほどがあるからね」陸哲南が満面の笑みを浮かべると、顔の贅肉が中央に寄った。

「そうなんですか……」鐘可は口を真一文字に結ぶと、さらにこう言った。「条件も家賃も申し分ありませんが、ちょっと遠すぎるのが……今日なんか地下鉄とバスを乗り継いで二時間近くかかったので、交通面で不安があります。それに仕事が終わるのがいつも遅いので……」

「交通なんかなおさら問題じゃないよ。ここから市の中心部まで直線距離だとたいしたことないんだよ。G道路を走れば車でたった四十五分の距離しかない」陸哲南はこともなげに言う。「毎日うちと市内を往復している配達業者がいるからそれに同乗するのもありだし、本当に遅くなったときはウーバーで虹橋駅《ホンチャオ》まで来れば、あとはぼくが運転手を手配して迎えに行かせるよ」

意外なサービスに鐘可はうれしさ反面、戸惑いもし、陸哲南が自分に親切すぎないだろうかといぶかしんだ。散々《さんざん》考えたすえ、やはりすぐには部屋を借りる決心が下せず、帰ってから考えさせてほしいと伝えた。陸家を出る前、自分の部屋を見ないかと陸哲南から誘われたが、やんわりと断った。

数日後、決心した鐘可は再び陸家を訪れ、二年の賃貸契約書にサインした。

5

鐘可《ジョン・クゥ》は再び目を開けたが、自然に目が覚めたわけではない。外から聞こえるサイレンやガヤガヤした声に起こされたのだ。自分がまだ危険と隣り合わせの夢のなかにいる気がした。

ベッドから身を起こすと、鐘可はコートを羽織り、眼鏡をかけてベランダに出た。陸家《ルー》の正面玄関前に何台も停まっているパトカーが、三階からはっきり見て取れた。

何があったんだろう？

頭がうまく働かないところに突然ノックの音が響いた。鐘可が早足で向かってドアを開けると、そこには普段と違う表情を浮かべた、屋敷の住人から小虹《シャオ・ホン》と呼ばれているメイドの劉彦虹《リィウ・イエンホン》がいた。鐘可が陸家に引っ越してからは、初めて出会ったときに自分の靴をぬぐってくれた彼女にずっと世話になっている。だがこんな暗い表情の小虹を見るのは初めてのことだった。

「鐘《ジョン》さん、あの……屋敷で殺人事件が起きて、警察が聞きたいことがあると言っているので、下りてきてもらえますか？」小虹は急《せ》かすように言った。

「え？　殺人事件？」鐘可は自分の耳を疑った。「誰が殺されたんです？」

「旦那さまです」

陸仁《ルー・レン》が殺された？　どういうこと？　鐘可は頭が混乱した。

この一年で鐘可が陸仁と声を交わした機会は数えるほどしかなく、普段も屋敷内で会ってもうなずいてあいさつする程度だ。だが鐘可の陸仁への印象はよかった。いつも礼儀正しく、入居者の身である鐘可にもたいそう優しく、常に笑顔で善良そうな雰囲気を帯びていたからだ。

陸仁は有名な慈善家で、慈善団体を運営し、身寄りのない子どもたちを引き取っていた。そんな人物がなぜ殺されなくてはならなかったのか？

鐘可が着替えて階下の客間に行くと、ソファーに男女の警察官が座っていた。真剣そのものの表情に思わず緊張した。

「どうも、梁《リャン》といいます。彼女は相棒の冷《ロン》です。昨晩この家で起きた殺人事件について、いくつかお話をうかがいたいのですが」男の警察官はメモ帳をめくりながら鐘可に言った。

「あ……はい」鐘可は状況が飲み込めないまま二人の向かいに座った。

「鐘さんはここの入居者なんですね？」

「はい」

「陸家に来られたのはいつ頃ですか？」

「一年前ぐらいのちょうどいま頃です」

「ご職業は？」

「声優です」

「お仕事の場所は市の中心部なのに、ここの部屋を借りたのはなぜですか？」

鐘可は一瞬言葉を失った。向こうはとっくに予習済みで、自分の素性をすっかり調べ上げているのだ。

「その……」鐘可はためらいながら答えた。「家賃が安かったというのが一番の理由です。それに朝晩に車に同乗できるのがとても便利だと思ったので……」

「昨晩十二時以降、何をしていました？」鐘可からかすかな不安が漂ってきたのを感じ取り、梁が如才なくこうつけ加えた。「あ、緊張しないでください。形式的な質問ですので」

「昨日は早めに寝たので、十二時以降だと……もう寝ていたはずです」

「夜なかに妙な物音が聞こえませんでしたか？」

「いえ、ぐっすり寝ていたので……」

鐘可はその後も梁から多くの質問をされ、被害者の陸仁や陸家の住人一人一人の印象まで聞かれるまま答えた。警察からの人生初の尋問に、彼女の神経は極度に高ぶっていた。

「では最後の質問です。先ほど夜なかに何も物音がしなかったとおっしゃいましたが、まだお尋ねしたいことがありまして……」梁は頬をかいた。「水中ポンプのモーター音がしなかったですか？」

「水中ポンプ？　いいえ」鐘可はきっぱり否定した。

「分かりました。ありがとうございました」梁はメモ帳を一枚破り、電話番号を書いて鐘可に渡した。「私の連絡先です。何か大事なことを思い出したら、お手数ですがお電話ください」

「分かりました」鐘可はメモを受け取った。そのとき彼女は自分がまだ夢から覚めていないのではないかと相変わらず疑っていた。

第三章　嬰《えい》　呪《じゅ》

1

　最近、青浦区《チンプー》の湖心《フーシン》公園にある陸《ルー》家の屋敷で二つの大事件が起きた。ひとつ目は、陸文龍《ルー・ウェンロン》の妻の張萌《ジャン・モン》が第二子を妊娠したこと。だが一家揃って新生児誕生を祝おうとしていた矢先に起きたもうひとつの大事件によって、喜びは一転悲しみのどん底へ突き落とされ、陸家を暗い影が覆った。陸家長子の陸仁《ルー・レン》が地下小屋で奇妙な殺されかたをしていたのだ。

　メディアに尾ひれ羽ひれつけられ好き放題に報道されたことで、インターネットも大いに湧き上がった。〝旧家で起きた恐るべき殺人事件〟〝有名慈善家の不可解な死〟〝謎めいた伝説に包まれた一家〟……といった煽《あお》りタイトルが次々に出てきて、陸家はまたたく間に世論の最前線に押しやられた。

湖心公園に侵入して陸家の様子を覗き見する悪趣味な輩《やから》などが毎日現われ、まだ悲しみに暮れる陸家の人々の心にさらなる暗い影を落とした。

情報伝達が発達したこの時代では、どんなニュースも注目の的となる。事態が進展するにつれ、ネットでは陸宇国《ルー・ユィーグオ》の生い立ちや陸家の歴史を掘り下げる者が現われ始め、あるサスペンス作家にいたっては新作予告の発表で陸家の殺人事件を小説にすると明言した。だがその作家の薬物スキャンダルがたちまち明らかになり、世間の関心はただちにその哀れな作家本人に向けられた。しばらくすると陸家の事件に注目する人は減った。これこそネット時代の一番面白いところかもしれない。明日と次の話題のどちらが先に来るか、誰も分からないのだ。

そして陸家の入居者である鐘可《ジョン・クゥ》がネットの波から逃れられないのも無理なかった。この数日間、彼女の微博《ウェイボー》（ユーザー約八億人を抱える中国のソーシャルメディア）にはDMが立て続けに届いたが、どれも陸家の殺人事件の内幕を知りに来た暇人で、彼女が犯人だと直接指摘する悪意の塊のような人物もおり、よくできた身勝手な〝推理〟をこねくりまわす者さえいた。嫌がらせに耐えきれなくなった鐘可はコメント欄とDMを閉鎖し、微博《ウェイボー》にも投稿しなくなった。

事件後の鐘可はいつも心ここにあらずといった状態だった。不健康な状態が仕事に響き、集中して収録することができなくなった。普段、映画や小説のなかでしか見ない殺人事件がまさか自身の近くで起きるとは夢にも思っていなかった。

一週間ぶっ通しの仕事を終えると、鐘可は極度の疲労を覚えた。その日、録音スタジオから出たときはすでに深夜二時をまわっていた。急激に下がった夜なかの外気に思わず身震いした。携帯電話をいくらかけてもタクシーなどつかまらず、絶望感に襲われた。そのとき、携帯電話の画面に突如、陸哲南《ルー・ジャーナン》から、仕事はもう終わったかという微信《ウェイシン》メッセージが届いた。録音スタジオの玄関前で車を呼んでいるところだと返事すると、なんと十分後に一台の黒いベンツがスタジオの前に停まった。後部座席のドアが開き、なかから陸哲南の巨大な体が現われた。

「え？　なんでこんなところに？」鐘可は心の底から驚いた。

「まずは乗ってよ。一緒に帰ろう」そう言うと陸哲南は身を縮ませて後部座席に入り、さっきまで座っていた座席を譲った。

今晩帰れないかもしれないという悩みからようやく解放された鐘可は、胸をなでおろした。車に乗り込むと、陸哲南にささやいた。「ありがとう、南瓜《ナングア》」

一年前に陸哲南と知り合ったばかり頃、鐘可は正直言ってオタクで浮ついたしゃべり方をする彼をちっとも好きになれなかった。しかし一年間一緒に暮らすなかで、このオタクにも気前がよくて筋が通っているところなどの長所がそれなりにあると徐々に理解していった。この一年で陸哲南から何度も好意を向けられたが、ほとんどがその場の勢いにまかせた発言だったので、特に鐘可に実害は出ていない。陸哲南の誘いを何度も断るうちに、二人のあいだにある種の複雑な不文律ができあがっていった。

「たまたま近くで〝絶対領域《ジュエドイリンユィー》〟のコンサートを見ていたから、だったら迎えに行こうと思ったんだ」陸哲南はコンサートの記念品でいっぱいの袋を満足げに見つめている。

「絶対領域？」

「あっ、少女アイドルグループのことね。みんな可愛い女の子ばっかりで、ぼくの大好きな糖衣チョコもその子たちが宣伝してるんだ」彼は誇らしげに言った。

「へえ、そうなんだ。じゃあその子らにお礼を言わないとね。じゃなかったら迎えも来なかったし、今晩野宿するところだったから」鐘可は首を傾《かし》げ、疲れた体をシートにもたれさせて、無気力な体勢を取った。

しかし鐘可は少し理解に苦しんだ。自分の伯父が殺されて、まだ犯人が捕まっていないというときにコンサートに行くとはどういう神経だ？　だが少し考えてみると、陸家では普段、陸仁一家と陸義《ルー・イー》一家の交流はほとんどないし、一緒に食事をすることも稀《まれ》だ。陸仁は陸義と陸礼《ルー・リー》の実の兄ではないし、呉苗《ウー・ミャオ》も彼の継母にすぎないからだと陸哲南から以前聞かされたことがある。だから正直な話、陸哲南らと陸仁一家との関係は薄いのだ。

「これからは何かあったら電話をくれれば、季《ジー》さんを行かせるよ」そう言いながら陸哲南は前の座席で黙々と運転する運転手を見た。もみあげに若干《じゃっかん》白髪が見える彼は季忠李《ジー・ジョンリー》といって、陸家のお抱え運転手であるとともに、執事でもある。

「それじゃあ迷惑でしょ」

「全然」陸哲南は鼻をこすった。「きみだって最近ストレスが半端ないだろう。伯父が殺されるなんて寝耳に水だったんだから」

車内の空気がいっきに重くなった。

「伯父さんを殺した犯人がすぐに捕まるといいね」

「鐘可ちゃんは怖い？」

「ちょっと。だって自分が住んでるところで起きたんだから」

「鐘可ちゃんは……」陸哲南は一瞬考え込み、「犯人がまだ犯行を続けると思う？」と尋ねた。

「え？　犯行を続けるって、どういう意味？」鐘可は意図がつかめず問い返した。

「伯父さんはうちのなかで死んだだろ……だから犯人の狙いは陸家全員じゃないかって思わない？　犯人はいま、次のターゲットを襲うチャンスをうかがっているとしたら？」陸哲南の口調は冗談を言っているものではない。

「まさか……そんな怖い話しても、自分の首を絞めるだけだよ」鐘可は眉をひそめた。真っ暗な道路でそんなことを話しているという事実に少し怖くなった。

「明日、伯父さんが殺された現場に行ってみようよ。何かがおかしい気がするんだ」いぶかしむ陸哲南は、普段アイドルを追いかけているときとはまったくの別人だ。

「いまは寝ること以外考えたくない」眠気の限界だった鐘可は目を閉じ、そのまま車内で眠ってしまった。このときの彼女は、陸哲南の言葉の意味など深く考えていなかった。陸哲南が自分の目の前で血まみれになって死んだのを見るまでは。

2

翌日、鐘可《ジョン・クゥ》が起きたときにはもう昼をまわっていた。ぐっすり眠り、気持ちがだいぶマシになった。夜更けに陸哲南《ルー・ジャーナン》が一緒に事件現場に行こうと言っていたのをうっすら覚えている。鐘可は顔を洗うと、白いセーターを着て客間に下りた。

客間のそばの食事室ではひと組の若い男女が昼食をとっていた。鐘可は近づいて声をかけ、彼らの近くに座った。

「あら、鐘可、起きたの？　季《ジー》さんが鶏湯麵《ジータンミエン》（チキンスープラーメン）を作ってくれたから、一緒に食べましょ」このちょっとオネエ言葉の男は、陸哲南の年上の従兄《いとこ》の陸寒氷《ルー・ハンビン》だ。プロのメイクアップアーティストで、背が高く、ネオ七三分けスタイルで、家でも垢《あか》抜けた格好をしている。

「あ、ありがとうございます」鐘可は鍋から熱々の麵をお椀に取り分けて食べ始めた。

陸寒氷の向かいに座る女性が鐘可をちらっと見て、マイペースに携帯電話をいじっている。彼女は葉舞《イエ・ウー》といって、流し前髪にボリュームたっぷりのロングヘア、黒いレザージャケットという近寄りがたい冷たいオーラを全身から発している。葉舞も陸《ルー》家の入居者で、鐘可の隣室に住んでいる。現在は修士課程で心理学を専攻している二十六歳だ。大学がこの近くにあるので、陸家の部屋を借りている。

普段、陸寒氷はこの葉舞と距離が近く、いつもこんなふうに一緒に食事をし、二階の娯楽室でビリヤードをしていることもある。この二人には他人には分からない共通の話題があるのかもしれない。

とはいえ、陸寒氷にも葉舞にも普段あまり会うことが少ないので、鐘可は二人についてあまりよく知らない。陸家で鐘可と一番距離が近いのは、たぶん陸哲南だ。

鐘可が鶏湯麵《ジータンミエン》を食べ終わったところに、陸哲南も客間に姿を見せた。手にしているガンダムのプラモデルは、彼が最近見つけた新たな趣味だ。

「起きたんだ、鐘可」鐘可を目にするや陸哲南は顔をほころばせた。「見てよ、ガンダムアストレイ〝レッドフレーム〟の限定版、午前中いっぱい使って組み立てたんだ、格好よくない？」昨晩の疑心暗鬼な様子はどこにいったのか、自身の会心の出来を鐘可に見せる。

「すごーい」プラモにまったく興味のない鐘可は適当に褒《ほ》めた。

そばにいた陸寒氷が陸哲南を一瞥《いちべつ》した。「おいおまえなあ、外に出てちゃんとした仕事を見つけなさいよ。毎日そんな無駄なことして、何が面白いの？」

「おまえに関係ないだろ？　俺のやることで迷惑でもかけたか？　嫌な思いでもしたか？」従兄弟同士でわけが分からない喧嘩を始めた。

「ふん、ニートのくせに」

「誰がニートだ？　もういっぺん言ってみろ、このカマ野郎！」陸哲南が怒りで顔を真っ赤にする。

「おまえこそ何よ？　このニート！　家で人が亡くなったばかりだっていうのに、コンサートやらプラモやらに夢中になれるなんて、それでも人間？」陸寒氷も激昂《げきこう》する。

「人が死んだら普段どおりにしちゃ駄目なのか？　だったら、おまえが伯父さんを殺した犯人を捕まえてこいよ！」

ヒートアップする口喧嘩をしり目に、葉舞はすっと立ち上がると、この争いに巻き込まれたくなかったのか、一人で階段を上がっていった。

陸哲南と陸寒氷の対立は実はとっくに日常茶飯事になっていて、二人はいつもことあるごとになんの前触れもなく突然喧嘩を始める。こんなピリピリした関係性は主に親が原因で、陸哲南の父親の陸義《ルー・イー》と陸寒氷の父親の陸礼《ルー・リー》の仲が悪く、その積もりに積もった〝軋轢《あつれき》〟が二人の息子まで仲違いさせ、両家の不仲をエスカレートさせているのだ。

二人の言い争いに同席するたびに鐘可は居心地が悪くなる。だが葉舞のように我関せずの態度で席を立つこともできず、仲裁してみることにした。

「まあまあ……そんな毎回顔を合わせるたびに喧嘩しないでくださいよ。同じ家族じゃないですか……」

「誰がコイツとなんか」陸寒氷は不愉快そうに手を払い、同じように食卓を離れた。

「なんて野郎だ、まったく」陸哲南が陸寒氷の背中に一言《ひとこと》浴びせる。だが鐘可の前で恥ずかしい姿を見せてしまったと思ったのか、できるかぎり怒りを抑えながら言った。「ごめんね鐘可ちゃん……いっつも馬鹿みたいなこととして」

「気にしないで」そんなことに構いたくない鐘可はすぐに話題を変えた。「そうだ、伯父さんが殺された現場を見に行くんでしょ？」

「ああ、一緒に行く？」陸哲南は途端に、夜更けに車のなかで見せた表情に戻った。「ちょっと話したいことがあるんだ」

3

陸仁《ルー・レン》殺害からすでに二週間余りが経ち、陸《ルー》家の北西側には地下小屋を囲むように黄色い規制テープが何本も張られているが、警備や見張りはもういない。警察は初動で現場に残ったあらゆる証拠を可能なかぎり集め、陸家の住人全員から念入りに話を聞いた。だがいまのところ、捜査にこれといった新しい進展はなく、容疑者の目星すらついていない。陸哲南《ルー・ジャーナン》とともに地下室の階段の手前に立つ鐘可《ジョン・クゥ》は、首だけ伸ばして下を覗いた。階段を下りた先に、固く閉ざされた地下室の扉がある。

「伯父さんが殺されたのはここ？」鐘可は自分の鼓動が速まる感覚を覚えた。彼女にとって、これが初めて見るリアルの事件現場だ。

「うん」陸哲南は懐中電灯を手にし、慎重に階段を下りて扉を押し開いた。鐘可も後ろからついていく。

真っ暗な地下室にはまだ腐敗した空気が漂っているようだった。地面に散らばっていた空き瓶は検査のために警察にとっくに回収され、床には死体のチョークアウトラインが描かれているだけだ。鐘可は死体が横たわっていた場所を踏みたくなかったので、注意深く歩を進めた。陸哲南が懐中電灯で地下室内を照らしたが、特に何も見当たらない。

「そういえば、警察から水中ポンプについて聞かれなかったかい？」陸哲南が突然尋ねた。

警察との一問一答を思い出した鐘可はすぐに答えた。「うん、聞かれた気がする。あの警察官から水中ポンプの音が聞こえなかったかと聞かれたけど、聞いてないって言っておいた。なんでそんなこと聞くんだろうと思ったけど、そっちも聞かれたの？」

陸哲南がうなずく。「ぼくも聞かれた。住人みんな聞かれたみたいだけど、そんな音を聞いたのは誰もいなかったみたいだ」

「どうしてそんなこと聞いたんだろう？」鐘可は見当もつかないように頭をひねった。

「ええとね、あの前の数日間は地下室の入り口がずっと雨水で水没していたけど、伯父さんが亡くなったのは入り口が水没してからで、現場になったここの床は濡《ぬ》れていなかったらしいんだ。つまりこの扉は開けられていなかった……」

「え？　じゃあ伯父さんの死体はどうやってなかに入ったの？」

「そこが警察の悩みのタネなのさ。だから警察は、雨水を水中ポンプで抜いたんじゃないかと疑ったわけだ。でも尋ねてみると、住人の誰も水中ポンプの音を聞いていないことが分かって、また別の説明が必要になってきた」陸哲南は当時の状況を簡潔にこうまとめた。「そういうわけで、伯父さんの死は密室殺人になったわけさ」

「密室殺人?」鐘可にとってその単語は聞き慣れないものではなかった。彼女は普段から推理小説を読んでいる。「確かに、言われてみればそれっぽい……どうなってるの?」

鐘可はこの事件もまた重たいベールに包み込まれたかのように思った。

すぐさま陸哲南が南側の小窓の前まで近寄り、上を見て窓の位置を確認した。

鐘可も顔を上げ、尋ねた。「あそこから伯父さんの死体を入れたんじゃない?」

「あんなに小さいんだから、無理だよ」陸哲南は首を振った。

地下室のような場所に長く留まっていると、現実離れした感覚を味わう。陸哲南は脳裏にジェームズ・ワン監督のホラー映画《死霊館》のあるシーンが浮かんで、思わず身震いした。探偵よろしく事件現場に来て調査しようとしたのに、手掛かりひとつ見つからないどころか、言いようのない恐怖に体が支配されている。二人はただちにここを出ることにした。

階段を上ると、陸哲南はそのまま右へ進み、換気窓があるところに立ち、窓枠にかかったフックを指差した。「鐘可ちゃんはへその緒のことを聞いた?」

「へその緒？」鐘可は一瞬思考が停まった。「それって赤ちゃんの？　なんでそんなことを？」

「ああ、あのときここで遊んでいた小羽《シャオユィー》が、ここに何かがかかっていたのを見つけて、拾っておもちゃにしてたんだけど、よくよく見てみたらへその緒だったってわけさ」陸哲南は表情を若干《じゃっかん》強張らせた。「どうしてこんなところにへその緒なんかあったと思う？」

「え？　それ本当？　へその緒が？　へその緒なんてどこから出てきたの？　すごく怖いんだけど、犯人の仕業？」事件現場にへその緒があったことを初めて聞いた鐘可はショックを受けた。

陸哲南は再び表情を一変させた。「見せたいものがあるから、ついてきてよ」

4

屋敷に戻ってほどなく、鐘可《ジョン・クゥ》の目に突然、陸寒氷《ルー・ハンビン》と葉舞《イエ・ウー》が家の裏へ歩いていく様子が飛び込んできた。二人の後ろ姿が次第に遠ざかる。鐘可が二人の歩いていく先に目を向けると、重力の制約から解き放たれたように、胎湖《タイフー》の湖畔の地面から二メートル余りの高さに三つの奇妙な小屋が吊り下がっている。

「コソコソしやがって、悪いことしてるに決まってるよ」陸哲南《ルー・ジャーナン》もその二人の姿を認め、ぶつぶつつぶやいた。

「ねえ南瓜《ナングァ》、ずっと聞きたかったんだけど、あっちにある三つの家ってなんなの？　わざわざ上から吊るしてある理由は？」

「ああ、あれは空中コテージだよ」

「空中コテージ？　何それ？」

「湖心《フーシン》公園ができたばかりのときに造られたリゾートロッジさ」陸哲南が丁寧《ていねい》に説明する。

「ほら、岸辺に立っている鉄骨からログハウスが吊り下がっているんだけど、どれも三本のワイヤーロープで鉄骨と屋上がつながっているから宙に浮いているんだ。とってもイケてるだろう？　三つとも湖の上にあって、しかも部屋の床は一面透明な強化ガラス製だから、なかに立って下を見ると湖面に浮いているみたいに胎湖が見えるんだよ。当時はすごい斬新な湖岸のレジャーハウスで、それに空気もよかったんだ。湖岸を囲むようにしてあんな空中コテージがたくさん造られたんだけど、公園が休業してからほとんど撤去されて、いまではぼくらが個人で使う用にあの三つしか残っていないんだ。それであのカマ野郎がそのうちのひとつを自分の遊び場に改造したんだ」そこまで話すと陸哲南はまたもや怒り出した。「ぼくのことを暇人って言ったけど、自分だって女の子を連れて楽しんでるじゃないか？　恥知らずにもほどがあるよ！」

「早く行かない？　何か見せてくれるんでしょ？」外は冷えるので、鐘可は陸哲南を促した。

　二人は屋敷に戻り、客間の東側にある廊下を渡ると、陸哲南はそのまま鐘可を自室に案内した。彼の部屋は屋敷一階の一番東にあり、胎湖の西側と隣り合っている。上空から俯《ふ》瞰《かん》すると、陸《ルー》家の一階の胎湖にはまり込んでいるもっとも東側のその場所こそが、陸哲南の部屋だ。そのため彼の部屋は三方を湖に囲まれている〝レイクサイドテラス〟ともいえ、窓を開ければ真下に胎湖が見え、夏になるときつい藻の臭いが漂う。

　陸哲南は常に身に着けている鍵を取り出し、山吹色のドアを押し開いた。彼は普段、部屋を出るたびに習慣的に鍵をかける。なぜなら彼にとって、部屋のなかのすべてが大切な宝物だからだ。そのため普段の掃除の時間でも基本的にメイドを入れることはなく、彼が自分で掃除をする。

　そして鐘可がこの部屋に足を踏み入れるのも、この一年で初めてだった。最初に彼女の目を引いたのは、床に敷かれた淡黄色の絨毯だ。床一面を覆う絨毯の中央にある、過激な姿の等身大二次元美少女のイラストに嫌でも視線がいく。部屋は広くないが、アニメのミニ展示会を思わせるインテリアに目がチカチカする。右側のガラスケースには、完成したレゴブロック、アメコミのスーパーヒーロー、仮面ライダーのフィギュア、ガンプラ等、ありとあらゆる精巧なコレクションがそれぞれの棚を埋め尽くしている。ケースのすぐ上には漫画、小説、DVDでいっぱいの六段の本棚がある。

ドアの正面にはベッドと机が並べて配置されている。ベッドは部屋のなかで一番派手で、掛け布団とシーツにはどぎついアニメ柄がプリントされている。ベッドに横たわる等身大の抱きまくらには、二次元美少女が誘惑ポーズを取っている。やりすぎだと感じるのは、アニメプリントの幅広いカーテンがベッドを囲み、天井につけたレールでそれを自在に開け閉めできる点だ。

ベッドの真後ろに設置された机は、窓辺にあるので充分な日差しを受けられる。広い机上には液晶モニターが二台置かれ、小さいのはパソコンの本体に接続され、もうひとつの大きめのは映画やゲーム用だろう。スペースを節約するため、そばにあるPS4は机に縦に置かれていて、窓辺の壁に取りつけられたプラスチック製の棚には正規版のゲームのパッケージケースが一枚ずつ入っている。

振り返った鐘可はドア裏に少女アイドルグループ〝絶対領域〟のカレンダーがかけられているのに気づいた。ドアの半分近くを覆うほどの大きさで、きれいな女の子たちが若さをほとばしらせて踊る姿が印刷されている。

鐘可はここの様子に心底震え上がった。彼女だってネットでオタクの部屋の光景を見たことはあるが、リアルでこんな部屋を目にすると、やはり息を呑む。部屋の西側と北側の壁に置かれた四枚扉の棚に目を向け、いま目にしたものが氷山の一角にすぎないことに気づいた。そこの埋め込み棚にはさらに多くの〝コレクション〟がしまわれているに違いない。

「ごめんね鐘可ちゃん、ちょっと散らかっていて」陸哲南は机の前から椅子を部屋の中央に持ってきて、鐘可に座るよう促した。「どうぞ座って」そして自分は隅からソファークッションを引っ張り出してきてそこに座った。太った体がめりこんだソファークッションは、生地のように潰れて一枚のピザになった。

「見せたいものって？」鐘可は陸哲南がもったいぶる理由が分からなかった。

「鐘可ちゃんは嬰呪《えいじゅ》って聞いたことある？」陸哲南の顔色が途端に悪くなった。

「え？　なにじゅ？」

「嬰呪《えいじゅ》だよ」陸哲南は繰り返して言った。

5

遠い昔のある村では、いつの頃からか〝女児の出生を禁止する〟制度があった。村人たちはみなその制度を神の決定と見なし、村の女がどれだけ少なくなろうとも、男たちはない知恵を絞り出して村の外から女を家に迎え入れ、規則を頑《かたく》なに守り続けた。

村の女が出産間近になると、産婆はまばたきひとつせず布団のそばで待ち構えなければならない。生まれたのが男児なら、赤い産着にくるんで外にいる子どもの父親に渡す。生まれたのが女児なら、白い産着で覆い隠してそのまま子どもを抱えて出ていき、女は身ごもっていなかったことにする。

村のそばにある草が生い茂った場所には五、六メートルほどの灰色の石塔が建てられている。先細の錐型で、てっぺんには四角形の穴が開いており、石を無造作に積んでできあがった段差が穴から斜め下に続いている。石塔を遠目に見ると、巨大な土饅頭に見える。夜なかに塔から赤ん坊の泣き声が途切れ途切れに聞こえ、不気味な夜の奏鳴曲を奏でる。

石塔は〝嬰塔《えいとう》〟と呼ばれた。女児を連れて出た産婆はおぼつかない足取りで嬰塔に上り、生まれたばかりの女児を穴に捨てて、そのまま放っておく。長い年月が経ち、塔内には赤ん坊の骨が上まで積み上がり、近づくといつも悪臭が鼻につくようになった。どれほどの赤ん坊がそこに捨てられたのか、分かる者はもう誰もいない。

ある日、村の一人の妊産婦が目を覚まし、そばで眠っているはずの子どもがいないことに気づき、夫を問い詰めた。夫は黙り込み、妻が泣き叫ぶままにした。その刹那《せつな》、妻は取り憑《つ》かれたかのように家を飛び出し、嬰塔に駆けていった。それは出産し精力を使い果たした女にはほぼ不可能な行動だった。

女が息も絶え絶えに塔のてっぺんまで上り、狭い穴のなかをうかがい見ると、腐った死体の上で我が子が声を張り上げて泣き叫ぶ光景が目に飛び込んできた。そのきわめて凄惨《せいさん》な泣き声は、この世に生を受けて一日足らずの命から発せられているにもかかわらず、この世に残す最後の悲鳴にも似ており、または母親だけに届く本能の叫び声なのかもしれなかった。女は衰弱しきった体を引きずり、最後の気力を振り絞ってやせ細った腕を穴の下へ伸ばした。子どもをすくい上げようとするが、まったく手が届かず、いくら力を奮い立たせても、震える指先で子どもの玉のような柔肌をかするほどのことしかできず、その紛れもない感触が女の絶望を呼び起こした。女は心が張り裂けんばかりに泣き、力なく叫びながら涙が枯れるまで流すと意識を失った。

目を覚ました女は茅葺《かやぶ》き小屋に横たわっていた。彼女を助けたのは、地元では有名な呪い師だった。人を殺《あや》める呪術に精通した呪い師が彼女の命を救ったのだ。衰弱しきった彼女は呪い師の手を固く握りしめ、我が子の仇《かたき》を取るよう哀願し、そのためなら自らの命を捧げても構わないと言った。そう言い残すと、女はこの世を去った。だが見開いた両目は呪い師の青白い仮面をにらみつけたままで、彼がうなずくまで閉じることはなかった。

夕暮れ時に村に忍び込んだ呪い師は、各家の住人の枕の下に棺桶に使った釘を一本ずつ潜ませた。その釘はみな乳児の棺桶から引き抜き、呪い師が呪いをかけたものだ。夜の帳《とばり》が降りると恐ろしい光景が広がった。嬰塔の漆黒の穴のなかから、嬰児《えいじ》が一人また一人と這い出てきて、十、三十、百と途切れることなくあとに続いた。腐肉をまとい、骨を露出した嬰児たちは、ある者は眼球がこぼれ、ある者は耳が落ちていた。それらは大量発生したネズミのように群れをなして田畑や草むら、川のなかにまで広がり、耳をつんざく泣き声を発しながら村へ向かって一心不乱に這って進んだ。嬰児たちはたちまち村になだれ込み、村民たちの家を一軒残らず占領した。絶叫と悲鳴が夜空にこだまし、その夜、村は地獄と化した。

翌日、村から生者が消え、さらに死体はどれも食いちぎられていて、二目と見られぬ惨状に成り果てていた。そしてすべての家のなかには、一本のへその緒が残されていた。

6

その恐ろしい伝説を聞き終えた鍾可《ジョン・クゥ》は身の毛がよだった。特に赤ん坊の群れが塔からわらわらと這い出すシーンを思い返すと、その不気味な光景が脳裏から離れなかった。

「その呪い師が村人にかけたのが、嬰呪《えいじゅ》といって、人を死に至《あ》らしめる悪しき呪いなんだ。いまの話は単なる民間伝承だけど、呪いを甘く見ちゃいけないよ」陸哲南《ルー・ジャーナン》はもっともらしく説明する。「嬰呪は中国西南部辺境の呪いに端を発していて、古代の〝感染呪術〟の一種でもあるのさ」

「なんでそんなに魔術に詳しいの？」鍾可は不思議に思った。

「そりゃ当たり前だよ、鍾可ちゃん。こう見えてもぼくはオカルトマニアなんだ」陸哲南は胸を張って答えた。「風水でしょ、呪いでしょ、それに西洋魔術や吸血鬼にだってちょっとはかじったことあるんだ」

「そんなに趣味が広いって思わなかった」

「漫画家を志した時期があったからね。ぼくにしか描けない話を描きたくて、いろんな本を手当たり次第に読んだのさ。でも才能がないと気づいて、諦めちゃったんだ」陸哲南はやや悔しそうな口調だった。「誰もが漫画家になれるわけじゃないってことさ。中国には奇抜なストーリーばかり描いて、たいした想像力を持っているものすごい漫画家がいてね。そういうやつは生まれながら漫画家のオーラをまとっているものなのさ。ぼくはその漫画家の大ファンなんだ。実はうちとも交流があって、この前も取材に来たんだよ」

「そうなんだ。ところで、いま言った嬰呪ってまさか伯父さんが亡くなったことと関係あるって思っているの？」鐘可は話を本題に戻した。「事件現場の換気窓にはへその緒がかかっていたんでしょ……まさか伯父さんは嬰呪をかけられたってこと？」

「そうじゃないかと思ってる」陸哲南は唇を震わせ、机のそばまで来ると引き出しを開けて、ハンカチに包まれた何かを取り出した。そしてハンカチを開け、なかのものを鐘可の前まで持っていって見せた。「これが見せたかったものだよ」

鐘可はそれをまじまじと見た。表面のあちこちにすっかりサビが浮いた鉄の角釘だ。とても細いため、じっくり見ないと針だと勘違いしてしまう。

「釘？」

「普通の釘じゃないんだ……」陸哲南の顔から急に血の気が引いた。「これは棺桶の蓋に打ちつける棺桶用の釘なんだ」

「棺桶用の釘？」鐘可は啞然とした。「棺桶に打つのにこんなに小さいの？」

「大人の棺桶に打つためじゃないからだよ……これは赤ん坊の棺桶に打つためにわざわざ

用意された嬰棺釘《えいかんくぎ》なのさ」陸哲南は説明する。「生まれてすぐ亡くなった子どもでも土葬しなきゃいけないだろ。そこで赤ん坊にピッタリなサイズの棺桶が必要になるんだ。嬰児《えいじ》棺は餃子みたいな形に作ることもあって、蓋に釘を三本打ちつけなきゃいけないのさ」

「それで、この釘ってどこで見つけたの?」

陸哲南は鼻の頭にかいた汗を手の甲でぬぐい、言った。「数日前に、伯父さんの部屋で」

第四章　死の予告

1

　その日、陸《ルー》家は呉苗《ウー・ミャオ》の七十五歳の誕生日という慶事を祝うためだけに、上へ下への大騒ぎだった。呉苗は陸宇国《ルー・ユィーグオ》が一九六〇年代に娶《めと》った二人目の妻であり、五年前に陸宇国が亡くなってから、陸家でもっとも尊敬される長老だ。陸家では、呉苗が産んだ陸礼《ルー・リー》と陸《ルー》義《イー》という二人の跡取り息子も、呉苗の継子である陸仁《ルー・レン》も、呉苗という一家の主《あるじ》を深く敬っていた。家庭内の大事や些事《さじ》にいたるまで、呉苗がすべて決定しなければいけないわけではないが、多かれ少なかれ、みなこの老婦人の意見には耳を傾けた。

　呉苗の長寿祝いを計画した当初は、盛大な催し物にするはずだった。陸家三兄弟の同業者や友人を含む各界のゲストも招くことになっていた。だが、陸家で突如として殺人事件が起きてしまった。二週間前、陸家の長子である陸仁が地下室で謎の死を遂げたため、長寿の祝いもあまり華やかにするわけにはいかなくなった。陸義は呉苗と相談し、招待済みのゲストを断り、屋敷で家族だけのささやかなパーティーを開いてお祝いすることにした。その理由も主に老婦人の気持ちを鎮めるためだ。

その日の昼、呉苗はメイドに支えられながら階段を下りてきた。彼女の部屋は屋敷の三階にある。高齢でありながらなお健脚で、歩くときは杖などつかず、毎日階段を上り下りする必要があるのに、静かだという理由で三階の部屋に住み続けている。だが階段を使うさいは、安全を考慮して普段はメイドが介添えすることになっている。

呉苗の手を支えているメイドは范小晴《ファン・シャオチン》で、屋敷の住人からは小晴《シャオチン》と呼ばれている。小晴ともう一人のメイド、こちらは小虹《シャオ・ホン》と呼ばれている劉彦虹《リィウ・イエンホン》は、どちらも他の地方から上海に出稼ぎに来たときに、家政婦派遣会社を通じて陸家で働き、それから陸家のお雇いメイドになった。屋敷内の掃除、料理、来客の応対、住人の日常生活上の世話が普段の主な仕事だ。

高身長の二十六歳の劉彦虹とは対照的に、彼女より二歳年上の小晴はか細く愛くるしい姿をしている。淡黄色に染めた髪の毛を両側で小さなおさげにしている。細面な顔には目立たない薄化粧を施し、まつげを心なしカールさせ、精巧な形の小さな鼻には品のよさが漂っている。近所の女の子といったいたずらっぽい出で立ちだ。性格は劉彦虹より優しく、活発で社交的だ。

「おくさま、どうぞおかけになってください」小晴は呉苗をテーブルの上座に案内した。

呉苗はかすかにうなずき、席についた。今日の彼女は少し疲れているように見える。真冬なので、毛糸の帽子と暗めの綿入れで万全の防寒対策を取っている。彼女は極度の〝ジェロントフォビア〟で、若かりしときに滬劇《こげき》のスターだったという過去に執着してやまず、年齢のことを口にされるのを普段からひどく嫌がる。これも小晴が〝おばあさま〟ではなく〝おくさま〟と言った理由だ。

老いをできるかぎり見せないようにするため、呉苗は真っ白な髪の毛を黒く染めている。だがそうしたところで、額《ひたい》や唇には歳月が残したシワがはっきりと刻まれており、目尻のシミも顔に老いの烙印《らくいん》を押している。呉苗は薄情そうな顔をしており、目の彫りも深く、その表情から普通の老婦人のような慈《いつく》しみを見いだすことは不可能で、むしろおかしいほど厳粛な印象を与える。

その場を立ち去ろうとする小晴が呉苗に突然呼び止められた。

「小晴、あなた、その黄色い髪をもとに戻してらっしゃい。自分の格好を見てごらん」呉苗はほとんど命令のような口調で小晴に言い、次に太ももを露わにしている靴下に目を向けると、吐き捨てるように言った。「靴下もこれからはもっと上げなさい。それに爪のマニキュアも派手よ。女の子は慎みと奥ゆかしさが大事だって何遍言ったら分かるの？」

「わっ、分かりました、おくさま」小晴は言いたいことがあるようだったが、口答えするつもりもなかった。「それでは失礼します」

厨房《ちゅうぼう》に向かう小晴の背中にまたしても呉苗のぼやきが飛ぶ。「きちんと歩きなさい。両膝を合わせるようにして、つま先を外に向けるんじゃない」

小晴は言うことを聞き、歩く姿勢を無理やりなおす以外なかった。耳にタコができるほどの呉苗からの難癖と文句に彼女はすっかり慣れていた。

小晴が厨房に来ると、ちょうどパーティーの準備をしていた小虹《シャオ・ホン》が目配せする。呉苗の無遠慮な要求など気にすることはないという意味だ。小晴も平気だというふうに手を振って応える。「なんでもない。もう慣れてるから」

そのとき、執事の季忠李《ジー・ジョンリー》が、有名パティシエに作らせたオーダーメイドのケーキを手に提げ、市内から戻ってきた。彼はケーキを厨房の片隅に置くと、別の仕事に取り掛かりに行った。季忠李は寡黙な人物で、いつもサイズがあまり合っていない黒いスーツを着ている。今年五十五歳の彼はかなり老けて見える。残り少ない頭髪は白髪がまばらに生え、額にはすっかりシワが刻まれている。眉毛が濃く、鷲《わし》鼻で、バットマンのそばにいるあの老執事を少し思わせる。

陸家の執事兼運転手である季忠李は家じゅうの雑務すべてを取り仕切り、財務収支の管理から、この前のような陸哲南《ルー・ジャーナン》と鐘可《ジョン・クウ》の送迎まで行なう。陸家でコツコツと働いてもう十五年になる。食べる物がないほど落ちぶれていた頃に陸宇国から腹いっぱい食べさせてもらってから、陸家に忠誠を誓うようになったという。

ケーキが届き、小虹と小晴は長寿祝いの宴《うたげ》の料理を作り始めた。今日の陸家でもっとも忙しいのは、おそらくこの二人のメイドだ。

2

鐘可《ジョン・クウ》が三階の部屋から出たとき、ちょうど隣室の葉舞《イエ・ウー》も出てきたところだったので、二人は会釈して声を交わしたあと、一緒に下に下りた。その間、どちらも一言《ひとこと》もしゃべらないので、気まずいムードが漂った。その主な理由は、二人のあいだに共通の話題がひとつもないからだ。

陸《ルー》家の主人県苗《ウー・ミャオ》が七十五歳の誕生日を迎える今日、鐘可と葉舞もパーティーに呼ばれており、二人とも控えめだが化粧をしているのがうかがえる。鐘可は明るめのセーターにロングスカート、葉舞はハリのあるコートドレスに真っ黒なロングブーツといった女王さまめいた出で立ちだ。

パーティーは昼の十二時半に、陸屋敷一階の食事室で行なわれる。鐘可と葉舞は広々とした食事室に足を踏み入れた。五、六人が座れるほどの円卓が二台並べられている。すでに呉苗は鎮座し、陸家の他の面々も席についている。みなの視線を一身に浴びて、鐘可は少し居心地が悪くなった。

鐘可と葉舞は呉苗とは別のテーブルに座った。鐘可が食事室を見渡すと、陸哲南《ルー・ジャーナン》の姿がなかった。昨日、嬰棺釘《えいかんくぎ》を見せたときの不安でたまらない表情を思い出し、思わず心配になった。

すると、階段の上から突然ギャーギャーうるさい声が聞こえてきた。陸小羽《ルー・シャオユィー》がわめきながら鐘可のそばまで駆け下りてきたかと思うと、驚く間もなく、いきなり彼女に抱きついたのだ。奇襲を成功裡に終えた陸小羽は、「ギャハハハ」と笑った。そのとき陸文龍《ルー・ウェンロン》が息子の腕を慌てて引っ張り、鐘可に謝りながら息子を叱《しか》った。父親からしつこく注意されて、陸小羽はとりあえずようやく静かになった。

陸文龍一家は鐘可らと同じテーブルに手配された。これはおそらく、ヤンチャな陸小羽が呉苗の食事の邪魔をしないようにという配慮からだろう。だから祖母と孫をあえて別にしたのだ。息子のしつけをしているときの陸文龍は普段の優雅なイメージとすっかり異なる。今日、彼はフレンチグレーのウールセーターを着て、細ぶちの眼鏡をかけていることにより、涼やかな顔に冷酷さがにじみ出ている。だが小羽《シャオユイー》がわんぱくないたずらをすると、子どもを追いかける〝主夫〟モードへ早変わりだ。決断力のある外科医にはとうてい見えない。

陸文龍は鐘可の隣に座り、小羽を自身と妻のあいだに座らせた。陸文龍の妻は張萌《ジャン・モン》といい、陸文龍が働く病院で看護師をしている。結婚して十年になり、張萌のお腹には第二子がいる。張萌は気立てがよく優しい妻で、長い髪を頭の後ろで束ね、ツヤのある丸顔はすっぴんで、時折わずかに光を反射する銀のネックレスをつけ、すでに大きくなったお腹を隠しきれないゆったりとした服を着ている。陸文龍と比較して、彼女は小羽に溺愛気味で、息子を叱ることは滅多にない。

「おい文龍《ウェンロン》、お袋さんはどうした？」隣のテーブルに座る禿頭の男が立ち上がる。陸哲南の父親で、陸文龍の叔父の陸義《ルー・イー》だ。陸義父子の最大の共通点はその身についた贅肉で、一目瞭然だ。

陸義は傾きかけた投資会社を経営し、普段は酒とギャンブルにのめり込み、よくまわる口を持つまったく好感を持てない人物だ。その隣で足を組んで食事を待っているのは、彼の現在の妻で、陸哲南の継母に当たる駱文艶《ルオ・ウェンイエン》だ。この厚化粧の女は呉苗からずっと疎《うと》ましがられており、両者の〝嫁姑問題《よめしゅうとめ》〟は深刻だ。

陸文龍は申しわけなさそうに言った。「ああ、母さんは来られなくなったよ。ここ最近ずっと体調を崩してるから、大事をとって休ませたんだ」その直後にうかがうような視線を呉苗に向けた。「おばあちゃんは気にしないで」

陸仁《ルー・レン》が殺されてから、妻の王芬《ワン・フェン》はめっきり落ち込み、精神的に参ってしまった。ここ数日は食欲もなく、生活のすべてを悲しみの感情で支配されてしまっている。

父親を失った陸文龍もこの悲しみに常に蝕《むしば》まれていた。だがいま自暴自棄になるわけにはいかない。か弱い母や身重の妻、そして祖父がもう戻ってこない事実にまだ気づかない陸小羽も含め、陸文龍が支え、面倒を見なければいけないからだ。そのため、陸文龍は父親が死んだ悲しみを心の奥底に抑えつけ、いつもと変わらぬよう振る舞うことに努めた。外科医として、これまで命が消える瞬間を数え切れないほど目にしてきたし、大切な人を失った場面に立ち会ったことも数知れない。そんな経験が自分自身に起こったいま、彼もまた無感覚になってしまったようにみえた。

「ご飯はどうせ食べるでしょ」老婦人は少し不満げな顔をした。

「大丈夫だよ、あとで持っていくから」

その後すぐに陸礼《ルー・リー》父子も会場入りし、呉苗のテーブルに座った。

「ごめんよ母さん、さっきまでレストランの対応に追われて電話を受けてたんだ」陸礼は遅れてきたことを謝ると、すかさずポケットから小さな箱を取り出して呉苗に差し出した。

「母さん、今日は誕生日おめでとう。はい、プレゼント。すごく高価っていうわけじゃないけど、息子としての気持ちだよ」

呉苗が箱を開けると、中身は緑色に輝く翡翠《ひすい》の腕輪だった。呉苗は腕輪を取り出すと、うれしそうに自分の腕にはめた。片手には陸義からプレゼントされたばかりの黄水晶のブレスレットがついている。老婦人はこの手のものに目がない。彼女は両腕を顔の前に挙げて、二人の息子からの誕生日プレゼントを見比べた。

そのときメイド二人が冷菜を数皿テーブルに並べた。呉苗は面白そうに腕輪とブレスレットを小虹《シャオ・ホン》に見せ、尋ねた。「小虹はどっちがきれいだと思う？」

陸義と陸礼が針のように鋭い眼差しで同時に小虹を見た。どちらをきれいだと言っても角が立つのは小虹には分かっていたし、そもそも彼女にはどちらがきれいかなど見分けがつかないので、気が進まなかったが答えた。「どちらもおきれいで、おくさまにピッタリだと思います」

「あたしは翡翠のほうが好きだね」呉苗はオーディション番組のベテラン審査員のような

仕草で最後の判定を下した。

陸礼はスナイパー同士の孤独な戦いで突然相手を射殺したかのようにほくそ笑んだ。かたや陸義はいささか不愉快そうにつばを飲み込んでいる。

前述したとおり、陸義・陸礼兄弟には根深い溝があり、それは二人の社会的地位の違いにも関係がある。今年五十歳の陸礼は背があまり高くなく、外見はやり手の日本人に見え、清潔感のある角刈り、鼻の下に少しばかりひげを蓄えており、先を見通す能力を備えているように見える。上海で有名な日本料理店のオーナーで、店の経営は飛ぶ鳥を落とす勢いだ。それというのも、彼自身がもともと料理が得意で、グルメ雑誌のコラムニストでもあるからだ。そのせいで、名声も収入も、そして人物像も、陸義を大きく離している。

だが事業が成功しているとはいえ、陸礼の結婚は同じように順風満帆とはいえない。二回した結婚はどちらも最終的に〝離婚協議書〟で終わりを告げており、その原因を知る者はいない。陸寒氷《ルー・ハンビン》は陸礼と最初の妻の子どもで、この父子はいま陸屋敷の二階に暮らしている。

冷菜が揃ったところで、呉苗は客間に目を向けた。「南南《ナンナン》はどうした？」

王芬の他に、いまになっても姿を見せていないのは陸哲南だけだった。

「まだ寝てるんでしょ。また徹夜でゲームしてたに決まってるわ」陸礼の隣に座る陸寒氷がここぞとばかりにあざける口調でけなした。

「あのバカ息子、呼んでくる！」陸義が立ち上がろうとした瞬間、ちょうど陸哲南が食事室のドアから姿を見せた。そして呉苗と言葉を交わすと、陸義の隣に座った。

陸哲南の顔色が紙みたいに真っ白で、憔悴しきった顔にほとんど生気がないことは、隣のテーブルにいる鐘可さえ気づいた。

「どうした南南、顔色が悪いぞ？」息子の異変に気づいた陸義も心配そうに尋ねる。

陸哲南は「別に」と言っただけで、みんなもそれ以上構わなかった。

全員がグラスに飲み物を注ぎ終えると、陸義が先んじてグラスを掲げて発言した。「さあ、今日は母さんの七十五歳の誕生日だ。わが家がこんなふうに揃うのは滅多にないから、しっかり食べようじゃないか。最近うちでいろいろなことが起きて、みんなとても悲しんで落ち込んでいるのは分かる。兄貴が亡くなったのは、俺も辛い」ここまで話すと、彼は陸文龍一家をじっと見つめた。「だけど真実は必ずいつか明らかになる。われわれ生きている人間は、これからの日々をもっと大切に生きようじゃないか。母さんがいつまでも健康で長生きしますように。誕生日おめでとう！」言い終わると、彼は呉苗の前まで手を伸ばし、老婦人とグラスを合わせた。

「そうね、食べましょう」呉苗の宣言で、パーティーが正式に始まった。

だがこの場の出席者で、鐘可の視線だけが陸哲南に注がれていた。

3

誕生日パーティーの雰囲気は驚くほど静かだった。今日の主役である呉苗《ウー・ミャオ》を含めて、全員の気持ちはそれほど高まっていない。しかし無理もない話で、家で死者が出たばかりなのだから、食卓にたくさんの愉快な笑い声が飛び交うことはないのだ。だがこのなかで一番食欲を見せたのが陸義《ルー・イー》とその妻の駱文艶《ルオ・ウェンイエン》だった。特に駱文艶は呉苗から何度も嫌悪のこもった眼差しを向けられても意に介さずに料理を頬張り、白切鶏《バイチェジー》などは一人で半分平らげた。

やがて蒸《む》し立てのスズキが運ばれてくると、他の人たちの箸を動かすペースが加速した。陸文龍《ルー・ウェンロン》が睦まじい様子で小骨を取り、柔らかい魚肉を妻のお椀に移す。

「魚は栄養があるからよく食べるんだ」

「ありがとう」張萌《ジャン・モン》はほほ笑み、とろけるような出来の肉をよく噛んで食べた。

母親が美味しそうに食べているのを見て、陸小羽《ルー・シャオユィー》がまたも騒ぎ出した。「パパ、ぼくも食べたい食べたい食べたい！」

「待ってろ、まずはママからだ。ママのお腹のなかには赤ちゃんがいて、たっぷり栄養を取らないといけないんだ。もうすぐ弟が生まれるんだぞ」

「小羽《シャオユィー》は弟ができたら一緒に遊びたい？」張萌が笑顔で問いかける。

無邪気な小羽は口をとがらせ、〝弟なんかいなくてもいい〟と言いたげだ。

隣のテーブルの呉苗はその会話を耳にした途端、血相を変えて陸礼《ルー・リー》に耳打ちした。「検査はしたのかい？　男の子だった？」

陸礼は一言《ひとこと》ずつ確かな口調で言った。「安心して、エコー検査をしたけど、男の子だったよ」

呉苗は安堵の表情を見せると、二人の孫のほうを向いた。「あんたらも兄さんを見習いなさい。もう二人も子どもがいるんだよ。あんたら二人はいつになったら嫁さんを連れてくるんだい？」

陸寒氷《ルー・ハンビン》ははにかんで言った。「おばあちゃん、安心して。私はもう相手がいるから」

その一方、陸哲南《ルー・ジャーナン》はサイレントモードにされたかのように相変わらずだんまりだった。

何度も乾杯し、料理も堪能し、宴《えん》もたけなわという頃。執事の季忠李《ジー・ジョンリー》が手元の仕事を片づけ、台所へ手伝いに行き、メイドとともにケーキを箱から出すと、慎重にテーブルまで運んだ。特製の生クリームケーキで、三層のあいだにはそれぞれ色とりどりの輸入もののフルーツが敷き詰められている。てっぺんには食用の金粉が振りかけられ、中央にはブルーベリーソースで〝呉苗〟〝いつまでも健康に〟と書かれ、見るからに豪勢だ。

「さあろうそくを立てよう」陸礼が自ら重要な役を買って出て、ビニール袋から〝7〟と〝5〟の形をしたろうそくを取り出し、ケーキに立てた。

「おいおい、色が違うだろ」向かいに座る陸義が、ろうそくの〝7〟が赤で、〝5〟が緑色なのを目ざとく気づき、即座にそのちぐはぐさを指摘すると、ビニール袋から赤い〝5〟を見つけて、改めてケーキに立てた。

陸礼は陸義に軽蔑の視線を向けた。硝煙のない戦いが再び幕を開けた。

別のテーブルに座る鐘可《ジョン・クゥ》はその動向を黙って見つめながら、宮廷闘争ドラマを見ているような気持ちになった。ただ、このドラマの主役はどちらも五十歳すぎのオジサン二人だが。ずっと鐘可の隣の席にいる葉舞《イエ・ウー》もきな臭さを嗅ぎ取り、隣のテーブルの様子を横目でこっそり観察している。

幸いにも陸礼の後ろにずっと立っていた小虹《シャオ・ホン》が場をまとめた。「一緒にろうそくに火を点《つ》けましょう。おくさまを待たすわけにはいけません」

今回は陸義の番だった。これほど寒いというのに、食べすぎて顔じゅうから汗を吹き出している陸義は油まみれの唇をぬぐうと、執事から渡されたライターでろうそくに火を点けた。

「母さん、願い事を」

社交的な陸寒氷が真っ先にバースデーソングを歌い始めると、他の人間も立ち上がって老婦人が願い事を終えるまで待った。

呉苗は両手の指を組み合わせ、目を閉じて無言で願い事を祈った。そして家族全員からの拍手に包まれながらろうそくを吹き消した。

しかしこのとき、彼女は気づいていなかった。そばに悪魔のような双眸《そうぼう》が殺意に満ちた視線を向けていたことを。

4

みながケーキを食べ終わると、簡素な誕生日パーティーはそれでお開きになった。陸家《ルー》の面々はそれぞれ席を立ち、その冷淡なムードは面白みのない会社の部署会議が終わったばかりを思わせた。

陸文龍《ルー・ウェンロン》は余った食事を取り分けて三階の王芬《ワン・フェン》の部屋に行き、母親の悲痛を和らげるとともに食事を食べさせた。呉苗《ウー・ミャオ》も自分の部屋に戻ってテレビを見始めた。陸文龍一家の三人と陸仁《ルー・レン》夫婦の部屋はどちらも三階にあり、どちらも呉苗の両隣にあるため、高齢の呉苗の面倒を見やすい。

静かな三階とは打って変わって、陸屋敷の二階の大広間は娯楽室に改築され、なかで卓球やスヌーカーなどができる。多趣味な陸寒氷《ルー・ハンビン》は、カラオケ、ラテンダンス、野外活動、スキューバ、ビリヤードなど音楽からスポーツまで幅広い分野に詳しい。ユーモア好きな陸寒氷は二階のレイアウトを気に入っているので、父親と一緒に二階に住んでいる。しかしパーティー後、彼は部屋に戻るどころか、仮装パーティーに出るのだと言い、そそくさと家を出た。

対照的に陸哲南《ルー・ジャーナン》はパーティーが終わると即座に一階の自室に戻り、一歩も出なかった。普段との違いは、いつもなら大食いの彼がパーティーの料理にほとんど手をつけず、大好きなケーキさえ少ししか口にしなかった点だ。鐘可《ジョン・クゥ》は最初から陸哲南の精神状態が不安定なことに気づき、とても心配していたため、自室に戻って少し休むと、もう一度一階に下りて陸哲南の部屋のドアをノックした。

ドアがうっすら開き、陸哲南が顔を半分のぞかせた。鐘可を見て、彼はようやく安心してドアを引いて開けた。

「南瓜《ナングア》、どうしたの？　今日すごく変じゃない？」鐘可は部屋に入ると率直に尋ねた。

陸哲南は沈んだ表情のまま机のそばに行くと、引き出しを開けてなかから何かを取り出した。

鐘可は陸哲南がつまむ一本の釘を目にし、尋ねた。「嬰棺釘《えいかんくぎ》？　昨日見せてくれたでしょ？　まだ伯父さんが呪い殺されたって疑っているの？」

すると陸哲南はかすかに震える口調で言った。「これは伯父さんの部屋で見つけたものじゃないんだよ……」

「え？」

「これは今朝……ぼくの部屋にあったんだ」陸哲南は突然怯えながら自身のベッドを指差した。「ぼくのベッドに、あの上に！」

「本当？」鐘可は陸哲南が今日一日じゅう不安がっていた理由がようやく分かった。「どうしてこの部屋にあるの？　誰が置いたっていうの？」

「ぼっ……ぼくにも分からないんだ。昨日寝たときには、ベッドの上には何もなかったし……」言いようのない恐怖が陸哲南の全身を覆う。「寝る前には部屋の内側から鍵をしっかりかけたから、誰も入ってこられないはずなのに、今日起きたらベッドにこの釘があったんだ。本当によく分からないよ……」

「部屋にいないときに誰かがこっそり忍び込んで、ベッドに押し込んだんじゃないの？　寝ているときに気づかなかっただけじゃ……」

「それもないよ。知ってるだろ、ぼくは部屋を空けるときは必ず鍵をかけるし、鍵はぼくしか持っていないんだ。誰が忍び込めるっていうのさ？」

「昨日、鍵をかけ忘れたってことはないのね？」

「それはないよ！」陸哲南は確信を持ち、とても力強い口調で、「鍵は肌身放さず持ち歩いているし、貴重なフィギュアがこんなにある部屋にそんないい加減なことはしないよ」と言うと、ポケットから部屋の鍵を取り出した。それには〝涼宮ハルヒ〟のキーホルダーがついていた。

「じゃあ窓は？」

「鍵がかかったままだし、しばらく開けていないよ」

鐘可は部屋をぐるりと見渡したが、外部に通じるのはドアと窓だけだ。窓に近づいてちらっと見てみるも、窓の外は波ひとつない胎湖《タイフー》の冷たい水面《みなも》だった。陸哲南がここを自分の部屋に選んだのは、胎湖の景色を直接見られるからだ。何者かがこの〝レイクビュールーム〟に窓から侵入しようとするなら、胎湖に飛び込んでここまで泳いでこなければならない。その上、窓の外には頑丈な防犯フェンスがはめ込まれているので、大人の手なら通らない。湖の絶景を眺めるためにここに住んでいるというのに、わざわざ窓にこれほど無粋な鉄柵を取りつけているのもおかしな話だ。聞いてみると、湖の怪物が飛び込んでくるのも怖いが、それ以上に泥棒に自分のフィギュアが盗まれるのが怖いというのが陸哲南の答えだった。

鐘可は窓枠のクレセント錠を不安げに引っ張った。いまもしっかり鍵がかかっているし、壊れた跡も何ひとつ見つからない。そうなると、この部屋は完全に密封された密室に等しい。いったい誰が、どんな方法で、あの嬰棺釘をこの隙間ひとつない部屋に入れたのだろう？　しかも陸哲南にまったく気づかれずに、彼のベッドに音もなく放り入れているのだ。

まさか……空中に現われたとでも？　まったくと言っていいほど常識では説明できない奇妙な出来事だった。

5

「そうだ、昨日見せてくれた釘は？」鐘可《ジョン・クゥ》は何かを思いついたように尋ねた。

陸哲南《ルー・ジャーナン》は今度は引き出しから陸仁《ルー・レン》の部屋で見つけた嬰棺釘《えいかんくぎ》を出し、鐘可に渡した。

鐘可は両手でそれぞれ釘をつまみ、それらを近づけて真剣に見比べた。二本の釘は色、大きさ、材質、形、サビ具合に到るまで完全に一緒だった。

「これは伯父さんの部屋のどこで見つけたの？」

「ペン立てのなかだよ……伯父さんが死んでいた現場にへその緒があったって聞いて、すぐに嬰呪《えいじゅ》が頭に浮かんだんだ。その日に伯父さんの書斎にこっそり忍び込んで、卓上のペン立てのなかにあるのを見つけたんだ」

「でも……警察が捜査したときにこの釘は見つからなかったってこと？」

「警察は嬰棺釘や嬰呪のことなんか知らないから、釘を見つけてもたいして気に留めなかったんじゃないのかな？」

鐘可はティッシュを二枚取り出して二本の釘をそれぞれ包み、言った。「じゃあこのことを警察に伝えないと。わたしは呪いとかあまり信じてないけど、事件の重要な手掛かりではあるでしょう」

陸哲南は無言だ。しばらくすると彼はいきなり顔色を一変させ、瞳に極度の恐れを宿しながら、意外なセリフを唐突に口にした。「ぼくは今日死ぬかも……」

「何言ってるの？」

「本当なんだ……知ってる？　嬰棺釘を受け取った人間は、その日に死んじゃうんだって」陸哲南の口調はいままでにないほど真剣だった。「今夜死ぬかも」

「まさか……自分で勝手に怖がるのはやめない？」

陸哲南の額《ひたい》には玉のような汗がいくつもにじみ、本当に怖くてたまらないようだ。しばらくの沈黙ののち、突然頭を押さえ、苛立っているように頭をかきむしった。

「嬰棺釘……嬰棺釘は死の予告なんだ」彼は取り憑《つ》かれたようにうわごとをつぶやき出した。「伯父さんも死ぬ前に嬰棺釘を受け取っていたから、なんの前触れもなく死んだ……今度は……今度はぼくの番だ、次はぼくなんだ！」

「そんな馬鹿なこと信じないで！」鐘可はとてもじゃないが見ていられなくなった。こんなに怯えている陸哲南を見たことがなかった。「怖がらないで。すぐに通報するから、警察に対応してもらえばいいでしょう？　ここで気楽に待っていなよ」

陸哲南はややうつむきながら頭を振った。

話が終わると鐘可はすぐさま自分の部屋に戻り、引き出しからあの梁《リャン》刑事に渡された携帯電話の番号を見つけ出して、電話をかけた。あいにく梁は陸仁の交友関係を徹底的に洗うために出張に行っていて、上海に帰ってくるのは明朝ということだった。鐘可は電話越しに釘と呪いの件を梁へ簡単に説明したが、相手側はそんな取るに足らない事情をそこまで重視していないようだった。

翌日になり、梁はいの一番に陸家《ルー》に向かわなかったことを後悔した。

6

夕食の時間を過ぎても、陸哲南《ルー・ジャーナン》は結局部屋から出てこなかった。

昼に誕生パーティーを開いたため、夕食になってもメイドは簡単なおかずを数品用意しただけだった。陸哲南の生活習慣を知るメイドは、彼がこれまで部屋のコレクションが汚れるという理由で、自室で油っぽい食事をとらないことを知っていた。そのため夕食を陸哲南の部屋に直接持っていくことはせず、食事室で静かに待っていた。

鐘可《ジョン・クゥ》は午後に梁《リャン》刑事と連絡を取り合ってから、微信《ウェイシン》でずっと陸哲南を元気づけ、あまり考えすぎないよう言葉をかけた。だが振り返って考えてみて、あの二本の嬰棺釘が本当に陸仁《ルー・レン》を殺した犯人が残したものだとすれば、その犯人はずっと陸家《ルー》の近くに潜伏しているということではないのか？　それとも全部、中二病オタクの単なる妄想か？　嬰棺釘も嬰呪《えいじゅ》なんていうものもすべて陸哲南の作り話で、陸仁の死とはこれっぽっちも関係がないのか。

少しのあいだ、鐘可の頭は混乱した。一年前にここを借りたことを少し後悔し始めた。仕事のプレッシャー自体大きかったのに、いまでは殺人事件にまで気力を割かなくてはならない。

空腹感が押し寄せてきたとき、すでに夜の八時だった。鐘可は階下で夕食を済ませていたが、陸哲南が一向に食事を食べに来ないという話をメイドから聞き、少し心配になって、彼の部屋まで見に行くことにした。

客間東の廊下を抜け、〝レイクビュールーム〟のドアの前まで来た鐘可は、山吹色の木製ドアの鍵が記憶と違うことに気づき、愕然《がくぜん》とした。あとから聞いた話だが、陸哲南は午後に取り乱した様子で警備会社の人間を呼び、鍵を交換させたそうだ。どうやら彼は犯人の次のターゲットが自分だと本気で信じ、警戒心を最大限まで高めている。

数回ノックしても、部屋からは警戒心に満ちた問いが聞こえてくるだけだった。「誰だ?」

「わたし、鐘可」

ドアを開けた陸哲南はパジャマ姿で憔悴した顔をしていた。ボタンがひとつかかっておらず、なかに着ているメリヤスシャツがぽっこりと強調されて、見苦しいったらない。

「警察はなんて？」陸哲南は鐘可の背後をのぞき、少しがっかりした。おそらく自分を守ってくれる警察官が来たと思ったのだろう。

「明日、朝一で来るって」

「間に合わないよ……」陸哲南は心配そうな表情を浮かべた。

「えっと……本当にどうしちゃったの」鐘可はどうやって話題をつなげばいいか分からなかった。「まずは何か食べないと。お昼もそんなに食べていないんだし、体に悪いよ」

「食欲がないんだ」こんなセリフが百キロの肥満の口から出てくるのは、正直違和感がある。

「本当に少しは食べなきゃ。考えるのは腹ごしらえしてからじゃダメ？」

鐘可に説得され、陸哲南はようやく食事に行くことにした。部屋を出るさい、彼はまだビクビクとしながら新しい鍵を使ってドアを閉めた。

二人が客間に来ると、メイドの小晴《シャオチン》だけがまだいた。彼女は陸哲南を見るなりただちにご飯を大盛りによそって、料理を温めなおした。鐘可も空いたお椀を手にし、陸哲南と一緒に少し食べようとした。食事中、陸哲南が自分がつまんだおかずしか食べようとしないことに鐘可は気づいた。まさか食事に毒が盛られていることを心配しているのだろうか。

鐘可はやるせなくなった。

「鐘可、ひとつお願いがあるんだけど」陸哲南はつばを飲み込むと、いきなり口を開いた。

「なに？」

「その、夜に一緒に部屋にいてくれない？」

「えっ……」鐘可は反応に困った。陸哲南が下心を持ってこんなお願いをしたわけではないことは分かった。だが男の部屋で一夜を過ごさなきゃいけないなんて、どう考えてもおかしすぎる。

「恥ずかしいのなら、部屋の外で椅子に座って、見張りをしてくれるだけでもいいから……」こう言った瞬間、陸哲南も相手を軽んじた物言いだと気づいた。一人の男が女の子に守ってもらうなど。しかし恐怖の限界に来ていた彼には他に打つ手がなく、誰かがそばにいてくれさえすればそれでよかった。

「部屋の外ならいいけど……」そう答えたものの、鐘可はまだ躊躇《ちゅうちょ》していた。明日も仕事があるし、ひと晩じゅう廊下に座ってたりしたら体がクタクタになるだろう。

「深夜零時まででいいから。零時を迎えても何事もなかったら、呪いが消えたってことだし。それならいい？　お願いだ、もう頼れるのはきみしかいないんだよ」

「じゃあいいよ」お人好しの鐘可は陸哲南のすがるような眼差しに耐えきれず、首を縦に振った。「部屋の前で零時まで座っているから、そっちも窓をしっかり閉めて。そうすれば誰も入ってこられないし、安心するでしょ？」

「本当にありがとう、鐘可ちゃん！　これを乗り越えられたら、来世できっと馬車馬のように働いてこの恩に報いるからね！」陸哲南の顔にようやく晴れやかな笑みが浮かんだ。

だが彼は知らなかった。それが自身がこの世で見せた最後の笑顔だということを。

第五章　喉を切り裂く夜

1

夜九時半、鐘可《ジョン・クゥ》は陸哲南《ルー・ジャーナン》とともに彼の部屋に戻った。陸哲南がポケットから鍵をまさぐり、ドアを開けた。なかに入ると二人はまずこの部屋唯一の窓を調べた。陸哲南が窓を開け、外についている防犯用の鉄柵を一本ずつ力を入れて引っ張ると、手のひらに冷たい感触が伝わった。そうしながら、何気なく外に目を向けると、視界には果てしなく深い暗黒が広がっているだけだった。だが胎湖《タイフー》の湖底に潜みうごめく何かが発する異様な物音が聞こえた気がした。

寒気を覚えた陸哲南は鉄柵がどれも頑丈で損傷がないことを確認すると、すぐさま窓を閉め、クレセント錠をかけ、そしてカーテンを閉めた。

それから鐘可は部屋全体を見まわしたが、特に異常は見られなかった。彼女の注意を引いたのは机に並ぶ四枚の小さなお皿のみで、そこには赤、青、緑、白の四色の糖衣チョコが盛られていた。陸哲南が一番好きなアレだ。だがお皿がほとんどいっぱいなのは、陸哲南がそれほど口にしていないということで、嬰棺釘《えいかんくぎ》が与えた精神的ストレスが大きいことが見て取れる。

陸哲南は部屋にあるソファークッションをドアの外に運び、そばの壁にくっつけた。

「ここに座っていてよ、これ座り心地いいから」そう言うと、鐘可にボタンがいくつも並ぶオレンジ色の四角いリモコンを渡した。

リモコンを受け取った鐘可は興味ありげに聞いた。「何これ？」

「陸《ルー》家の警備システムの通報装置だよ。怪しいやつがこの部屋に近づいたり、変なものが這ってきたりしたらこのボタンを押して」陸哲南はリモコン右上にある赤いボタンを指差し、仰々しく言いつける。「そしたら家の警報ベルが鳴るから」

「うん、分かった」鐘可はリモコンをコートのポケットに入れながら、陸哲南のさっきの発言に考えをめぐらしていた。「変なものが這ってくる」とはなんだ？　鐘可の脳裏に再び、赤ん坊が村民を皆殺しにした恐ろしい伝説がとっさによぎった。

「気をつけてね」

「大丈夫だから」口ではそう言ったが、事ここに至って鐘可も緊張し、恐怖を感じるのも無理なかった。「先にお手洗いに行ってくる」

「トイレは向こうだよ」陸哲南が指を差したのは、斜め向かいにある北側の廊下だ。陸哲南には妙なこだわりがあって、寝室にトイレを置きたがらず、そのせいで屋敷改装時にわざわざ部屋とトイレを離したのだ。

トイレは北側の廊下の奥だ。鐘可がトイレに入ってそこの窓を調べると、ここのクレセント錠もかかっていた。安心してトイレから出ると、向かいの陸義《ルー・イー》夫婦の部屋に目を向けた。息子のいまの状態を知ったら陸義はどんな反応をするだろうかと鐘可は思った。だが陸義の性格からいって、呪いなんか気にもしないに決まっている。だから陸哲南は鐘可一人しか信じられないと言ったのか？

「それじゃあ零時までよろしく頼んだよ。鐘可ちゃん、本当にありがとうね」すべての準備が整うと、陸哲南は自室に戻った。

ドアの外にいる鐘可は陸哲南が部屋の鍵をかける音を聞き、腹を据えてソファークッションに座った。携帯電話を見ると夜十時。零時まであと二時間ずっとドアの付近で見張ることになる。時が来たら、陸哲南も呪いなんかないと信じるはずだ。

2

メイドの部屋も一階にあり、范小晴《ファン・シャオチン》が食器を片づけて部屋に戻ろうとしていたとき、廊下に座る鐘可《ジョン・クゥ》を見かけた。尋ねると、鐘可は陸哲南《ルー・ジャーナン》が最近情緒不安定だからここで付き添いたいとだけしか言わなかった。小晴《シャオチン》は釈然としない表情だったが、それ以上聞かず、鐘可に熱いお茶を淹《い》れて、部屋に帰った。

鐘可はさっきわざわざ持ってきた小説を出すと、これで残り時間を費やそうとした。

その本は鐘可がちょうど半分まで読み終わった『今夜宜有彩虹《ジンイエイーヨウツァイホン》』（中国の推理小説家・陸燁華の長篇ミステリ。「今夜は虹がふさわしい」の意）で、中国の作家の作品だ。だが数ページ読み進めても内容がまったく頭に入ってこず、さっさと本を置いて携帯電話をいじった。

「鐘可ちゃん、大丈夫？」ドアの向こうから突然陸哲南の声がした。

「わたしは大丈夫だから、さっさと寝たほうがいいよ」

「眠くなってきたからベッドでしばらく横になるよ。零時になったら悪いけど起こして」

「うん、分かった」

その後、陸哲南がしゃべることはなかった。

夜の闇がますます深まり、屋敷が陵墓のように静まると、鐘可は自分の呼吸音すら聞き取れる気がした。廊下にはランプがひとつ灯《とも》っているだけで、薄明かりでは暗闇に抗《あらが》うすべはない。夜更けには気温も下がり、外の冷気が室内に侵入し、屋敷内のセントラル空調を点《つ》けたとしても、冷気をすべて追い払うのは不可能だ。廊下にぽつんと座る鐘可は思わずコートで身を包み、熱いお茶をすすった。

真向かいの壁には古い掛け時計がかかり、針が出す〝チクタク〟という単調なメロディーが一分一秒流れる時間を刻んでいる。

陸家《ルー》の人間は全員寝静まったようだ。鐘可はあくびをし、自分にも眠気が訪れたことに気づいた。そのコンマ数秒のあいだに一瞬意識が飛び、なぜ自分が一人でここに座っているのか分からなくなった。目の前の世界が真実かすらも怪しくなった。夜なかという時間、ほの暗い照明が幻覚剤となり、鐘可は蜃気楼《しんきろう》のような国にいる気分になった。こめかみを力いっぱい揉むと、意識がわずかに覚醒した。

することがないときほど、余計なことを考える。鐘可は左右を確認し、警戒中の門番のようにずっと周囲を気にしている。だが彼女は、自分がここで見張る意味がますます分からなくなった。いったい誰から……あるいは何からこのドアを突破するのをふせがなければならないのだ？

鐘可は刃物を持った凶悪な殺人犯が自分に襲いかかってくる場面を想像した。

陸仁《ルー・レン》を殺害した犯人が本当に躊躇《ちゅうちょ》なくやってきて第二の犯行に及ぼうとすれば、鐘可たった一人ではとうてい歯が立たない。ここまで考えると、彼女はポケットにある警報を鳴らせるリモコンを不安げにまさぐった。

だが侵入してきた何かが〝人〟でなかったとしたら……鐘可は力いっぱい首を振り、それ以上考えようとしなかった。

十時五十分、十一時、十一時十五分、十一時半……掛け時計の針が絶えず位置を変え、長い長い二時間がもうすぐ終わろうとしていた。真夜中近くなり、鐘可の体もますます冷えてきた。この寒さは気温とは無関係で、心が生み出した陰気な寒さだ。コップのお茶はとっくに冷め、ひと切れの茶葉がひっくり返った小舟のように浮かんでいる。

分針がゆっくりと〝十二〟へまわっていくにつれ、鐘可の心も軽くなっていった。深呼吸し、必死に睡魔と戦いながら、何度も掛け時計に目を向けた。陸哲南が部屋に入ってからいままで、鐘可は一秒たりともドアの前から離れていない。まばたき以外で目すら閉じていない。

何も起こらなかったじゃないか？　嬰呪《えいじゅ》も殺人犯もデタラメで、何事もなく済んだじゃないか？

鐘可は陸哲南のドアをノックするために立ち上がろうとした。

その瞬間（まさにその刹那《せつな》）、黒い影が凄《すさ》まじい速さで北側の廊下から飛び出した。鐘可はその黒い影をまったく目で追えず、目の錯覚とさえ思った。黒い影の姿がまだはっきりつかめていないとき、陸哲南の部屋からにわかにくぐもった叫び声が一瞬上がった。喉を絞められているときに死にものぐるいで絞り出した悲鳴のようで、地獄に落ちたときの絶望の咆哮《ほうこう》のようでもあった。

鐘可はソファークッションから飛び上がったが、足に力が入らず、よろめいて尻餅をついた拍子にポケットのリモコンを落としてしまった。

カチャという音がし、鐘可はドアの鍵が開く音を聞いた。何かがドアから出てくる……

鐘可は息を呑んだ。

3

鐘可《ジョン・クゥ》は逃げたかったが、体が固定されたように言うことをきかなかった。両目は正面のドアを呆然と見つめ、次の瞬間にも怪物がそこから飛びかかってこないか体を強張らせていた。それにさっきの不気味な黒い影がまだ自分の背後をさまよっていないともかぎらず、振り返る気もなかった。鐘可はそうして立ち往生《おうじょう》したまま、時間が過ぎるのを息を殺して待った。

三十秒、五十秒、一分……だがドアからはもう物音ひとつせず、部屋のなかの陸哲南《ルー・ジャーナン》を含め、何も飛び出してこない。鐘可は何度か深呼吸し、懸命に立ち上がった。

なんの臭い？

鐘可の敏感な鼻はある臭いを嗅ぎ取った。それは腐臭の混じった焦げ臭さだった。その臭いは強くなる一方で、次第に廊下にまで漂ってきた。鐘可は鼻で空気を吸い、臭いのもとが陸哲南の部屋だと断定した。

何が起こっているの？　陸哲南はどうしたの？　鍵は彼が開けたの？　鍵を開けたのならどうして出てこないの？　さっきの叫び声はいったい……

動揺が収まらない鐘可の頭に次々と疑問が浮かんだ。必死に自分を落ち着けようとし、部屋に陸哲南以外誰もいるはずがないと理性が告げていた。十数秒逡巡し、鐘可はやっと勇気を出してなかを覗くことにした。すべて自分の思い過ごしでありますようにと心のなかで祈り続けた。

そろそろとドアに近づき、まずは耳を当てたが、部屋から物音は何も聞こえない。すぐさま彼女は気後れしながらもドアノブを握り、下げた。

鍵はやはりもう開いていた。

心臓がいまにも喉から出そうだったが、自分がいったい何を恐れているのか鐘可にすら分からなかった。

鐘可は勢いをつけてドアを押し開けた。

その瞬間、強烈な焦げ臭さが鼻を突いた。部屋には煙が漂っていた。鐘可は思い切り咳き込み、力いっぱい手を振って煙を散らそうとした。

部屋の灯《あか》りが点《つ》いている。鐘可の視線はまず陸哲南のベッドに向かったが、おかしなことに、寝るとはっきり言っていた陸哲南はベッドにおらず、乱れた掛け布団が適当に広がっている。

その後すぐに鐘可の視線は不意にベッドの下にある肌色の物体を捉えた。それは……人間の体のようだった。ショックで言葉を失ったのは、体の下に敷かれている絨毯が何かによって真っ赤に染まっていたからだ。

鐘可は即座に部屋に駆け込み、ベッドに近づいた。近寄って彼女はようやく、その人間の体がほかでもない、床に仰向けに横たわる陸哲南だと分かった。

「あっ！」鐘可は口を押さえ、思わず叫んだ。

陸哲南はベッドの下に横たわり、胸から上がベッドのへりから出て、上半身が裸だと見

て取れ、生白い贅肉を露わにしている。両目は固く閉じ、無表情で、一見すると寝ている
ようだ。肉づきのいい太い首に長い裂け目があり、いまこの瞬間もそこから鮮血が滴《したた》って
いる。血は赤い噴水のように吹き出して絨毯を濡《ぬ》らし、壁にまではねていた。
鐘可はその場に呆然と立ち尽くした。生まれてこのかた、これほどの量の血を見たこと
がなかった。死を象徴する赤い色が驚くべきスピードで部屋に広がる光景に、彼女は息を
呑んだ。
陸哲南は間違いなくとっくに死んでいた。
数時間前まではまだ自分と会話をしてピンピンしていた人間が、いまでは血まみれの死
体と化した。
どうして……誰がやったの？
部屋の中央に立つ鐘可はめまいを覚えた。速やかに部屋を見渡したが、そもそも誰もい
ない。カーテンを開けて窓を凝視したが、クレセント錠はかかったままだし、窓ガラスも
無傷だ。
あり得ない……
犯人はどうやって入ったの？
ずっと自分がドアの前に張りついていたし、一人も出入りするところも見ていないのに

……

犯人はどうすれば幽霊のように部屋に侵入して陸哲南を殺せたというの？

いったいどうやって？

鐘可は陸哲南が部屋に入ってからの一部始終を必死に思い返し、脳の記憶の一部が抜き取られたのかとさえ疑った。実際に鐘可の記憶に誤りはなく、読者諸君も読み落とした状況はない。

犯人は確かに、ずっと鐘可が厳重に見張っていた部屋になんなく入り、陸哲南を惨《むご》たらしく殺害したあと、忽然《こつぜん》と姿を消したのだ。

鐘可は部屋にまだ残っている焦げ臭さを嗅ぎ取り、ふとさっきドアを開けたときに目にした煙のことを思い出し、思わず背筋が凍った。

殺人犯は煙と化し、この冷たく重い空気のなかに消えてしまったとでも……

鐘可はこれ以上ここに一人でいられず、逃げるように部屋を飛び出した。

4

梁《リャン・》良《リャン》と冷《ロン・》璇《シュエン》が陸《ルー》家に来たときはもう翌日の早朝だった。

二人の顔色は悪い。半月のあいだに陸家で殺人事件が再び発生し、今度の被害者が陸家次子の息子——陸《ルー・》哲《ジャー》南《ナン》だとは梁良も予想していなかった。

血まみれの事件現場を目にし、梁良は自責の念に駆られた。前日に陸《ルー》家の鐘《ジョン・》可《クゥ》という入居者から連絡があり、陸哲南の状態があまりよくないと教えられたのに、当時あまり重要視しなかった。その晩に警察官を派遣して陸哲南を保護していたら、この悲劇は起こらなかったかもしれない。

もちろん、この件で梁良だけを責めることもできない。鐘可が電話口で話した内容は非現実的すぎて、しかも確実な証拠もなかったのだ。その上、そのとき梁良は陸《ルー・》仁《レン》に関する重要な手掛かりを追っている最中で、手が離せなかったのだ。陸仁殺害後、公安の技術チームは電信会社を通じて、生前の陸仁が怪しい携帯電話の番号と密に連絡を取っていたことを調べ上げた。さらなる捜査によって、警察はその携帯電話の番号の登録に偽造身分証が使われていることを明らかにしたが、いまのところは市外の番号ということしか分かっていない。梁良はその件でわざわざ市外まで足を運んだのだ。

現在、陸仁を殺した犯人を捕まえられていないのは言うまでもなく、二つ目の殺人事件まで起きた。踏んだり蹴ったりとはこのことだ。陸仁の〝水密室〟現場と比べ、今回の事件現場の状況はますます不可解と言ってよかった。梁良は深呼吸し、新たな試練に挑む心構えを持った。いまは陸家に全精力を注がなければならない。二つの事件の犯人が同一人物だと確定できたら、事件は〝連続殺人事件〟と見なせる。第三、第四の被害者が出ないともかぎらない。梁良にとって、そんなことを絶対に起こさせるわけにはいかなかった。

暗雲が垂れ込める早朝、陸哲南の部屋のなかを往復する梁良の顔色は暗い。陸家に駆けつける道中ですでに本件の大まかな状況は把握していた。隣の冷璇が写真を見ながら現場の状況と照らし合わせている。陸哲南の死体は昨晩最初に駆けつけた鑑識官によって搬送され、監察医による解剖が済んでいる。差し当たっての検死結果によると、陸哲南は鋭利な刃物で喉を切られたことによる出血多量で死に、非常に手ぎわがいいやり方によって一太刀で絶命したようだ。しかし現場から凶器は見つかっていない。

「本当にザ・オタクって感じの部屋ですね」冷璇は室内を見渡し、次々と目に飛び込んでくるサブカルコレクションに圧倒された。

梁良は険しい顔をしながら黙ったままで、内心不愉快そうだ。ベッドに近寄ってみると、アニメ柄の寝台と掛け布団には大量の血しぶきが飛び散っているが、シーツのプリントが派手すぎるせいで真っ赤な血痕はそこまで目立たない。床に視線を落とすと、血まみれの絨毯にはもう白チョークで死体のアウトラインが描かれている。

「おかしいな」梁良は床に視線を落としたまま、考え事を口にした。

「どうしました？」冷璇が近づいて尋ねる。

「見てみろ」梁良は白手袋をはめてアウトラインをなぞった。「被害者が倒れている場所が明らかに不自然だ。被害者が犯人に寝込みを襲われて、必死にあがきながら床に引きずり下ろされたのだとしたら、死体の胸から下がベッドの下に入っているのはおかしくないか？」

「逃げようとして、ベッドの下に潜ろうとしたとか？」

「それはない。逃げるのならドアに向かうはずだろ。ベッドの下に潜り込んだんじゃ、ますます逃げ道がなくなるじゃないか？」

「つまり……犯人が死体をベッドの下に押し込んだと言いたいんですか？」

「俺はそう思う」

「なぜそんなことを？」

「まだ分からない」梁良は日に焼けた鼻をかき、渋い顔をした。「それにこのパジャマだ」ベッドに置かれたままの被害者のパジャマを手に取った。「上着のボタンがいくつも取れてるし、襟には引きちぎられた痕跡もある。死体の上半身は素っ裸だったから、つまりパジャマも犯人がわざわざ剝ぎ取ったということだ」

「犯人は陸哲南を殺してからパジャマを脱がせて、半裸の死体をベッドの下に押し込んだということですね……確かに変です」冷璇の脳も高速回転し始めた。「犯人は特殊な嗜好《しこう》の持ち主ですかね？　陸哲南の裸体が好きだったとか……」彼女は部屋にいる他の捜査員を横目で見て、こんなに多くの人の前で話す内容じゃないと気づいた。

「まだ軽率には言えないが、ここには犯人がこうした理由が必ずあるはずだし、嗜好とは無関係だと思う」

言い終わると梁良は部屋を見渡し、この普通ではない事件現場の捜査を続けた。陸哲南の部屋には大きな埋め込み棚が四つあり、そのうちのひとつがドアのそばの西側の壁にあり、他三つが北側の壁に並んでいる。棚はどれも壁に埋め込まれ、壁を掘ってつくった保管棚そのもので、空間をうまく節約している。埋め込み棚はいずれもドアとほぼ同じ高さで、なかは四、五段に分かれ、陸哲南のコレクションや雑貨の一部が積まれている。

梁良の視線が北側の埋め込み棚のひとつに引き寄せられた。その棚の山吹色の戸板だけが外側に開きっぱなしになっている。梁良が近づき、裏表同じ色のつやつやした戸板をなで、ここに犯人の指紋が残っていないか考えた。しかし彼の視線はその棚の三段目に釘づけになった。そこには真っ黒いテープのようなものが横たわっており、まるで棚に隠れる黒い毒蛇を思わせた。顔を近づけてそれをじっくり観察すると、かすかな焦げ臭さがすぐ

陸哲南殺害現場

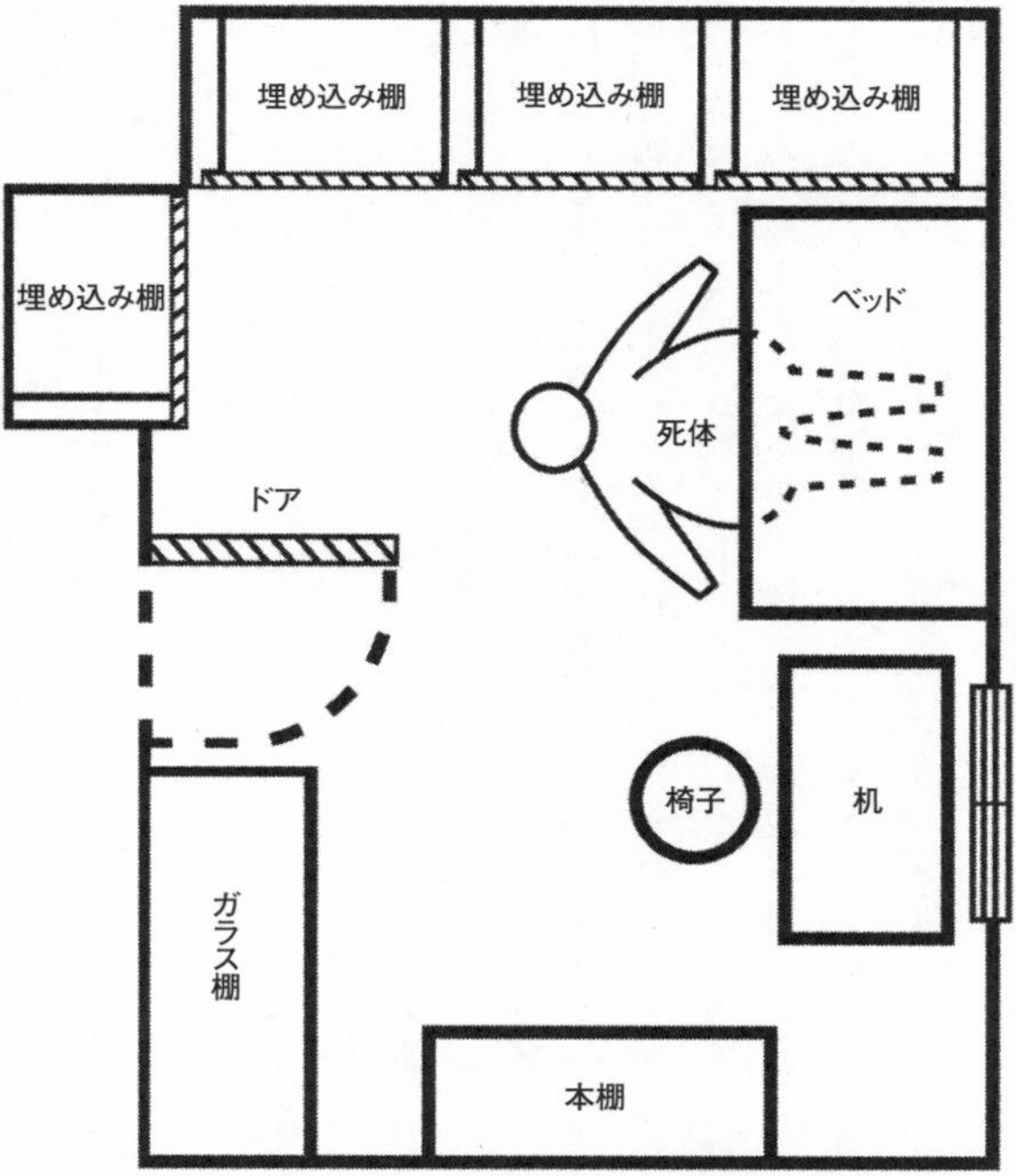

に鼻についた。

「梁《リャン》隊長、監察医によるとそれはへその緒だそうです」背後にいる冷璇が報告する。「しかも火を点《つ》けられて焦げています」

5

またへその緒……

梁《リャン》・良《リャン》は深い眼差しで棚にあるへその緒を見つめ、目頭《めがしら》をわずかに震わせた。

この前の陸仁《ルー・レン》の殺害現場にも、へその緒が地下小屋の窓枠にかかっていた。唯一違う点は、今回のへその緒が燃やされているということだ。へその緒は犯人が現場に残したなにがしかの〝マーク〟なのか？　数多の連続殺人鬼が自身の〝サイン〟を持っていたように。有名な殺人鬼〝悪魔崇拝者〟のリチャード・ラミレスは、殺人現場に毎回逆五芒星を描いた。ジョー・ネスボの犯罪小説『スノーマン』では、殺人犯が現場にいつも雪だるまを残した。

しかし、なぜへその緒なのか？　へその緒を殺害現場に残す理由は？　犯人は何を言いたいんだ？　そしてへその緒をどこから入手した？　一連の疑問が梁良の脳内を駆けめぐる。現場にあるへその緒を凝視していると、表面に白い何かが付着していることに気づいた。そしてへその緒のそばにはプラスチックの小瓶が倒れている。梁良がその瓶を手に取って見てみると、それはプラモデル用の塗料だった。

犯人はきっとへその緒を棚に入れるときにうっかりそばにある瓶を倒してしまい、なかの白い塗料がへその緒にかかったのだ。

梁良はすぐにその結論を導き出した。つまり犯人は当時とても慌てていたということだ。しかしそうまでしてへその緒を焼け焦がさなければいけなかった理由は？

たくさんの疑問がのしかかり、梁良の頭は完全にこんがらがった。

梁良が机のほうに向かうと、卓上にある四皿の糖衣チョコにも注意を引かれた。四色の糖衣チョコが四枚の皿に分けられているのだが、一粒の赤いチョコと一粒の緑のチョコがたがいの皿に間違って入れられている。この些《さ》細《さい》な事実は何を意味するのか？　事件との関係は？　梁良にはいまのところ思い浮かばなかった。この糖衣チョコは彼も買ったことがあるが、美味しいと思わなかった。

「梁《リャン》隊長、こちらへ」そのとき、陸哲南《ルー・ジャーナン》のパソコンを調べていた技術チームの同僚が何かを発見したようだ。「これは被害者のここ数日間のネット検索履歴です」

梁良がパソコン画面を食い入るように見つめる。検索履歴はほとんど〝嬰呪《えいじゅ》〟、〝嬰棺《えいかん》釘《くぎ》〟、〝解呪〟、〝呪詛《じゅそ》払い〟といったキーワードばかりだった。これを見て梁良は昨日、鐘可《ジョン・クゥ》から電話で聞いた内容を思い出した。隠さず言えば、真面目な警察官の梁良もときには非現実的な空想に耽《ふけ》るときもある。だが実際に捜査をする上で、殺人事件と怪現象を絡めるのは好きではない。殺意を呼び起こせるのは人間自身をおいて他にいなく、幽霊はなんの関係もないというのが信条だ。

技術チームの同僚が今度はパソコンのローカルディスクEにある〝ZK〟と命名されたパスワード保護フォルダを開けると、なかには百枚余りの画像が保存されていた。画像にはどれも一人の女性の姿が写っており、遠くから撮影した全身写真もあれば、体の一部のクローズアップ写真もあり、襟元から見える胸、髪で半分隠れたうなじ、スカートの奥の太ももなど、どの角度からも撮られていて、同一人物らしく、被写体の服装も四季折々だ。そして画像の背景はほぼ陸《ルー》家の客間、食事室、階段、廊下などだった。しかしおかしなことに、被写体がカメラに目線を向けている画像は一枚として存在しない。

「全部盗撮のようですね」鑑識官が自身の判断を述べた。

「本当に変態じゃないですか、気色悪い」冷璇《ロン・シュエン》も〝死者の尊厳〟とは何かを理解しているが、このときばかりは耐えられずに罵声を浴びせた。

梁良はそのなかで当該女性の顔が写っている画像から被写体を特定した。ここの入居者の鐘可だ。フォルダ名も鐘可の名前のピンインの頭文字を合わせたものだ。なるほどこの一年間、陸哲南は鐘可を盗撮し続け、それらの画像をパソコンに保存していたのだ。だが鐘可はこのことにまだまったく気づいていないかもしれない。

人間というものは、その立派な外見の下にどれほど卑《いや》しい心を持っているのか、永遠に分からない。梁良はそれらの見るに堪えない画像を見つめながら眉間にシワを寄せた。

「全部削除するんだ」彼は鑑識官に命じると、即座に冷璇に尋ねた。「この鐘可は?」

「彼女なら自室にいます」

「会いに行くぞ」梁良は部屋を出て、客間に向かった。

6

客間には放心状態の陸義《ルー・イー》がソファーに座り、妻の駱《ルオ・》文《ウェン》艶《イエン》が付き添っていた。別のソファーには陸礼《ルー・リー》父子が座り、二人とも無表情で警察の事情聴取を待っている。

梁《リャン・》良《リャン》が来たのを見て、陸義は激昂《げきこう》しながら立ち上がると、梁良のそでを引っ張った。

「刑事さん、息子を殺したのは誰なんです？　誰なんだ⁉　なんで犯人を捕まえに行かない？　この家で二人も死んだっていうのに、あんたらは……あんたらは何やってんだ！　陸《ルー》家が皆殺しになるまで解決しないつもりか？」

後ろにいた陸礼と駱文艶が慌てて陸義を引き止め、落ち着けと説得する。しかし陸義は振り返ると、なんと陸礼を押しのけ、耳まで真っ赤にさせながら鼻先に指を向けて言った。

「おまえの仕業か？　言え！　俺の息子を殺したのはおまえか？　何か言いたいことがあるなら、直接俺のところに来たらどうだ！」

「何を言っている！」警察の前で実の兄に犯人だと名指しされ、陸礼も怒りに火が点《つ》き、二股に分かれた口元のひげが吊り上がったかのようだった。

そのとき冷璇《ロン・シュエン》が慌てて割って入った。「みなさん落ち着いてください。警察は全力を尽くして必ず犯人を捕まえますから、どうか捜査にご協力ください」

「何が協力だ！」陸義は怒りで見開いた目でにらみつけ、まだ激しく興奮していた。手を伸ばして冷璇の服を引っ張ろうとした瞬間、逆に冷璇に腕をつかまれて、後ろ手のままその巨軀を押し倒された。

「やめるんだ！」梁良がすぐさま冷璇を制止し、それから厳粛な口調でその場の全員に座るよう命じた。

陸義は肩を揉み、文句を言いながらソファーに戻った。

梁良は落ち着いた口調で陸義に話しかけた。「陸《ルー》さん、いまのお気持ちはよく分かります。心からお悔やみ申し上げます。警察官としての誇りをかけ、息子さんと陸仁《ルー・レン》さんを死に至らしめた犯人を必ずこの手で捕まえると誓います。そのためにも、現段階では捜査にみなさんの協力が必要です。重要な情報を提供していただければ、警察も一日でも早く事件を解決できます」

その後、梁良は数人の警察官を事情聴取に当たらせた。質問内容は陸哲南《ルー・ジャーナン》の最近の様子、人間関係、恨みを持つ人物、事件当日夜の行動、屋敷付近に不審な人物を見かけなかったかなどだ。

三階の陸文龍《ルー・ウェンロン》一家と呉苗《ウー・ミャオ》も警察の聴取を待っている最中で、両者とも陸哲南がすでに殺されたという事実をほとんど信じようとしなかった。特に七十五歳になったばかりの呉苗は神のいたずらだと叫び続け、ヒステリー状態になっていた。

二人のメイドと執事の季忠李《ジー・ジョンリー》はすでに聴取を終え、それぞれ部屋に戻って休んでいる。

呉苗の誕生パーティー当日に降って湧いた殺戮《さつりく》は、陸家のほとんどの住人にとって青天の霹靂《へきれき》だった。

現在の状況から見て、犯人が陸家に狙いを定めているのは明らかだ。いったいどんな人物が陸家にここまで恨みを持っているのか？　犯人の最終的な目的は陸家を皆殺しにすることか？　疑問が次々と住人の脳裏によぎった。陸家の一員が二人も相次いで殺され、家族を失った悲しみは次第に殺人犯への恐れへと変わり、自分が犯人に狙われていないかみながが心配した。

特に犯人が密閉された部屋に自在に侵入し、妖術めいた不可思議な力を使ったと知ってから、この不安はますます高まった。陸家を覆う靄《もや》はますます払いがたいものとなった。

陸家住人への事情聴取中、別の捜査グループは犯人の侵入経路や足取りを見つけようと屋敷をしらみ潰しに捜索した。だが陸家のあらゆるドアや窓には内側から鍵がかけられ、犯人がどう入ってきたのか分かる者はいない。現在明らかになっている状況は、犯人が幽霊だと指し示しているようだった。

7

梁良《リャン・リャン》が鐘可《ジョン・クゥ》の部屋に入ると、彼女はベッドに座っていた。放心している鐘可はこの事件の最重要証人であり、事件を直接経験した人物とさえ言っても過言《かごん》ではなく、まさに彼女の証言によって事件は皆目見当もつかなくなった。そのため梁良は鐘可から直接詳しく聞く必要があった。

「おはようございます。昨日すぐに駆けつけられなくて申しわけないです」梁良は丁重に謝罪すると、机の下にある椅子を引っ張って腰かけた。後ろにいる冷璇《ロン・シュエン》がメモ帳をめくり、記録を取る準備をした。

「こんなことになるなんて本当に思ってもいませんでした……」鐘可はまだ現実を受け入れられず、自分をずっと責め続けていた。

梁良には鐘可の心境が痛いほど分かった。一人の人間が自分の目と鼻の先で殺されたのに、自分は何もできなかったという無力感は苦しいものだ。

「昨晩の状況をもう一度教えてもらえますか？」

「はい」鐘可はうなずいた。思い出したくはないが、警察に協力するため、昨晩陸哲南《ルー・ジャーナン》のドアの前で見張っていた一部始終を洗いざらい繰り返すしかなかった。目の前にいる梁良は集中して耳を傾け、分かりづらい細かい点があれば掘り下げて尋ねた。

鐘可の話を聞き終えた梁良と冷璇は、本件がいかに尋常ではないかをひしひしと感じた。鐘可の言葉に嘘がなければ、これはまたしても完璧な密室殺人だ。

犯人はいったいどのようにして鐘可の視線をかいくぐり部屋に入ったのか？　そしてど

のようにして姿をくらませたのか？　この二つの問題がこの事件最大の謎となった。

「本当にドアのそばから片時も離れなかったんですか？」

「本当です」この問いは鐘可も百回ぐらい自身に問いただした。

「では死体を発見してから、何をしました？」梁良は質問を続ける。

「すぐにメイドさんの部屋のドアをノックして……」

「それから？」

「何度もノックしたんですが、反応がなかったので、北側の廊下に行って陸義《ルー・イー》さんのドアをノックしたんですが、やっぱり誰も出てこないので、自分で通報することにしました。そのあと自分の部屋に戻って、警察が来るのを待ちました」

「陸哲南さんから警報装置のリモコンを渡されたんじゃないんですか？　どうして押さなかったんです？」

「そのとき転んだ拍子にポケットから落ちて、壊れてしまったみたいで……」

「犯人はどうやって部屋に侵入したと思いますか？」梁良が不意に疑り深い眼差しを投げかけた。

「わっ……わたしにも何がなんだか」鐘可はいまだに衝撃から立ちなおれていないようだった。「本当に……何も分からないんです。部屋も調べましたし、ドアだってずっと鍵がかかっていました」

「こういうことは考えられませんか……鐘可さんが十二時に部屋に入ったとき、何者かが、鐘可さんと被害者以外の第三者が部屋にいて、ドアの裏やベッドの下などに隠れていたから気づかなかったとか？」梁良は仮説を提示した。

鐘可は少し考え、答えた。「それはないです……入ったときにドアの裏が視界の端に入りましたが、そこに誰かがいたら気づかないわけないです。それから部屋全体を見ましたが、隠れている人なんかどこにもいませんでした。それにベッドの下なんてもっと無理です。南瓜《ナングア》、いえ、陸哲南の死体が下をふさいでいたから、誰かが隠れられるスペースなんかなかったです。ベッドの下を見ても、確かに誰もいませんでしたし」

「ドアの裏に隠れる」という推理小説で使い古されたトリックは鐘可も当然知っていた。実際彼女もさっきその可能性に思い至ったが、すぐに自分で否定したのだ。

「いまなんと？」梁良が異様な興奮を帯びた目を見せ、にわかに背筋を伸ばした。

「え？」鐘可は戸惑った。

「陸哲南の死体がどうだったとおっしゃいました？」

「陸哲南の死体が下をふさいでいて……」鐘可はさっき言ったことを繰り返した。

梁良は体を硬直させたまま、理知的な両目を動かしている。

「梁《リャン》隊長、どうしました？」冷璇は何も思い当たらなかった。だがこれまでの捜査の流れで、梁良が何か重要な事実に気づいたのだと予想した。

「ああ、なんでもない。話を続けましょう」我に返った梁良は鐘可に質問を続けた。「それでは呪いについて話してくれませんか。昨日電話では詳しくうかがえなかったので。陸哲南さんは自分が殺されることを最初から知っていた？」

「はい」鐘可はベッドから立ち上がり、机に近寄ってなかからティッシュにくるんだ二本の嬰棺釘《えいかんくぎ》を取り出し、梁良に渡した。梁良はティッシュを開き、その錆《さ》びた二本の釘をまじまじと見た。

そして鐘可は陸哲南から聞いた嬰呪《えいじゅ》伝説を梁良に詳しく語った。

「つまり、陸仁《ルー・レン》さんと陸哲南さんは殺される前にこの釘……嬰棺釘を受け取っていたと？そして陸哲南さんは自分もその嬰呪にかかったと考えた。さらに二つの現場に赤ん坊のへその緒があったことが、呪いの効果が発揮された証拠だと？」梁良は馬鹿馬鹿しくも思ったが、その二本のへその緒にはまだ留意せずにはいられなかった。

嬰呪、嬰棺釘、へその緒……これら一連の事象はどれも〝赤ん坊〟と関係があるキーワードであり、陸屋敷のそばにある湖は胎湖《タイフー》とも呼ばれている……これらは単なる偶然か？この犯人は何を考えているのか？　どうしてここまで赤ん坊にこだわるのか？

それともこの二つの悲劇は本当に呪いによるものなのか？　梁良は信じない。呪いなんて根も葉もないものは明白に科学に反している。犯人は呪いというものを利用して人々を混乱させ、殺害現場を恐ろしい伝説に出てくる光景のように仕立て上げることで、自身の真の殺人計画を隠そうとしているに違いない。だから釘もへその緒もすべて犯人が演出のために入念に用意したアイテムなのだ。この犯人はきっとエンターティナー型の性格で、自意識過剰きわまる人物に違いない。

梁良は内心で〝呪い説〟を否定するとともに、犯人の簡単なプロファイリングを行なおうとした。

「梁さんは本当に呪いだと思いますか？」こう問いかけた鐘可の声はとてもか細かった。

「この世に呪いなどありません」梁良は断言した。「呪いに見えるものは全部、人の手によるペテンです」そして彼は慰めるような口調で言った。「とりあえずゆっくり休んで、あまり考えすぎないようにして、今後のことはわれわれ警察にお任せください。何か思い出したら、また連絡ください」

8

鐘可《ジョン・クゥ》の部屋を出るなり冷璇《ロン・シュエン》は尋ねた。

「梁《リャン》隊長、鐘可の言ったことは本当だと思いますか？」

「分からん。ただ嘘を言っている可能性は低い」梁良《リャン・リャン》はポケットをまさぐってタバコを吸おうとしたが、禁煙してすでに三ヵ月だということを思い出し、いままでの努力を無駄にする気になれなかった。

「じゃあこの事件は説明がつきませんよ。嫌疑が一番濃厚なのは鐘可だけです。結局彼女の話に従うと、物理的に陸哲南《ルー・ジャーナン》を殺せたのは、彼女をおいて他にいません」

「だからこそ、彼女が〝部屋には誰も入らなかった〟と証言する必要がどこにある？　自分を不利な状況に追い込む理由は？」

「それは確かに……おかしいですね。論理的に破綻している事件です」

この犯人は何者なんだ？

梁良は黙った。陸《ルー》家の二つの事件は常識の範疇《はんちゅう》をはるかに超えている。深いため息をつくと、全身にひどい無力感を感じた。

陸家の住人への聴取はすでに終わっていたが、有力な手掛かりは何もつかめなかった。

事件当夜、陸寒氷《ルー・ハンビン》だけが外で仮装パーティーに参加しており、十二時頃は屋敷に戻ってきたばかりだったと言う。そして他の人間はみな自室で寝ていたかテレビを見ていたかしていた。怪しい人物を見たり、怪しい物音を聞いたりしたという証言は誰からも出ていない。そして二人のメイドと陸義《ルー・イー》夫婦によると、ノックの音は聞こえず、昨晩はとても眠くて、ベッドに入るとすぐに寝つき、しかも普段より眠りが深かったと言っている。

客間に戻ると梁良は冷璇に命じた。「鑑識官を手配して全員に尿検査をさせるんだ」

「尿検査？　いったい何を調べるんですか？」冷璇は聞き返した。

「睡眠薬だ」

「ああ、分かりました」

続けて梁良は一人で陸哲南の部屋に入り、この尋常ではない現場を改めて調べようとした。

四隅を仔細に調べ、室内に抜け道がないことも、誰かが隠れられるスペースがないことも確認した。それから埋め込み棚の前に再び立つと、焦げたへその緒を見つめながら熟考した。

犯人は埋め込み棚に隠れたのでは？　ここには四つの棚があることだし……

埋め込み棚の戸板に取手はなく、ドアの片側に凹みがあるだけだ。梁良は凹みに指を入れ、扉を優しく引き、四枚の扉をどれも一定の角度で外側へ開けた。棚の内部をひとつずつ調べ、なかの木製の仕切りを強引にはずそうとした。仕切りはどれも釘でしっかり固定されていてはずせないし、表面にはずされた形跡もない。それに仕切り同士の空間は狭すぎるので、人間一人が入るのは不可能だ。

待てよ……

人間一人が入るのは不可能――適切ではない。正確に言うと……大人一人が入るのは不可能だ。

だが……

赤ん坊なら？

二週間前に地下小屋を調べたときのような身の毛もよだつ映像が梁良の脳裏に再び浮かんだ。

赤ん坊なら、埋め込み棚に完璧に隠れられる。

刃物を持った赤ん坊が突然棚から飛び出し、陸哲南の首を掻っ切ったとでも？　そして自身に火を点《つ》けて、激しい炎のなかで黒煙と化し、部屋から消えた……

だから……現場には焼け焦げたへその緒しか残されていないのだ。

迷信など信じたことがない梁良は心が折れそうになった。さっき鐘可に、呪いとはみな人の手によるものだと啖呵《たんか》を切ったばかりだというのに……いまの姿はなんだ？

梁良は目に見えない力に自身の意識が侵食されているのを感じた。

9

梁《リャン》　良《リャン》の心は混乱していた。彼は理性的な人間であり、呪いや怪談といった類《たぐい》を信じてはおらず、捜査には厳しい科学的な態度が求められると考えていた。だが一方で、この二つの事件で起こった超常現象を説明することができず、へその緒といった物が彼に無意識に余計なことを次々考えさせていた。

「梁《リャン》隊長」陸《ルー》　哲南《ジャーナン》の部屋に来た冷《ロン》　璇《シュエン》が、梁良の漂っている意識を呼び戻した。

「どうした？」梁良が振り返る。

「尿検査の手配が完了しました」冷璇の視線が梁良を通り越してへその緒へ向く。「まだ犯人が部屋に侵入した方法を考えていたんですか？　へその緒と関係があるんですか？」

「分からん、打つ手なしだ」梁良は二本の嬰棺釘《えいかんくぎ》を冷璇に渡した。「戻ったらこれを鑑識課に検査してもらうんだ。これが陸仁《ルーレン》の部屋にあったもので、これが陸哲南のベッドにあったものだから、混同するなよ」

「分かりました」冷璇は釘を預かった。「そういえば、先ほど鐘可《ジョン・クゥ》の部屋で何に気づいたんですか？」

「ああ……犯人が死体をベッドの下に入れた理由について、ひとつの可能性に思い至ったんだ」

「なんです？」

「簡単だ。ベッドの下を〝いっぱい〟にしたかったんだ」

「どういう意味です？」

「考えてみろ。事件発生時に陸哲南の死体がベッドの下になかったら、俺たちが密室の謎と対峙したとき、〝犯人はベッドの下に隠れていた〟という仮説が成り立ち、密室なんていうものも存在しなくなる。だがいまは、ベッドの下が陸哲南の死体でふさがっていて、だからこそ鐘可も下をのぞいたことで、〝犯人がベッドの下に隠れていた〟という解釈が自《おの》ずと成立しなくなった。そして密室の謎がまたしても俺たちの前に立ちふさがっているというわけだ」

冷璇はにわかに気づいた。「つまり、犯人は私たちに〝自分はベッドの下に隠れるなんてことはしていない。他の答えを見つけてみろ〟と教えて、密室を解けないようにしたっていうことですか？」

梁良はうなずいた。「そうだ。犯人はこの件の〝不可思議〟な面を強調しようとして、自分が一心につくり上げた〝実現不可能な現場〟を見せることで、警察を挑発している。この犯人は自分の手口にかなりの自信を持っているようだ」

「そんな深い意味があったなんて……」こんな独特な思考回路をしているのかと、冷璇は梁良が噂どおりの人物だと不意に思った。

「だが犯人もうぬぼれていたわけじゃない。やつは確かに俺が頭をいくらひねっても解けない密室をつくったんだからな。地下室のあの雨水でふさがれた入り口の謎も、いまのところまったく見当がつかない」梁良はやや肩を落とした。

陸仁事件の水密室と同じく、今回のような出入り口が終始監視されていた密室というものにもいままで遭遇したことはなかった。梁良はまたもや新たな試練を迎えたというわけだ。

「梁隊長、以前おっしゃっていたあの……」冷璇はふと思い出した。「あの密室事件の解決が得意な専門家に連絡を取ったんですか？」

「取ったさ。でも断られた」梁良は苦笑した。「最近特に忙しくて、他のことに気を回したくないんだと。ああ、彼は陸《ルー》家とも付き合いがあるんだった」

「そんなに警察の顔を立てないつもりですか？　自分勝手なやつですね」冷璇は不満げに

愚痴《ぐち》をこぼした。「じゃあもう梁隊長しかいませんよ。この事件を解決できるのは隊長だけだと思います」

疲れ切った梁良は小さなため息をつくだけだった。

第六章　天才漫画家

1

上海西部の虹橋《ホンチャオ》地区は外国人が密集する場所のひとつで、日本人と韓国人がとりわけ多く住み、有名な日本料理店と韓国風焼肉店の数々が軒《のき》を連ね、上海で一番美味しい日本料理レストランもここにある。そのレストランからほど近くにある虹梅路《ホンメイルー》は、虹橋地区を貫くにぎやかな通りだ。ここには別荘地もあり、歩いていると優雅な一戸建て別荘をいくつも見ることができる。

これらの別荘の一部は外国人が住居代わりに借りているが、会社のオフィスとなっているものもある。虹橋地区にはアニメ・ゲーム会社が数多くあり、業界で有名なアニメ・漫画会社〈漫領文化《マンリンウェンフウア》〉の本社もここにある。

虹梅路と交わる人気《ひとけ》のない小さな通りを曲がると、道の右側に四階建ての別荘棟が見える。乳白色の壁面が陽光に照らされると、ことさらまばゆい光を放つ。正門は石造りの小道の奥に隠されていて、別荘に入って真っ先に目に飛び込んでくるのが、〈漫領文化〉と壁にデカデカとプリントされたオレンジ色のロゴだ。

この別荘の室内面積はとても広く、各階にオフィスがいくつもあり、建物全体に数十人は収容できる。

〈漫領文化〉の業務は主に三つだ。一つ目は漫画雑誌や単行本といった紙媒体の本の出版。二つ目はウェブコミックサイトやアニメアプリを中心とするオンラインプラットフォームの運営。三つ目がアニメ制作で、優秀な漫画作品のアニメ化に力を入れている。国内アニメ産業を牽引《けんいん》する会社として、〈漫領《マンリン》〉は才能あふれる漫画家を何人も抱えている。彼らの大半が《死線《スーシエン》》という雑誌からデビューし、最終的に業界の売れっ子になる。《死線》は〈漫領〉が製作・発行する漫画雑誌で、国内の漫画家のオリジナル作品しか掲載していない。雑誌の名前の由来は〝漫画の締め切りの最終期限〟、つまり〝デッドライン〟だ。創刊以来、業界内では売上トップを独走している。連載作品は毎日読者の心をつかみ、市場の反応は上々だ。もちろんこれは作者の血と汗の結晶だけでなせることではなく、編集者の舵取りもきわめて重要だ。ときに彼らは作者以上に先見の明がある。

アニメ・漫画会社にとって、作品とは製品だ。そして編集部が〝コンテンツの生産〟を専門的に担う中核的な部門なのは間違いない。この完備された別荘棟内で、編集部は四階にある。オフィスの壁はさまざまなアニメポスターで彩られ、ピタリと横向きに並べられた四列の机がスペースの大半を占拠している。ここに所属しているのは大半がベテランの編集者で、漫画の原稿用紙が山積みになっている机は一見雑然としているが、編集者たちが自分なりの置き方にしているのだ。

〈漫領〉では一人の編集者が何作品も同時に担当し、しかも新人発掘もしなければならず、激しい競争を繰り広げている。編集部長の楊森《ヤン・セン》はなかでも一番精を出している一人であり、《死線》の編集長でもあるので、徹夜で残業など日常茶飯事だ。

わずか三十歳の楊森は出版業界でもう何年も揉まれている。漫画編集者になる前は、書籍と雑誌の編集もやっていて、豊富な経験を持っている。努力と才能を駆使して彼はついに今日の成功を手にした。〈漫領〉には楊森より年上の社員も少なくないが、誰もが彼に心から敬意を払っている。言うなれば、《死線》という雑誌が今日の成績を残しているのは、少なくとも半分は楊森の努力のおかげなのだ。

編集という職業は、忙しくなったら終わりが見えない。特に漫画の編集者は漫画家と肩を並べてスケジュールとデッドヒートを繰り広げており、コマ割りから校了まで全工程に関わらなくてはいけないので、その大変さは作者にも引けを取らない。

楊森は清潔感のあるショートカットで、ハードワークのため顔には疲労の色が濃く残り、鼻にかけた近視用眼鏡でも目の周りのくまを隠せていない。長いあいだうつむいて原稿を読んでいるせいで、首がずっと悪く、うなじにはいつも痛みを緩和する湿布を貼っているが、これも漫画編集者の職業病だ。身なりは気にしておらず、ダークカラーのニットシャツにゆったりしたカジュアルパンツを履き、大らかで真面目な印象を与える外見だ。

最近になって楊森が担当する話題沸騰中の作品がアニメ化するため、彼は全精力をその下準備に費やしている。つい先ほどアニメの曲作りを頼むため、有名な音楽プロデューサーと契約に関する話し合いを終わらせたばかりだった。

アウディA6Lを運転して編集部に戻った楊森は腰を落ち着ける暇もなく、そのままオフィスの隣にある小部屋まで歩いていき、ノックした。反応はなく、楊森はドアを開けてためらわずなかに入った。カーテンを閉めた室内は薄暗く、幅広い一台の作業台と木製の本棚が二つあるだけだ。作業台には原稿用紙の束や何本もの絵筆が散らばっている。楊森は作業台の前に立つと、不意に異様な原稿用紙に目を奪われた。原稿用紙を押さえている青い鉛筆をどけ、それを目の前に持ってくる。

紙には青い胎児のイラストだけが描かれていた。

2

小部屋から出た楊森《ヤン・セン》は窓辺に座る女性に尋ねた。「影《イン》ちゃん、安《アン》先生は？」

方慕影《ファン・ムーイン》はピンク色のロリータファッションを身にまとった、文句なしの二次元少女であり、編集部では少女漫画を担当している。若いと見て侮《あなど》ってはいけない。このビル内の全員が束になったところで、少女漫画の読書量と理解度で彼女に敵《かな》う者はいないのだ。

方慕影は頭を上げ、初々しい顔を見せた。「え？　安先生でしたら、警察に行ったみたいですよ」

「また警察か……」楊森の口調から、以前からよくあることらしい。

そのとき、小籠包《シャオロンバオ》の香りがオフィスに漂い入ってきた。

「楊《ヤン》さん、どうしました？」たったいま外から帰ってきた男の手には蒸し立ての小籠包が提げてある。彼は小声で言った。「すいません、用事があって出かけていたんです」

「ちょっと、安先生、最近忙しすぎじゃないですか。週に何回警察に行ってるんです？」探していた人物が目の前に現われ、楊森はやっと胸をなでおろした。「どうです？　ご飯はもう食べましたか？」

「これから食べるところだったんで、休憩室に行きましょうよ」彼は小籠包を掲げながら言った。

「安先生」と呼ばれた男は安縝《アン・ジェン》といって、中国の有名な漫画家だ。

十九歳でデビューを果たし、第一作の短篇作品『絞縄《ジャオション》』でいきなり新人賞を受賞し、世間から〝中国で千人に一人の天才漫画家〟と評価され、注目を浴びた。

五年前に安縝は〈漫領文化《マンリンウェンフウァ》〉と正式に契約を結び、〈漫領《マンリン》〉専属の漫画家になった。そしてそのときから、楊森は安縝の担当編集者となった。〝有名漫画家〟と〝名編集者〟という伝説の組み合わせは業界内で話題を呼んだ。二人はさながら手塚治虫と栗原良幸だった。

安縝は漫画家として、一人で創作するのが好きだから、これまでアシスタントを雇ったことがない。そして安縝の編集者である楊森は、毎回彼にネタやアイディアを提供し、作品のために知恵を絞って、ためになるアドバイスを数多く出していた。彼はむしろ安縝のお抱えアシスタントのようだった。この点から見ると、二人の関係はホームズとワトソンに似ているとさえ言えた。

安縝はボサボサの天然パーマで、頭髪に白髪が交じっているが、眼鏡をかけている顔は若々しく見える。特にハンサムとも言えないが、顔立ちは整っている部類で、四書五経を嫌というほど読んだ文人っぽい。左耳にいつもイヤホンをつけていて、ほとんどはずしたことがなく、イヤホンのケーブルが彼のズボンのポケットから伸びている。何を聞いているのかは誰も分からない。

休憩室に入ると、安縝は椅子を軽く引き、脱いだブラウンのコートを背もたれにかけた。腰を下ろすと、食品容器を開けて、小籠包をゆっくり嚙んで食べ出した。「楊さん、『暗街《アンジエ》』のアニメ化のことで何か話があるんでしょう？　どうなりました？」動きの所作も話し方も安縝は妙に紳士的だ。

「まさにその話をしようと思ってたんです」楊森は眼鏡を軽く押した。「聞いてくださいよ、安先生、今日陳翼《チェン・イー》とアポを取ったんですよ。ご存じですか？　あの有名な音楽プロデューサーで、香港で賞も……」

「手短に」安縝は〝ストップ〟と手で制した。くどくど話す楊森とは対照的に、安縝は要点を簡潔に済ませるのが好きだから、楊森のおしゃべりにうんざりするのもしばしばだ。これのせいで、楊森は安縝より三歳も若いのに、彼から〝楊さん〟と年上扱いされている。

「はいはいはい、まぁどうせ陳翼に曲を手がけてもらうのはほとんど確定なんですよ。あとはヒロインの声優です」そう言うと楊森はポケットからUSBを取り出した。「中国の有名な声優たちをまとめておきました。このなかには彼女たちのサンプルボイスが入っていますから、午後の暇なときに聞いてください。できるだけ急いで決めてください」

「分かりました」安縝はUSBを受け取り、小籠包を食べ続ける。

「えっとですね、要件は以上です。何人かオススメがいて、瞿雯《チュー・ウェン》っていうCVの声がめちゃくちゃよくて……」

「あとで自分で聞きますから」安縝はまたもや楊森の話を打ち切った。

「早くしてくださいよ。今日の午前中だってサボっていたでしょう」

「サボるって？」

「さっき紙に青い胎児の絵を描いていたじゃないですか。アレって陸《ルー》家のそばにある胎湖《タイフー》でしょう？　どうしたんですか、最近世間を騒がせている陸家連続殺人に興味が？　次の作品のネタにするつもりですか？」楊森は安縝の心を見透かしたように話す。

「いいえ、適当に描いただけですよ」安縝は小籠包のスープをひとくちすすった。「でも当たりです。あの郊外にある不吉な屋敷には興味があります。あそこの噂はずっと前に耳にしていたんですよ。陸家は代々男児しか生まれなくて、いままで女児が生まれたことはないという。それと陸家に関する恐ろしい伝説もあって、どれもインスピレーションを刺激されますよ」

「そういえばこの前、陸家に行ってなかったですか？」

「行きましたよ、取材で。陸家の陸哲南《ルー・ジャーナン》から泊まっていくようにグイグイ誘われました」安績は眼鏡をはずし、レンズについた湯気をティッシュで吹いた。「結局、陸家に二、三日泊めてもらい、ネタをけっこう集めましたし、面白いものも見ました。でも陸家で殺人事件が起きる前の話です」

「本当に陸家に泊まったんですね？」

「ええ、そのときはまだ『暗街』のアニメ化を教えてもらってなかったから、けっこう暇だったんです。いまは全力で『暗街』に取り組んでますよ。絵コンテを自分で描くという条件は譲れません。『暗街』はいまのところ一番大事な作品ですので、どんな手抜きも許せないんです」

「分かっているのなら構いません。でも胎湖を描いたわけは？　陸家のことが気になるんですか？」

「そりゃあ殺人事件が二件も起きて、犯人の手口も予想すらできないほどらしいですし……」安績はにわかに興奮した。「考えてもみてください。恐ろしい伝説がつきまとう薄暗い屋敷、男児しか生まれない不思議な一族、胎児の形をした怪しい湖、幽霊のような連続殺人犯。漫画にしたら絶対に面白くなりますよ」

「安先生、担当編集者として申しますが」楊森は厳粛な面持ちになった。「『暗街』は先生の代表作であり、現在の弊社の最重要プロジェクトでもあります。この作品がアニメ化されたら、国内で大反響が起きるのは間違いありません。そして一読者として、『暗街』は個人的に大好きな作品でもあります。先生はダークサスペンスというジャンルを極地に到達させたと思います。先生が生み出したあの〝死のクロッキー画家〟と呼ばれる連続殺人犯も矛盾した魅力をはらんでいますし、その殺人犯とヒロインの感情のもつれもとても読みごたえがあって……だから社員としても個人としても、他のことに気を取られないでほしいんですよ」

「分かっています。次の作品の準備をしているって言っただけです」安缜はそうあしらって、最後の小籠包を飲み込んだ。

安缜は立ち上がり、蓋を閉めてから容器をゴミ箱に捨てて机を拭くと、トイレへ向かった。トイレから出てくると、楊森が彼の顔に小籠包の皮がまだついているのに気づいた。

「安先生、じっとして」楊森はティッシュを一枚取り出し、安缜の顔をぬぐおうとした。

そのとき休憩室のドアが突然開き、方慕影が飛び込んできた。

「楊さん、電話……」方慕影は目の前のシーンに動揺し、呆気にとられる安缜と楊森を指差しながら絶句している。「ふっ……二人とも大胆すぎません？　あたしは……そういうことに反対の立場じゃないですが、会社でなんて……」

「誤解だ、影ちゃん！　きみが思っているような……」楊森は慌てて弁解した。

「いいえ、どうぞ続けてください……あたしはなんにも見ていませんから」方慕影は手で目を隠しながら、気を利かせて休憩室から出た。

安縝は楊森の手からティッシュを乱暴に取り、顔の汚れを自分で拭いた。「楊さんもいい歳《とし》なんだから、さっさと彼女を見つけたほうがいいですよ。あんなに広くて、それにリフォームしたばかりの家で一人暮らしはもったいないです」そう言うと安縝は休憩室から出ていき、不可解な顔をした楊森だけが残された。

「ちょっと安先生、どういう意味です？　先生だって彼女いないじゃないですか？　ぼくより年上なのに！」楊森は愚痴《ぐち》りながら追いかけた。

3

昼食を食べ終えてから、安縝《アン・ジェン》はオフィスの隣にある小部屋に戻ると、買い換えたばかりのノングレア液晶のノートパソコンを引き出しから取り出し、イヤホンを着けて声優たちのサンプルボイスを真剣に聴き始めた。この部屋は彼専用の作業室だ。有名漫画家である安績は意外と規則正しい生活リズムを保ち、その上、仕事とプライベートをできるだけ分けていた。だから安績はこれまで自宅で作業したことがなく、〈漫領《マンリン》〉の別荘棟のこの小部屋をわざわざ借り、平日はドアもカーテンも閉めた部屋で自分で自分を缶詰《カンヅメ》にして執筆に没頭する。そしてパソコンのペンタブレット上に絵を描くより、専用のインクペンで原稿用紙に作品を生み出すのが好きだった。

二時間後、楊森《ヤン・セン》がドアを開けて入ってきた。「安《アン》先生、どうですか？」

安績は無表情で告げた。「全部聞きました」

「誰にしました？」

安績は首を振った。「全員ダメです」

「全員ダメ？　そんなことないでしょう？　ピッタリなのが何人かいたはずですよ。本当に全員分聞いたんですか？」自分が苦労して選んだ声優が安績にことごとく却下された楊森は少し納得がいっていないようだった。

「正直な話、声優たちの声はどれもいいんですよ。でもキャラクターを演じるとなると、声がいいだけじゃダメなんです」安績の声は真剣だった。『暗街《アンジェ》』のヒロインはさまざまな苦難を経て強い心を持つ女の子なんですが、最終的には絶望に飲み込まれてしまうんです。そういったキャラの特徴や、定められた運命を表現できる声がここにはないんです」

「定められた運命？　冗談のつもりですか？　それは全部ただのサンプルで、声優たちはまだちゃんとした台本を読んでいないんですよ。キャラの特徴が捉えきれていないのも仕方ないじゃないですか」

「いや、そういったものは才能なので、ある人にはあって、ない人にはないんです。楊《ヤン》さんの編集者としての資質や、ぼくの漫画家の才能のようにね」安績は意見を曲げない。

「たいした謙虚っぷりですよ、安先生」楊森は諦めたように首を振る。「じゃあもう一日時間をあげますから、これだと思う声優を必ず一人選んでください。じゃなかったら今後の進捗《しんちょく》に遅れが生じますから」

楊森は不満げにドアを閉じたが、安績は気にしない。彼の辞書に〝妥協〟という二文字はない。あるのは〝量より質〟だけだ。

昼に食べた小籠包《シャオロンバオ》がややしょっぱかったせいで喉の渇きを覚えた安績は作業室を出て、大好きなレモンサイダーを買いに行こうとした。オフィスを出ようとした瞬間、方慕影《ファン・ムーイン》に呼び止められ、コマ割りの処理について尋ねられたので、方慕影のパソコンの前で丁寧《ていねい》に説明してあげた。

問題解決後、安績が立ち去ろうとしたところ、方慕影のパソコンに差さっていたイヤホンのケーブルにうっかり足を引っかけてしまい、イヤホンジャックがスッポ抜けた。パソコンの音声が突然スピーカーから流れると、思いもよらない音声が静けさに慣れた安縝の鼓膜を震わせた。

「何聞いてるの、影さん？」

方慕影は顔を赤らめ、目にもとまらぬ速さでジャックを差し込むと文句を言った。「ちょっと安先生、プライバシーの侵害ですよ！」

「いやいや、プライバシーには興味がなくて、さっきの声が知りたいだけなんだけど……まさかエッチなの聞いてた？」

「エッチなのってなんですか⁉　これは公式が出してる恋愛系ラジオドラマで、最近とても人気なんです。あたしはただヒロインの声優がすごい好きなだけで……」

「さっき流れたセリフってヒロインの？」

「いいえ、ヒロインの声優は瞿雯《チュー・ウェン》っていう〈悦音《ユエイン》〉の人気声優ですよ。さっきのは単なる脇役で、名前も全然知りませんね……ちょっと待ってください」方慕影はネットでそのラジオドラマのキャストを確認した。「もともとはネット声優ですね。ネット上ではまあまあの人気ですが、業界内ではあまり知られていませんし、アニメにもほとんど出演したことがないみたいです」

「彼女の声をもう一回聞かせて」安續は無数のガラスの破片のなかからダイヤモンドを突然見つけたかのように小躍りしっぱなしだった。

4

声優会社〈悦音《ユエイン》〉は上海市の中心街のとあるクリエイティブパーク内にあり、その一階はやや趣《おもむき》が漂うオフィスと録音スタジオに改装されている。昼頃、鐘可《ジョン・クゥ》は一人用のソファーに座りながら一人でご飯を食べていた。目の前のガラステーブルに置かれた麻辣湯《マーラータン》には野菜しか入ってない。

最近起きた出来事に鐘可は身も心もすり減り、食事さえほとんど喉を通らなかった。夜寝るときに陸哲南《ルー・ジャーナン》の惨《むご》たらしい死にざまがまぶたに浮かぶせいで、ひと晩じゅう眠れない。

心を恐怖と不安に支配された鐘可は仕事でも精彩を欠き、多くのキャラのアフレコの仕事を立て続けに失った。

鐘可はほうれん草を一本適当につまんで口に入れた。いまはとにかく少しのあいだでも休み、体調を整えてから仕事に復帰したかったが、日々の暮らしの重荷がそうすることを許さなかった。

鐘可が半分ほど食べ終えた頃、収録を終わらせた瞿雯《チュー・ウェン》が寿司の盛り合わせが入ったプラスチックケースを持ってやってきた。瞿雯は〈悦音〉のトップ声優で、受ける仕事はどれもいま流行《はや》りに流行っているアニメ、ゲーム、ラジオドラマのなかでも人気のあるキャラクターばかりだ。まだ二十歳そこそこの色白のこの娘はいつも傲慢なオーラを漂わせている。

「ねえ、ご飯食べたいんだけど」鐘可がソファーに座っているのを見た瞿雯は面白くなかった。そこはずっと彼女の席だったから。鐘可はぎょっとし、あたりを見渡したが、座るところは他にいくらでもあった。

「向こうにも席あるでしょ」鐘可が向こうのソファーを指差す。

「そこはずっとあたしが座っていたの」瞿雯は顔色を一変させ、そこに座ることを固執した。

「でも……」

雰囲気が悪くなるのを見て飛んできた中年男性が、ほぼ命令口調で鐘可に言った。「鐘可、すぐに瞿雯と席を替わるんだ。彼女は午後にもオーディションがあって、時間がないから早く食べてもらわないと」

　この恰幅《かっぷく》のよいセンター分けの男は〈悦音〉の統括部長で、鐘可の上司の一人だ。普段、鐘可は〈悦音〉であまり大事に扱われていない。入社して一年以上経つのに、まだ何もできない新人扱いされている。そしてタレント同然の瞿雯はたいそう可愛いがられ、宝石のようにちやほやされている。

　言いたいことはあったが鐘可は我慢して半分食べ終えた昼食を持ち、黙って他の席に座った。瞿雯は鐘可を威圧するように見下しながら、自分用のソファーに腰かけ、足を組んでハイヒールを揺らしながら高級寿司を味わった。

「ゆっくり食べるんだ雯《ウェン・》雯《ウェン》、何かあったら呼んで」名目上、統括部長も瞿雯の上司だが、部下に対してここまで下手《したて》に出ているところに、〈悦音〉における瞿雯の立場の高さがうかがえる。

「この寿司まっず」瞿雯は寿司を一貫ずつ半分だけ食べ、残った半分をまた容器に戻した。

「肖《シィアオ》さん、最近大変でしょ。これ全部食べたら？」

「ああ、分かった分かった！」統括部長は容器を持ち、瞿雯が使っていた箸を手に取ると、余り物を勢いよく食べきった。その姿はまるでご主人さまからご褒美《ほうび》をもらった犬のようだった。

その光景に瞿雯はたまらずぷっと笑った。「アハハハ、あたしの食べ残し美味しい？　肖さん」

「美味しいよ。本当に美味しい。他の人は食べたくても食べられないだろうな！」肖は笑いながら口を開くと、黄ばんだ歯をのぞかせた。

もともと憂鬱だった鐘可はこのシーンにさらに気分が悪くなった。いくらも食べていないが、目の前の麻辣湯《マーラータン》は捨てることにした。

不愉快な昼食が終わり、受けたばかりの新キャラの練習をしに録音スタジオへ行こうとした鐘可は肖にオフィスまで呼ばれた。彼女の心に不安がこみ上げた。

「なあ鐘可」肖はつまようじをつまみ、無神経に歯を掃除する。「最近調子悪そうだな。きみが収録したキャラが全然使い物にならないってクレームが、たくさんのクライアントから来てるぞ」

「最近いろいろあって……もっ、申しわけありません」鐘可は悔しそうに頭を下げた。

「しっかり頑張ります。次の《天使の塔》のキャラはきっとちゃんと……」

「そのキャラは担当しなくていい」肖は冷ややかに言い放つ。「話があったのはその件だ。他の声優を薦めた」

「しなくていいって……」鐘可は耳を疑った。「どうしてです？」

「うん？　《天使の塔》はビッグプロジェクトで、会社にとっても重要ってのは分かってるな？」

「分かっています」

「きみの最近の状態では、キャラの収録をするのにふさわしくない。絵本の収録を手配したから、それでよろしくな。以上だ」肖は追い払うように手を振った。「午後は瞿雯をオーディションに連れていかなきゃいけないから、きみはまあ頑張ってくれ」

鐘可がなんと返事しようか考えているあいだに、肖はカバンを持ってオフィスから出ていった。

5

翌日、寒風吹きすさぶ通りを歩きながら、鐘可《ジョン・クゥ》はひとつの決心――仕事を辞めよう――をしていた。

〈悦音《ユエイン》〉に入社してから、思い描いていたものからますます離れていった気がしていた。現実がかくも厳しいものだといままで考えたこともなかった。底知れない挫折感に耐えきれなくなり、鐘可はいままさに崩壊の瀬戸ぎわに立たされていた。

少なくともいまの自分にプロの声優の仕事は務まらない。陸《ルー》家の殺人事件も瞿雯《チュー・ウェン》が威張り散らすのも、現在のこんな状況をつくった主な原因とはいえない。すべて、社会に出る心構えが足りず、弱すぎた自分のせいかもしれない。激しい葛藤のすえに、鐘可はひとまず実家で休み、それからのことはあとで考えることにした。これで陸家という恐ろしい殺人事件が起きた不吉な場所にも別れを告げられるし、しばらくのあいだ体調を新たに整えることもできる。

会社に着いた鐘可は退職届を簡単にしたためると、大きく息を吸ってから統括部長の部屋にまっすぐ向かった。

部屋のドアを押して開けると、肖《シィアオ》がにわかに立ち上がって両目を輝かせながら鐘可を見つめている。

「おお、鐘可来たか。さあさあ、座って座って」肖は顔に興奮の色をあふれさせながら、わざわざ椅子を鐘可の前に持ってくる。

「肖さん、わたし……」

「ブレイク秒読みだ！」

「え？　ブレ……なんです？」鐘可は彼の言葉がまったく理解できなかった。

「いやあ本当にたいしたもんだよ、鐘可」えびす顔で笑うさまは、いつもの鐘可への態度と比べてほとんど別人だった。

「肖さん、いったいなんのことだか……よく分からないんですが……」

「ああ実はねえ、『暗街《アンジェ》』って知ってるだろう？　有名な漫画家安《アン・ジェン》縝の作品」

「はい……ここ最近大人気の漫画ですね」

「ああ、その作品がアニメ化されるんだ」

「はあ……」鐘可はここまで来てもそれが自分となんの関係があるのかつかめなかった。

「アニメの制作陣がヒロインの声優を探してるところなんだ」

「へえ……」

「原作者の安縝がじきじきに声優を指名してきた」肖は意図をつかみかねている鐘可の顔を指差し、「それがきみだ」と言った。

「え!?　わたしですか？」鐘可の頭は受け取ったばかりの情報を一瞬消化しきれなかった。

「そう！」

「でも……どうしてわたしが？」

「いやいや、そんなに疑問に思ってばかりでどうする？　向こうがきみの声を気に入ってくれたじゃいけないのか？」

肖は机から便箋を一枚取った。「でも作者はまずきみ本人と会いたがっているから、急いで行ってくれ。いま場所を書くから」

鐘可は言われるがまま便箋を受け取った。そこに書かれている住所は、〈怪咖《グァイカー》〉という喫茶店のものだった。

「でも今日は……」鐘可は握っている退職届に目を落とし、肖に渡そうとした。

「よし、入り口前に車を呼ぶから、さっさと向かってくれ」鐘可の言葉が言い終わらないうちに肖が落ち着かない様子で急《せ》かす。

「え？　いまですか？」

「早く早く早く！」肖は追い立てるように彼女を行かせた。「成功したらうまい飯おごるし、ボーナスも出すから、頑張るんだぞ、鐘可！」

我に返ったときには、鐘可を乗せた車はすでに〈怪咖〉の前に停まっていた。

6

鐘可《ジョン・クゥ》はガラスドアを押し開けた。喫茶店はこれ以上ないほど簡素なつくりをしていて、店には男女ひと組の店員しかいないようだった。男の店員はカウンターでコーヒーマシンを操作し、女の店員はテーブルの空《から》のコップを片づけている。「いらっしゃいませ、何名さまでしょうか？」客の来店に気づいた女の店員があいさつをしてきた。

「すいません、待ち合わせをしていて……」鐘可は店内をうかがった。混む時間帯でないから、店内には客がほとんどおらず、窓ぎわの席以外空いている。背を向けている人影が薄暗い片隅に一人で座っているだけだ。

鐘可は少し緊張しながらその人物のところへ向かった。

何もかもが突然すぎた。さっきのあの驚愕の知らせから、これから有名な漫画家安縝《アン・ジェン》大先生に会うということまで、起きたことのすべてがまるで夢のようだ。鐘可はそれほど漫画を読まないが、安縝の名ぐらい知っている。彼の作品は売上も評判も国内トップクラスだ。

そんな大物漫画家が世間で無名の自分をどうしてヒロインの声優に選んでくれたのか？その人物のそばに来ると、鐘可は少しかしこまりながら尋ねた。「あ、あのすいません……安縝先生でしょうか？」

相手は振り返り、鐘可を見るとすぐに立ち上がって、ほほ笑みながら礼儀よくあいさつした。「はじめまして、安縝です。鐘可さんですね？」

「はい、そうです」鐘可はうなずいた。

「座ってください。何を飲まれます？」安縝はとても紳士的に鐘可へ机の向かいの椅子を引いた。

「どうも、じゃあカフェラテで」

「すいません、カフェラテください」

鐘可が視線を落とすと、安縝が飲んでいるのはアイスレモンティーだった。

喫茶店に来てまでレモンティー？　それにわざわざドアに背を向けて隅っこに座っているなんて……鐘可の安縝に対する第一印象は、この喫茶店の名前どおり――〝怪咖《グァイカー》（ちょっと変）〟だった。

鐘可は目の前にいる漫画家を細かく観察した。暗褐色のコートにジーンズ姿で、茶色い登山靴を履いている。上品な眼鏡とボサボサ髪が少しアンバランスだ。左耳にはイヤホンをしているようだが、歌でも聞いているのだろうか？

要するに、安縝の外見は鐘可が考える漫画家のイメージと少し違った。

二人のあいだに沈黙が流れると、安縝がようやく口火を切った。

「緊張しないでください。今日は鐘可さん本人に会いたかっただけです。そちらの肖《シィアオ》さんからすでに聞いていると思いますが、私の漫画『暗街《アンジェ》』がまもなくアニメ化されるので、鐘可さんにヒロインの声優を引き受けてもらいたいんです」

「そうお聞きしましたが……」安緝の口から自分の耳にその知らせが届くと、鐘可はまだ少し感動に打ち震えた。

「それで、引き受けてくれますか？」

「えっと……純粋に気になったんですが、どうしてわたしを選んでくださったんですか？」

「偶然鐘可さんの声を耳にして、まさにピッタリだと思ったんです」安緝は簡潔に答えた。

「それだけですか？」

「ええ、それだけです。あのキャラはあなた以外あり得ません」

てっきり安緝が何かとんでもない理由を言ってくると思っていた鐘可だったが、彼は「ピッタリ」という言葉だけですべてを説明した。それが鐘可を啞然とさせた。

「すいません安緝先生、先生から評価されたことは身に余る光栄なんですが……」

千載一遇のチャンスだったが、現在の状態ではキャラに全力で打ち込めないことを鐘可も分かっていた。無理にこのキャラを引き受けたところで、自分にも作品にもメリットがない。だから彼女は断るつもりでいた。

「何か悩みでも？　私でよければ聞きますよ」安縝はレモンティーをすすった。「あなたにも絶好のチャンスなのは間違いありません。断ったらとてももったいないと思います」

「分かっています。でも……実は今日、会社を辞める気でいたんです」

「どうして？」

「最近自分の身にあまりに多くのことが起きて……もう仕事に打ち込む余裕がないんです。本当に申しわけありません」

「もしよければ、どういう悩み事か話していただけますか？」安縝は眼鏡を上げた。「たいていの場合、恋の悩み以外はなんでも解決できますよ」

その言葉に鐘可はいぶかしんだが、それ以上に不可解だった。なんでも解決？　だいぶ思い上がった言い方じゃないか。

「その……」鐘可は一瞬言葉に詰まったが、相手に諦めてもらうため、本当のことを話す決心をした。「話をするのは別に構いません。実はわたしは陸《ルー》家の部屋を借りているのですが、最近陸家で起きた連続殺人事件のことはご存じでしょうか？」

「ええ」

「陸家で凄惨な事件が起きてから、毎晩悪夢を見るようになったんです。斧を手にした犯人が枕元にやってくるという夢を見ることもあって……とても怖いんです、犯人の次のターゲットが自分かもと考えると、だから一刻も早くあそこから離れて、この街を出たいんです」鐘可は本心を吐露した。「それにその犯人も普通の人間じゃないんです……何か超自然的な力を持っているみたいで……犯人が使った魔法も実際に目の当たりにしました」

「分かりました。つまり、あなたの悩みのタネは、陸家で起きた殺人事件と理解していいですね？」

「はい……そのせいで自分の生活や仕事に影響が出ているばかりか、命まで脅かされていると思うようになりました」

「そういうことでしたか」安縝はレモンティーをいっきに飲み干すと、落ち着いた様子で語った。「では、私が事件を解決したら、ヒロインの声優になってくれますね？」

「えっと……どういう意味でしょうか？」鐘可は本当に理解できなかった。警察どころか探偵でもない安縝が何をもって〝事件を解決する〟と大口を叩けるのだろうか？

「言葉どおりの意味ですよ。陸家の殺人事件のあらゆる謎を解き明かし、犯人を捕まえ、事件を完璧に解決してみせましょう」安縝は自信ありげな笑みを浮かべた。

第七章　ドミノ空間

1

鐘可《ジョン・クゥ》が熱いラテをスプーンでかき混ぜると、コップの牛乳とコーヒーが重たい渦を織りなした。自身の意識さえ形のない渦に巻き込まれていると思い、現実と虚構の判別をつかなくさせた。

安縝《アン・ジエン》はもう立ち去り、テーブルには彼がご馳走してくれたラテだけが残されている。五分前に安縝が言った言葉が鐘可の脳内でまだこだましている。

「私が事件を解決したら、ヒロインの声優になってくれますね？」

鐘可は相手がどんな考えでそんなことを言ったのか判断できず、なんて答えればいいか分からなかった。大風呂敷を広げているだけか、それともただのホラ吹きか。あの漫画家は本当に事件を解決する自信があるとでもいうのか？

絶対無理だ。警察でさえ手に負えない事件をたった一人の力で解決できるとでも？　もしかしたらあの人物は普段からハッタリをかましてばかりで、あまり気にする必要もないかもしれない。

鐘可は苦笑すると、コーヒーを飲み干して店を出る支度をした。

さっきのことを思い返すと、陸《ルー》家の殺人事件に言及したとき興奮しすぎた。喫茶店の入り口でガラスドアを鏡代わりにし、なんとかまともな精神状態を維持しようと努めた。

〈悦音《ユエイン》〉に戻り、肖《シィアオ》の質問に対しても鐘可は「まだ考えさせてください」と淡々と答えただけだった。

肖がいくらなだめすかしても鐘可は一向に消極的な態度だった。てこでも考えを変えない鐘可に対して肖も打つ手がなく、もう少しで土下座するところだった。

だが鐘可も結局退職届を提出しなかった。心のなかでわずかながら未練があるのも事実だ。

疲弊した体を引きずり、鐘可は陸家に帰った。目の前の屋敷とそばにある胎湖《タイフー》を眺めているとさまざまな思いが去来し、ドアの前でわざと何度もこの屋敷に視線を向けた。数日後にここともすっぱりお別れするかもしれない。

鐘可のために屋敷の正面玄関を開けてくれたメイドの小虹《シャオ・ホン》がほほ笑みをたたえながら

彼女を出迎えた。

「鐘可、お客さんよ」小虹が鐘可に言う。

「わたしに？」

「ええ、〈漫領文化《マンリンウェンフウァ》〉の安縝先生」小虹が客間のソファーを指差す。

「えっ？」ますます驚いた鐘可が小虹の指の先に目を向けると、確かにそこに安縝が座っている。

どうして彼がここに来ているの？　鐘可は突然、わけが分からなくなった。

「鐘可さん、待っていましたよ」安縝は立ち上がってあいさつした。左耳にはまたイヤホンが入っている。

「ゆっくりしていてください。お茶を淹《い》れますから」小虹は厨房《ちゅうぼう》へ行った。

「安《アン》先生……どうして……」

「約束を果たしに来たんですよ」

「約束って……なんでしょうか？」

安縝は眼鏡を軽く上げてほほ笑んだ。「もちろん今日喫茶店で話した、陸家の殺人事件を解決して、犯人を捕まえるという件ですよ」

「まさか……」鐘可は驚きのあまり声が出なかった。口から出たでまかせかと思っていたら、本当に陸家にやってきたとは。「でもどうしてお越しになられたんですか？」

「実は〈漫頌文化《マンリンウェンフウァ》〉は陸家と付き合いがあるんですよ。フードコラムニストの陸礼《ルー・リー》さんのコラムを〈漫頌《マンリン》〉が縦スクロール漫画にして連載していたことがあって、とても良好な関係なんです。そして私も新作のために陸家に取材に来たことがあるので、陸家の方たちとは基本的に顔見知りなんです」安縝は説明する。「今回は陸礼さんにあいさつして、陸家の方の許可を得たので、ここで起きた事件を調べることができるようになったんです。もちろん陸家にも、犯人をきっと捕まえてみせますと言いましたがね」

「あっ！」鐘可は何かを思い出したように話した。「陸哲南《ルー・ジャーナン》が大ファンで、陸家とも交流がある漫画家がいるって言っていましたけど、安先生のことだったんですか？」

「陸哲南とも確かに知り合いだし、この前は彼の部屋に招待されました」安縝は認めた。

「分かりました……でも事件を調べると言っても……先生は警察ではありませんよね？」

「犯罪捜査は確かに警察の職務で、一般市民が関わったり干渉したりすることはできません。ただし〝謎解き〟は違います。頭を働かせれば誰だって謎は解けるんです。私にとって、事件の〝謎〟こそが肝心なんです」

「ええと……」安縝の詭弁に鐘可は二の句が告げなかった。どう言おうが、刑事ではない人間が殺人事件を調べること自体が胡散《うさん》臭く聞こえる。

小虹が温かいお茶を持ってくると、安縝は自分のショルダーバッグからスケッチブックと柔らかい芯の鉛筆を取り出すや否や、鐘可に言った。「さあ、時間がもったいないから始めましょう」

鐘可は反応できなかった。「始めるというのは？」

「陸家について知っている情報を全部教えてください。どんな些細《ささい》なこともできるだけ漏らさないように」

「情報？」

「ええ、陸仁《ルー・レン》が殺された事件と陸哲南が殺された事件のすべてを余すところなく話してください」

この男は本気なのか？　鐘可は狐につままれたような気持ちだった。この安纈はいったい何者なんだ？　漫画家が殺人事件を調べるなんて考えたこともない。

だが安縝が実際に来ている以上、鐘可も拒絶しづらい。彼が調査すると言っているのなら調査させればいい。漫画の世界で生きているこういった人種の浮世離れした行動や妄想も理解できる。飽きたら彼も自《おの》ずとやめるだろう。

それで鐘可は自身が知る事件の状況を再び話し始めた。陸仁が行方不明になったときのいきさつ、密室状態を呈した地下室のなかで陸仁の死体が見つかったこと、陸哲南の部屋でどこからともなく嬰棺釘《えいかんくぎ》が出現したこと、陸哲南が話した嬰呪《えいじゅ》、そして陸哲南が密室で不思議にも喉を切り裂かれたこと……陸哲南の死について口にしたとき、鐘可の顔は恐怖の色に染まった。

鐘可が事件について話しているとき、安縝は鉛筆でスケッチブックに何かを描いていた。自分が知っていることを全部安縝に伝え終えると、鐘可は興味本位で尋ねた。「何をお描きになられているんですか？」

安縝はスケッチブックをめくって鐘可に見せた。めくられた二ページにはいくつものコマが引かれ、そこに描写されていたのはどれも鐘可が話した内容だった。

「事件を漫画のコマ割りにしてメモするのが考えるときの癖なんです」安縝は真面目に言った。

「ご丁寧ですね……」

「分かりました。話から察するに、いま一番心を悩まされているのは、おそらく、自分が見張っている状態で陸哲南が無惨に喉を切り裂かれたという事件ですね？」

「ええ……」鐘可は当時の出来事を思い返したくなかった。

「ではその事件から調査しましょう」安縝は腕時計に目を落としてから言った。「三十分です」

「三十分？」

「はい。三十分以内でその密室の謎を解いてみせます」安縝はまたしても自信ありげな笑みを浮かべた。

2

安《アン》縝《ジェン》はまるでここに一年以上住んでいる鐘《ジョン》可《クゥ》より陸家の屋敷に詳しそうな様子で、彼女の前を軽快に歩く。二人が早速陸《ルー》哲南《ジャーナン》の部屋の前に来ると、安縝は廊下を見ながら尋ねた。「どこに座っていました？」

「ここです」鐘可はドアの前を指差した。「壁にもたれて座っていました」

「当時寝ていなかったんですよね？」

「寝てません！」鐘可はあのときの様子をこれ以上話したくなかった。

「部屋のなかを見てみましょう」そう言いながら、安縝は鐘可の背中を叩いた。その行為に見知らぬ他人に体を触られるのが嫌な鐘可はやや反感を抱いた。

事件後に鐘可は初めて陸哲南の部屋に足を踏み入れた。部屋は死体がすでに運び去られた他には、あらゆる内装は事件発生時と同じままだ。変わらぬ光景に鐘可の頭に再びあの恐怖の夜がよぎった。

安縝は部屋を見渡すとすぐにベッドのそばに行き、死体があった場所を調べた。チョークで引かれた死体のシルエットはとっくにかすれ、絨毯には見づらい白いマークしかない。それから彼はあちこち見てまわりながら、スケッチブックに部屋の三点透視図を描いた。そこには絨毯の美少女イラストさえ正確に再現されている。

「その前にこの事件のいくつかの謎を整理するので、漏れがないか確認してください」安縝はスケッチブックを見つめながら言った。

「はい」

「まず、鍵がかかった陸哲南の部屋のベッドに突如嬰棺釘《えいかんくぎ》が出現した。そして彼がその日鍵をつけ換えたのに、その晩に犯人は誰にも気づかれずに部屋に侵入して彼を殺害、そのときあなたはドアの前で見張っていたにもかかわらず、不審な人物を見なかったし、部屋はずっと密室状態だった。さらにドアを開けて死体を発見したとき、犯人はまたしても煙のように消えてしまい、部屋には焼け焦げたへその緒だけが残されていた」安縝は咳払いし、手の指を四本立てて話を続けた。「つまりこの事件には主に四つの謎があるわけです。一つ目は、釘はなんの前触れもなくどうやって出現したのか。二つ目は、犯人はどうやって部屋に入ったのか。三つ目は、犯人はどうやって部屋から出ていったのか。四つ目は、犯人はどうして現場にへその緒を置いたのか」

「そうですね……分かります」鐘可は返事したが、いまのところ安縝のしゃべったことは全部無駄話で、事件のポイントを抜き出しただけだと思った。

「順番どおりにひとつずつ解決していきましょう」安縝は室内を歩いて調べながら話す。ドアのそばに行き、そのドアに非常に興味を示しているように上から下まで舐《な》めるように観察している。彼は腰をかがめ、ドアの裏にかかっているカレンダーをめくり、そして上にあるフックを引っこ抜き、裏の接着剤を指でなでた。「このフックは強力な接着剤でドアに直接くっついていますね」

「そのカレンダーが事件と関係あるんですか？」鐘可は理解できず尋ねた。

「釘が密室に出現した謎は、このフックのように至極単純な子ども騙《だま》しですよ」安縝はわざともったいぶっているように説明せず、部屋にある四つの埋め込み棚を調べ始めた。棚の扉を限界の角度まで開けてまた閉めるという動作を一枚ずつ繰り返し、独りごとを言った。「色はほとんど一緒だな」

こんな探偵ごっこに鐘可は不快になった。この安縝は事件の調査をままごととでも思っているようだ。

「もっと分かるようにおっしゃっていただけませんか？」

「最初に強調しておきたいのは、陸哲南殺害事件に登場した一見すると不可解な現象すべてに超常的な要素など存在せず、呪いなんてもってのほかで、全部人間の仕業だということです」安縝は断言するように言った。

「じゃあ釘も誰かが陸哲南の部屋に入れたってことですよね？」

「はい」

「どうやって？　陸哲南は部屋を出るときはいつもドアに鍵をかけていました。合鍵でも使ったんですか？」

「合鍵なんか必要ありません」安縝は首を振る。

「じゃあどうやって……」

「自分の背中を触ってみてください」

「え？」安縝の飛び飛びになる話し方のせいで、鐘可は困惑しっぱなしだ。「背中？」

彼女は眉をひそめながら背中に手を伸ばした。指先が突然、紙のような異物に触れた。驚いた鐘可は勢いよく紙を剝がし、よく見ると紙には〝バカ〟という二文字が書かれ、隅に両面テープの切れ端がついていた。

「あなたが貼ったんですか？」鐘可はさっき安縝に背中を叩かれたことを思い出し、思わず腹を立てた。いい歳《とし》した大人がこんな幼稚ないたずらをするなんて。

「やっと分かりましたか？」安縝はバッグから両面テープを取り出して鐘可に見せびらかした。「このトリックは子どもの頃によくやったいたずらと変わりありません」

「えっと……どういう意味です？」

「その嬰棺釘は陸哲南自身が部屋に運んだんですよ」安縝はタネを見破ると、鐘可から〝バカ〟と書かれた紙をひったくった。「さっきまでまったく気づかないまま、あなたがこの紙を持ち込んだようにね」

3

安縝《アン・ジェン》の話に、鐘可《ジョン・クゥ》はようやく合点がいった。「あっ、そうか！　つまり……誰かが陸哲南《ルー・ジャーナン》のすきを突いて、彼の服の上に両面テープのようなものを使って釘をくっつけたんですね。陸哲南はそんなことにまったく気づかないまま部屋に戻って、そのままベッドで寝てしまった。そして睡眠中に釘が服から剝がれて、ベッドの上に落っこちた」

安縝はうなずいて同意する。「やっと納得しましたか。つまりそういうことです。あなたの話によれば、嬰棺釘《えいかんくぎ》はとても小さいので、接着剤をほんのちょっと塗れば服にくっつきますし、短時間で剝がれ落ちることもありません。ベッドに横になったときも、マットレスがとても柔らかかったため、背中に違和感を覚えることはいっさいなかった。これこそ釘が密室に突然現われた真相です。警察も鑑定すれば、釘から接着剤の跡を見つけられると思います」

「そういうことだったんですか……」

「注意すべきは、陸哲南がその晩着ていたのがパジャマだということです。つまり、犯人は陸哲南が家でパジャマに着替えたあとにこっそり釘を貼りつけた」安縝は補足する。

「この点から、犯人が陸《ルー》家内部の人間である可能性が濃厚です。それに陸哲南の背中を叩けたという点から、その人物は彼とある程度の身体的接触ができたということを意味しています……おそらく陸哲南とかなり親しい仲のはずです」

「本当ですか？」鐘可は心臓が猛烈に脈打っているのを感じた。陸哲南を殺した恐ろしい殺人鬼が陸家の住人かもしれないなど考えたこともない。これはまた、外部から侵入した痕跡を警察が見つけられていない理由にもなる。悪魔がずっと近くに身を潜めているなど誰が想像できるだろうか？

「さて一つ目の謎はこれにて解決です。次に犯人はどうやって部屋に入ったかに移りましょう」安績は講義室で演説しているような口ぶりだ。「鐘可さん、犯人はなぜ先に釘を陸哲南の部屋に置かなきゃいけなかったと思いますか？」

「え？」突然の質問に鐘可はしどろもどろになった。「ええと……驚かせるためだと思います」

「あとは？」

「あとは……不安にさせたかった？　怖がらせようとした？　ちょっとよく分かりません……」

「半分正解です」安績は続ける。「確かに陸哲南を怖がらせるためでしたが、それより一番の目的がありました。陸哲南にイメージを植えつけることです」

「イメージって？」

「犯人は陸哲南にこう伝えたかったんです――〝おまえの部屋に自由に出入りできる人間がいるぞ。そのドアの鍵はもう信用できないぞ〟」安績は眼鏡を押し上げて話を続ける。「そうすることで、恐怖に突き動かされた陸哲南は、長いこと換えていない鍵に何か問題があるんじゃないかと疑い始めたんです。そういった疑惑はますます強くなって、最終的に新しい鍵につけ換えました。しかしこれこそ犯人の罠だったんです！

要するに、嬰棺釘は犯人の計画の一部だったんです。その目的は、陸哲南が鍵をつけ換えるよう誘導し、次の計画に進めるためだったんです」

「次の計画って?」

「部屋への侵入です」安緼はドアのそばに立ち、鍵を触った。「その日の午後、陸哲南は警備会社の人間を呼んで自室の鍵を交換させました。しかしその一部始終が犯人の計画のうちなら?　鍵を交換した人間は果たして本当に警備会社から来たんでしょうか?　もしくは、鍵を交換して陸家から出ていった警備会社の人間を犯人がずっと尾行し、保管用の合鍵を盗んだのだとしたら?」

鐘可は一瞬寒気を覚えた。

「つまるところ、こういった手段を使えば犯人は新しい鍵を入手できたんです。それから犯人はずっと屋敷のどこかに潜み、陸哲南が部屋から離れたタイミングでドアの鍵を開けて部屋のなかに堂々と入ったんです。その時間帯は陸哲南がトイレに行ったとき、もしくはその晩あなたに夕飯に呼ばれたときだと思います」

「その……つまり、犯人はそのとき部屋に忍び込んだんですよね?　じゃあ……それからは?」

「それから犯人はずっと部屋に潜んでいたんです。たとえば……ベッドの下とか。陸哲南が被害に遭う前、あなたが部屋を調べたとき、ベッドの下に誰か隠れていないかわざわざ調べなかったですよね？」安縝は真っ黒になったベッドの下を指差す。「要するに犯人はずっと部屋にいながら深夜零時まで待って、それから陸哲南の喉を掻っ切ったんです」

鐘可の呼吸が途端に早くなる。「ということは、私がドアの前で見張っていたとき、犯人はもうなかにいたんですか？」

「その考えで間違いありません。よく思い出してください。あなたが部屋の外にいたとき、突然ドアの鍵が開く音が聞こえたのは、犯人の仕業に違いありません。犯人がそうした理由はあとでお話しします。いずれにしろこれは犯人がそのとき室内にいたことを意味しています」

鐘可はもうショックのあまり言葉も出なかった。

4

「ではこれで、犯人がどうやって部屋に入ったのかという謎も解けましたね。この二つの謎は警察の力でも解くのはそれほど難しくないと思います」喉の渇きを覚えた安縝《アン・ジェン》はショルダーバッグからレモンソーダを一缶出して、喉を鳴らしながら飲んだ。「次がトリックのなかで一番奇妙かつ抜きん出ていて、もっとも規格外の箇所です。犯人はどうやって閉ざされた部屋から姿を消したのか？」

すっかり緊張していた鐘可《ジョン・クゥ》はつばを飲み込んだ。安績の口から驚くべき結論が語られるのだろうか？　これがマジックのショーなら、魔術のタネがまもなく暴かれようとしているところだ。

「少々奇抜な推理を証明するために、もう一度いくつか確認したいことがあります」そう言うと安績は部屋の中央に立った。「鐘可さん、事件があった晩にドアを開けて部屋に入ってから死体を発見して立ち去るまでの過程をここで再現してもらえませんか？　当時どこに立っていたか、どういう場所を通ったか、動作のひとつひとつ、視線を向けた先までできるだけ当時と同じままで頑張って思い出してください」

鐘可は数秒逡巡したが、言われたとおりやることにした。彼女が当時の状況を思い出しながら自身の行動を何遍も再現するかたわら、安績は黙って見続けていた。

「何か変です」ベッドのそばに立ちながら、ドアの方向を凝視する鐘可は違和感を覚えた。

「どうしました？」

「ずっとあのあたりが変な気がするんです……うまく説明できませんけど」

「それは正しいです」安績はすべてとっくにお見通しという笑みを浮かべた。それから机の前まで来ると、テーブルにある数枚の皿に盛られた糖衣チョコを指差した。「おかしいのはそこだけじゃありません」

鐘可は近寄って糖衣チョコを眺めると、確かにひとつおかしな点があった。もともと四色の糖衣チョコが色ごとに四枚の皿に分けられているのは、陸哲南《ルー・ジャーナン》の癖の産物だった。だがいま、赤いチョコの皿に緑のチョコが一粒混じり、また緑のチョコの皿にも赤いチョコが一粒混入している。

「なんで別のお皿に入ってるんだろう？」鐘可は考えても分からなかった。「でもこれで何が分かるんですか？」

彼女は安縝に助けを求める視線を向けた。

「机が動かされたことが分かります」安縝はこともなげに答えを言った。

「動かされた？」

「ええ、犯人は机を動かしたときに、机の上の糖衣チョコを撒き散らしてしまったんです」

安縝はチョコを一粒つまんで言う。「しかし犯人は机を動かしたという事実を知られたくなかったので、散らばったチョコを皿に戻しました。しかしそのうち二粒のチョコをもとの皿に戻さなかったため、ボロを出したんです」

「じゃあ犯人が机を動かした理由は？」

「それこそ問題の鍵です……犯人がそうしたのは、自分を消し去るためだったんです」安緼はまたもや意味の分からないことを言った。

「安《アン》先生……ずっと先生の思考に追いつけていないんです。できれば私のＩＱに配慮してくれませんか？　……毎回分かるようにおっしゃってください」

「実は犯人は当時、部屋のある場所に身を潜めていたんです——それこそ密室消失トリックの真相です」

「それはないですよ。この部屋のなかにいたら全部視界に入りますから、犯人がどこに隠れられるって言うんです？　部屋に入ったとき、犯人の影も形もありませんでした。机の下に隠れていたとでも言うんですか？　でもこの机は身を隠すスペースなんかありませんし……それともずっとベッドの下にいたとでも？　でも下には陸哲南の死体がありましたし、その後わたしも確認しましたが……」

「いいえ、犯人は机の下にもベッドの下にも隠れていません」

「じゃあどこに？」

「犯人は」安緼はドアをまっすぐ指差した。「ドアの裏に隠れていたんです」

5

「ドアの裏？　あり得ませんよ！」鐘《ジョン・クゥ》可は険しい表情を浮かべた。「入ってきたときドアは九十度近く開いていたから、わたしがベッドのそばに立っていたらドアの裏も目に入ります……本当に誰もいなかったですよ」

何か衝撃的なトリックを口にすると思いきや、言うに事欠いて〝ドアの裏〟？　その仮説は最初から鐘可に覆《くつがえ》されている。こんなC級ミステリドラマにありがちな手口を持ち出すなんてと、鐘可は少し軽蔑した。

しかし安《アン・ジエン》縝は自信に満ちた表情を浮かべたままだ。「いいえ、犯人は確かにドアの裏にいたんです。あなたには見えないドアの裏に」

「どういう意味ですか？」鐘可には見当もつかなかった。「わたしには見えないドアの裏？　でもここにはドアが一枚しかないですし……持ってくるとしてもどこから……」その刹那《せつな》、鐘可は自身の脳内に洪水が流れ込んでくるのを感じた。ひとつの点が脳内で拡大し続ける。

「気づきましたか」安縝はほほ笑んだ。

「無理ですよ……」

「この部屋にあるドアは一枚だけじゃありません」安績は首を曲げ、細長い指を魔法のステッキみたいにして室内で半円を描いた。「全部で五枚あるんです！」

安績が指差したのは、四つの埋め込み棚だった。確かにこの部屋には四つの埋め込み棚の扉があり、それらを合わせれば五枚になる。

「その……」鐘可の舌がもつれる。

「マジックのタネとは往々にしてとてもシンプルなもので、たいていの場合、その方向性で考えようとしないだけです。というのもそんなシンプルな子ども騙《だま》しに引っかかったことを認めたくないからです。そしていま目に入った〝ドアの裏〟こそ、犯人が見せたかったものなんです。犯人は室内にあるものを利用して、〝偽のドアの裏〟をつくったんです」

「埋め込み棚を使ったって……ことですか？」

「そのとおり、説明しやすくするために四つの棚に番号を振りましょう」安績は西側の壁にある棚の前に立った。「ドアから一番近いこれを〝棚1〟としましょう」そして北側の壁にある三つの棚の前に来て言った。「この三つ並んだ棚は左から順番に〝棚2〟、〝棚3〟、〝棚4〟とします。

さあ、これから犯人のトリックを再現しますよ。奇跡はまもなく起きますから、まばたき禁止です」安槇はドアの前まで来ると、まずドアを内側に九十度ぐらいに開いた。それから〝棚1〟の扉を外開きにし、棚の扉をドアの後ろにピタリとくっつけ、ドアの縁と揃えた。そしてさっきはずしたフックを扉の内側に貼り、カレンダーをかけ、高さや位置をドアと合わせた。さらに彼は魔術師のように観客のほうを振り返り、言った。「これこそ犯人があなたに見せたかった〝偽のドアの裏〟です」

「これって……」あの夜目撃したのは、鐘可の想像をはるかに超える犯人が行なった大胆なショーだった。

「この山吹色のドアは高さも幅もさらには色も埋め込み棚の木製扉と一致しています。つまり〝棚1〟の扉を開けて、それと開いた部屋のドアを揃えたのが真相なんです。目撃者であるあなたは〝扉の内側〟を〝ドアの裏〟だと錯覚した。そしてドアと扉のあいだにできた狭い空間こそが、犯人が身を縮めて隠れていた場所なんです。最初からずっとドアの裏にかかっていて目立つカレンダーも、目くらましの効果を充分果たしています。このせいで、自分が見ているのはドアの裏側で間違いないと思い込んでしまったんです」安槇は説明しながら紙に解説図を描いた。

「でも〝棚1〟の扉を部屋のドアに見せかけたら、〝棚1〟はどうするんですか？　〝棚

１〟の扉がないってわたしも気づきますよ」鐘可は推理の穴を指摘した。

「隣に〝棚２〟があるじゃないですか？」安縝は言い放つ。「〝棚２〟の扉を九十度外開きにして、〝棚１〟の扉の代わりにして〝棚１〟を隠すんです。そして今度は〝棚３〟の扉を百八十度外開きにして〝棚２〟の扉代わりにします。こうして見るとドミノ倒しのような連鎖反応が起きていますね」

「あっ！」鐘可は悟った。「ボタンの掛け違いそっくりですね！　ここにある四つの棚の扉は全部一緒で、扉の内側と外側の色も同じだし、取っ手もついていないから、外から見ただけじゃ見分けがつかない……それに〝棚２〟以外はどれも百八十度まで開けられるし。わたしが見た棚の扉は全部、その隣の棚のものだったんですね！　でも……残った〝棚４〟はどうするんですか？」鐘可は壁の隅にある棚を指差した。考えがまた壁にぶつかる。

「〝棚４〟の扉は〝棚３〟にくっつけているから、〝棚４〟は何で覆い隠すんですか？」

安縝は陸哲南《ルー・ジャーナン》のベッドに近づくと、まだ血が付着している天蓋カーテンを引いた。

その瞬間、謎が解けた。

「ああ！　そうだ、カーテンです。あのときその場所にカーテンがかかっていました」鐘可は叫んだ。

「そうです。枕元の天蓋カーテンを引っ張れば、後ろの〝棚４〟を簡単に覆い隠せます。

ドミノ空間のトリック解説図

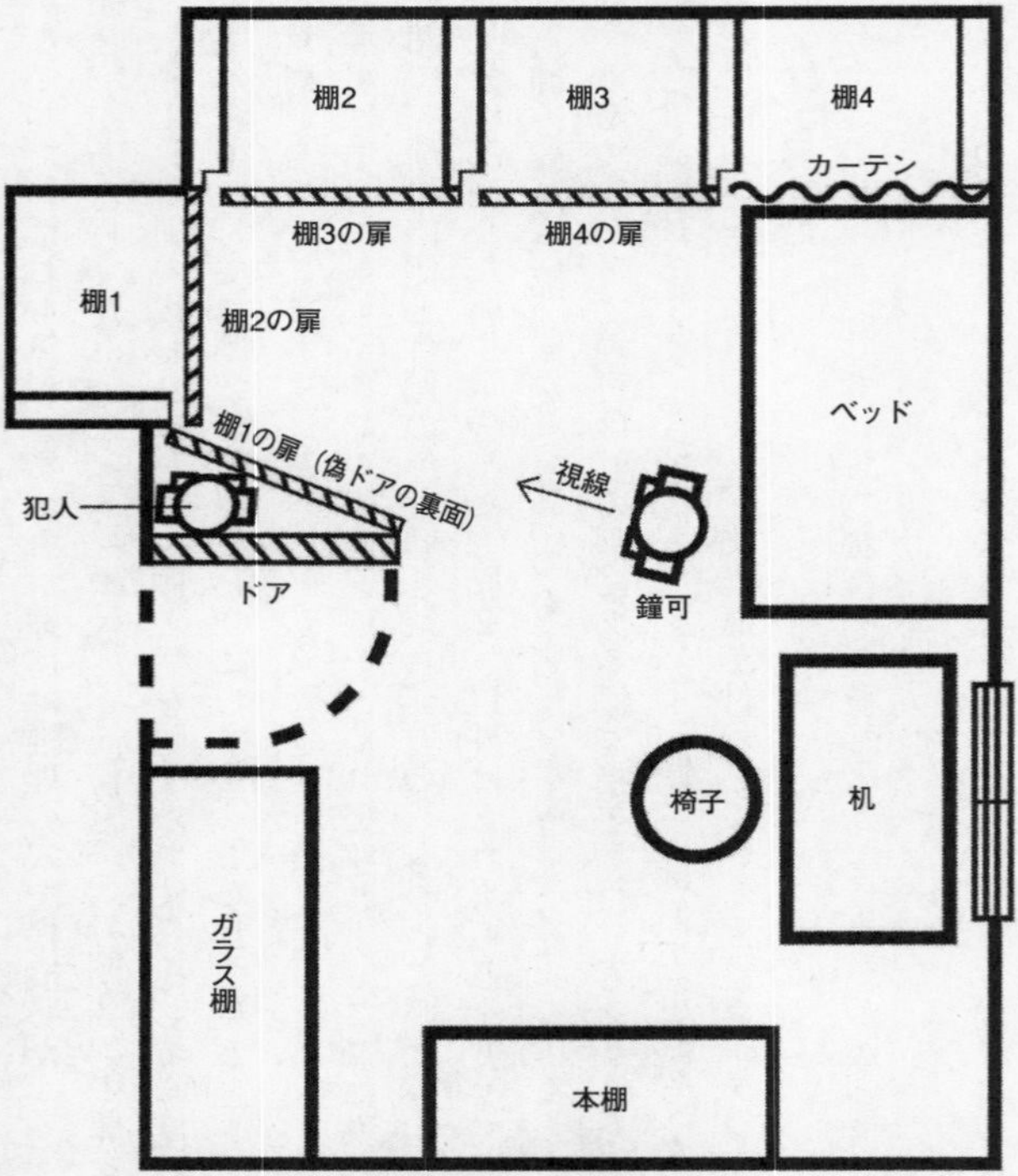

ただ〝棚4〟の扉はベッドに阻まれているから、〝棚4〟を開ける場合、ベッドを南側にずらさなきゃいけません。でも南側には机が……」

「だから犯人は机を移動させたんですね！」安縝の思考に追いついた鐘可は、事件の概要が徐々に明らかになっていったと感じた。

「そのとおり。机を動かしたのはベッドをずらすためで、ベッドをずらしたのは〝棚4〟の扉を開けるため、そして〝棚4〟の扉を開けたのは〝棚3〟を覆い隠すため……というふうに最終的に〝棚1〟の扉をドアに見せかけたんです。机からドアに至るまでが、あの晩にこの部屋で起きたドミノ倒しのすべてです。そしてあなたは犯人が丹精込めて配置した〝ドミノ空間〟に入ってしまったことで、頭のなかが真っ白になって判断力も失ってしまったんです」

「でも、まだ疑問がたくさんあります……」鐘可は当時の情景を必死に思い出し、細部のひとつひとつを確認した。「あのとき陸哲南の悲鳴が聞こえてからなかに入るまでそれほど時間は経っていませんでした。犯人にそんな現場を用意する時間なんかなかったですよ。それにあのときドアを開けたのはわたしです。そのとき犯人はもうドアの裏に隠れていたんですか？」

安縝が答える。「悲鳴は陸哲南が発したものではないはずです。犯人はずっと前に彼を殺し、死体をベッドの下に移し、机とベッドを移動させて、棚の扉を全部セットしてから携帯電話でダウンロードしていた悲鳴の音声を流したんです。そうしてあなたがドアを開けるよう仕向けたんです。

それと、そのとき犯人がドアの鍵を開けたのは覚えていますか？　それも必須だったんです。もし鍵がかけられたままだったら、このトリックは成立しませんから。あなたがドアを押して開けたとき、犯人はもうドアの裏に立っていたんです。ドアが開いてからは、ドアの裏にある取手を握ってドアと棚の扉の角度をちょっと調整し、その二枚を完全に一致するようにさせて、自分はそのなかに入っていました。つまり犯人はあなたの目と鼻の先でこのマジックを実現したんです。

そして部屋に入ったあなたは、すぐに血まみれの陸哲南の死体に視線が釘づけになり、全集中力を死体に向けていたため、背後のドアの動きに気がまわらなかった。そしてベッドのそばに来て〝偽のドアの裏〟に誰もいないことを確認したとき、犯人のトリックはすでに半分成功です。それから怖くなったあなたが部屋を出ると、犯人はドアの裏から現れて、全速力で現場をもとどおりにし、凶器を持ってこっそりと部屋から出ていきました。これで〝犯人消失〟マジックの完成です。

それと、犯人が陸哲南の死体をベッドの下に置いたのには二つの理由があります。一つ目は〝犯人はベッドの下に隠れていない〟ということを強調し、密室を成立させたかったから。二つ目は当然、ベッドをずらしやすくするためです。標準体重オーバーの人間がベッドに寝ていれば、動かすとき骨が折れますからね。幸いベッドと机自体はわりと軽く、それに部屋に絨毯も敷かれていたので、犯人がそれらを移動させたとき、あまり大きな音が出ず、ドアの外で見張っていたあなたに気づかれることもなかった。被害者の服を脱がせた理由については、〝視線を釘づけにする〟ためで、初めて現場に入ったときのあなたがドアのそばで立ち往生《おうじょう》することなく、すぐに死体に駆け寄るようにしたのかもしれません。

当然このトリックにはカバーし切れない多くの穴があります。たとえばドアと棚の扉の色が一緒とはいえ、寄せてひとつにしてもドアの縁のあいだには角度がついているから平面ってわけじゃありませんし、棚の扉の内側に取手がなくてもドアにはあります。それに本当のドアと棚のあいだには壁があるのに、偽のドアは棚にピッタリくっついています。しかも別角度から見たら、二つの扉には空間的なズレがあります。これがあなたがさっき覚えた違和感の正体なんです。

しかしあなたが陸家《ルー》に越してきてからこの部屋にほとんど足を踏み入れていなかったため、この部屋の内装に見慣れていなかったのが、犯人にとってラッキーでした。あと犯人がわざわざへその緒を焦がして部屋に煙を充満させたのも、視界を遮断する上で一定の効果を上げました。それと当時押し寄せた恐怖感が、あなたから冷静に考える力を奪っていたんです」

「それって無謀にもほどがありませんか……」鐘可はとても奇妙に思えた。「いま冷静になって考えてみると、犯人が冒すリスクが大きすぎますよ。あの日、陸哲南が鍵をつけ換えなかったらどうしてたんですか？」

「それなら彼が鍵をつけ換える日まで待ってから犯行に及べばいい。ずっとつけ換えるつもりがないなら、別の方法を思いついたでしょう。これなら犯人のリスクにならない」

「じゃあ、あの日陸哲南と一緒にこの部屋に入ったとき、わたしがベッドの下を調べてたら？　それか好奇心に駆られてドアの後ろを調べたとしたら……それに死体を見つけてもすぐに部屋から出ていかずに、ずっとここに留まり続けたとしたら……」

「それなら犯人は即座にあなたを始末していたでしょうね」安縝の口調に鐘可を驚かせる意図はなかった。

「なっ……えっ？」

「現在の状況から見るに、犯人は現場を一分のすきもない密室に仕立て上げることにご執心です。本来の計画は、陸哲南を殺してから新しい合鍵を使って部屋の内側から鍵をかけて、現場を密室にするつもりだったはずです。しかし部屋に忍び込み、既存の〝道具〟を目にし、そしてあなたがその晩ドアの前で見張りをすると知ったとき、犯人のイカれた脳内にとっさに新たな計画が生まれた。つまり、ドアの裏に隠れるというグレードアップしたトリックです。犯人は人を殺すこと以上に、誰かとゲームをし、謎掛けと謎解きという追いかけっこをすることを望んでいるようです。犯人は何よりも、いままで誰も考えたことのないこの犯罪計画を自分で実行してみたかったんです。

しかしゲームの進行中に自分の正体がバレることは、犯人にとって絶対にふせがなければいけないことです。仮にあなたか陸哲南が事前に犯人の計画を見抜いていたり、その尻尾をつかむことがあったりしたら、犯人は即座に悪魔の素顔をさらけ出してあなたがたに直接手を下したでしょう。つまり犯人にとって、新しい計画はいつでも中止可能だったんです。あなたがたを始末してから、合鍵で密室をつくるという当初の計画に戻ることができたんです。これは犯人にとって何もマイナスにはならず、退路はとっくの昔に用意されていたんです。

ですので、犯人の運がよかったというよりもあなたの悪運が強かったと言うべきですね」

話を聞き終えた鐘可の頭皮が粟立《あわだ》った。自分が難を逃れたことを喜ぶべきか、自分が犯人の次の獲物になりかねないことを憂《うれ》うべきか分からなかった。

だがそのときの安縝は表情ひとつ変えずに自身のデジタル腕時計に視線を落とした。

「十分もオーバーしちゃいましたね。やっぱり説明が長すぎました？」

6

この安縝《アン・ジェン》はいったい何者なのか？

鐘可《ジョン・クゥ》は異様なオーラを発する目の前の男を改めて見定めた。これまで日夜自分を悩ませてきた密室の謎がこの男によってあっという間に解かれるとは、予想すらしていなかった。

この男は絶対にただものじゃない。本当にただの漫画家なのか？

そのときドアの前の廊下から足音が聞こえた。続けて二人の人影が現われた。梁良《リャン・リャン》と冷璇《ロン・シュエン》だった。

「安縝さん、本当に来ていたなんて」安縝を見るなり梁良は顔をほころばせた。

「梁《リャン》さん」安縝も声をかけた。

梁良が安縝の肩に手を置いているのを見ると、二人はだいぶ親しいようだ。

隣の冷璇はわけが分からず尋ねた。「こちらは？」

「ああ、ちゃんと紹介しておこう」梁良が冷璇に言う。「以前言った密室事件解決の専門家――安縝、安《アン》先生だ」

冷璇と鐘可は同時に怪訝《けげん》な表情を浮かべた。

「安縝って？」冷璇は耳を疑って安縝を値踏みした。「あの漫画家の安縝ですか？」

「そうだ。安先生は本業は漫画家だが」梁良が説明する。「秘密の副業があって、われわれ警察の非常勤似顔絵師なんだ」

「非常勤似顔絵師？」

「ああ、公安局には〝似顔絵捜査官〟がいるだろう？　容疑者の外見に関する証言や、不鮮明な防犯カメラの映像から、容疑者の顔を再現した絵を描くのが仕事だ。その絵は警察の捜査の大きな助けになる」梁良は視線を安縝に向けて話を続けた。「そして安先生が警察の非常勤似顔絵師なのは、きわめて高い情報把握能力を持っているからだ。通常、再現画像と実際の容疑者の一致度は七十％ほどで、それでも充分すぎるほどだが、安先生の絵と容疑者の一致度は九十三％にも及ぶ。少なくとも中国でこの数字を超えられる人間は他にいない」

鐘可はたまらず感嘆の息を漏らした。安緝にもうひとつの顔があったとは……安緝はいつも警察に出入りしているという噂があるが、警察ときわめて強い関係性を持っているようだ。

「だから、安先生にはいくつもの難事件の捜査に手伝ってもらっている。警察の一員と言っても過言《かごん》じゃない」梁良は最後にこうつけ加えた。「さっき同僚から、おかしな漫画家が陸《ルー》家に来たっていう電話があって、安先生じゃないかと思ったんだよ、ハハハ」

「じゃあ、お聞きしますが、安先生がここに来たのは陸家で起きた殺人事件の捜査をしている警察の手伝いをするためですか？」冷璇の言葉にはかすかに挑発の意図が込められていた。

安緝がせわしなく手を振る。「いいえいいえ、手伝いというほどではありません。そもそも私は警察じゃないんです。私はただ、自分なりの方法で、一見すると科学的な常識に反しているこの事件の謎を解き明かしたいだけです」

「じゃあ解いたんですか？」

「解きました……」言ったのは鐘可だ。「陸哲南《ルー・ジャーナン》殺害事件の謎を全部解いちゃいました」

梁良と冷璇は同時に絶句した。

それで安績は二人の刑事にさっきの推理を辛抱強くもう一度披露した。

「さすが……安先生だ」犯人消失の真相を聞き終え、百戦錬磨《れんま》の梁良すら言葉を失った。

「まさかそんな手口があるなんて……この犯人は本当にイカれてますよ」冷璇はまだ安績の推理を反芻《はんすう》していた。彼女はようやく梁良が高く買う人物が平凡な輩《やから》では決してないことに気づいた。「安先生、ちょっと分からないのですが、最初に梁さんが事件解決の手伝いを頼んだときは断りましたよね。でもいまになって協力するのはどういうわけですか？」

安績は鐘可を見つめ、平然と言い放った。「彼女のためです」

二人の視線が、頬をうっすら赤く染めている鐘可に同時に向けられた。

7

四人は客間に戻り、ソファーに座って引き続き事件の概要を話し合った。今回はメイドの范《ファン》・小晴《シャオチン》が四人にお茶を淹《い》れた。この前の誕生日パーティーで呉《ウー》・苗《ミャオ》に小言を言われた小晴《シャオチン》は髪の色をとっくに黒に戻し、マニキュアもすっかり落としたが、ガニ股歩きの癖だけはすぐにはなおせない。

濃いお茶をすすり、梁《リャン・リャン》良はカバンから書類袋を取り出した。なかには陸《ルー》家事件の最新の調査資料が入っていて、冷《ロン・シュエン》璇すら知らない情報もあった。

「ちょっと席をはずしてもらえます？」冷璇が鐘《ジョン・クゥ》可に聞いた。

「構わないでしょう。鐘可さんも事件の重要な証人です。ここにいることで何か有力な手掛かりをまた思い出せるかもしれません」安《アン・ジェン》縝が提案する。

冷璇は梁良に視線をやり、彼が反対しないのを見ると、それ以上何も言わなかった。

「鑑識の報告によると、陸《ルー・ジャーナン》哲南の部屋で見つかった嬰棺釘《えいかんくぎ》とパジャマの背中から少量の接着剤が検出された。そして陸哲南の携帯電話に盗聴アプリが仕掛けられていたことも分かった」梁良が捜査情報を共有し始める。

「つまり犯人は盗聴アプリを使って彼が警備会社に鍵の交換を頼んだことを知ったんですね？」冷璇が確認する。

「ああ、何者かが彼のケータイをハッキングしたんだろう。盗聴アプリは少女アイドルグループのMP4音楽ファイルに紐づけてあった」梁良が続ける。「それと、部下を警備会社の聞き込みに行かせた。事件当日午後、確かに陸哲南から電話があって、鍵の交換に来てくれと頼まれた。だがほどなくして陸家の執事を名乗る人物から電話がかかってきて、さっきの鍵交換の予約をキャンセルしてほしいと告げられた。だから警備会社はそもそも誰も陸家の鍵の交換に行っていないんだ」

「でも、午後確かに交換されていましたよ……」鐘可がすぐに疑問を口にする。

「その人物はおそらく犯人の仲間か犯人自身だ」梁良が鋭く指摘する。「執事の季忠李《ジー・ジョンリー》にもちゃんと確認したが、そんな電話はかけていないということだった。その電話番号については現在調査中だ。警備会社の人間によると、電話の相手はしわがれ声の男だったと言っているが、犯人がボイスチェンジャーを使った可能性が高い。犯人は警備会社の予約をキャンセルし、陸哲南の部屋の鍵を交換するために作業者を装って陸家に潜入した。陸哲南の部屋に楽々と侵入できるよう、やつもその合鍵を持っていたのは言うまでもない」

「本当に用意周到な計画ですね」今回の相手がいままで以上に狡猾だと理解した冷璇は唇を噛んだ。「じゃあ鍵を交換した人物を見た者はいないんですか?」

「メイドの劉彦虹《リィウ・イエンホン》だけだ」梁良が言う。「青い作業服姿にハンチング帽を目深《まぶか》にかぶっていたと証言している。彼女はそいつの顔を見ていなくて、身長百七十センチ以上で中肉中背の、おそらく男だということしか分からない」

「私が知るかぎり、陸家の住人でその特徴に合致するのは、おそらく陸文龍《ルー・ウェンロン》と陸寒氷《ルー・ハンビン》だけです」

「陸家について大変お詳しいんですね」冷璇は揶揄《やゆ》するように言った。独断専行する安縝のやり方に彼女はまだ少し慣れないでいた。

「みなさん、まさかまだ気づいていないんですか?」安縝が真面目な口調になった。「陸家で一連の犯罪を起こした犯人が、陸家の住人である可能性は高いです。陸哲南の生活習慣や趣味を理解している点も、陸家に気づかれずずっと身を潜めている点も含めて、あらゆる状況証拠が陸家内部の人間でほぼ間違いないと言っていますよ」

「その点に関しては警察も当然疑いました」梁良はため息をついた。「先日、陸家の住人全員に尿検査をしたところ、睡眠薬の成分が検出されたんです。きっと誰かが当日の食事に睡眠薬を混入したから、陸哲南が殺されたときも全員熟睡状態だったんです。だからあのとき鐘可さんがメイドの部屋と陸義《ルー・イー》の部屋のドアを叩いても反応がなかった。犯人は最初から準備万端だったから、鐘可さんが警報を鳴らしたところで、誰の耳にも入らなかったでしょう。これらは犯人が陸家にずっと潜伏している証拠です。だがいまのところ容疑者を絞る手立てがありません」

「いいえ、容疑者はもう特定できますよ」安縝の言葉はその場にいた人間をまたやる気にさせた。

8

「安《アン》先生はまさか……犯人が分かったんですか？」梁《リャン・リャン》　良は待ちきれないように尋ねた。冷《ロン・シュエン》　璇と鐘《ジョン・クウ》　可も切羽詰まった視線を投げかける。

「分かりません」安《アン・ジェン》　縝はお手上げのポーズをした。「でも陸《ルー・ジャーナン》　哲　南の殺害現場の状況を見ると、犯人のひとつの特徴を推理することは可能です」

「どんな特徴です？」

「犯人は密室トリックを仕掛けるさい、ベッドをずらすために部屋にあった机を移動させなければいけなかったのはもう分かっていますね？」

「ええ」

「しかし机を動かしている途中、机の上にあった糖衣チョコを落としてしまった。その後、犯人はそれをなかったことにするために、チョコをガラス皿のなかに戻した。でも犯人はここであってはならないミスを犯してしまいました。赤いチョコと緑のチョコを間違って別々のお皿に入れてしまったんです。なぜだと思います？」安縝は答えを待つかのような目で三人を見渡した。

「そういうことか！」梁良だけが答えにたどり着いた。

「どういうことなんです？」冷璇がまばたきしながら答えを急《せ》かす。

「赤緑色覚異常です」安績が事実を暴く。「X染色体性劣性遺伝ですね。〝赤緑色覚異常〟は赤色と緑色を識別できない病気の総称です。この事件の犯人は赤色を識別できない、いわゆる1型2色覚異常で間違いありません。犯人の目には赤色と緑色が暗い黄色として映るんです。そのせいで赤と緑のチョコを区別できず、皿を間違えて入れてしまったんです。これこそ犯人の特徴です」

「赤色を識別できない……」冷璇がつぶやく。

「陸家《ルー》の住人で1型2色覚異常の人間が、今回の一連の殺人事件を起こした真犯人です」

安績の口調は岩のように揺るがなかった。陸家を覆っていた霧が徐々に晴れていくようだった。

第八章　死のクロッキー画家

1

翌日、梁　良《リャン・リャン》が特別に許可を出し、安　縝《アン・ジェン》は陸《ルー》家の事件の捜査に正式に加わった。この〝半捜査官〟は専門的な捜査知識こそ持ち合わせていないが、捜査への独自の思考回路を持っている。漫画家である安縝は絵を描くことで考えを整理するのが得意だ。殺人事件に対峙した彼はまず現場を観察するとともに犯人の犯行当時の行動を頭に描き、そして手にした鉛筆で想像上のシーンをスケッチし、そこから事件解決へのインスピレーションを得るのだ。

陸　文　龍《ルー・ウェンロン》と鐘　可《ジョン・クウ》に同伴され、安縝は陸仁《ルー・レン》殺害事件があった水密室の現場を調べた。そこは基本的に当時の状況のままで、床には死体のチョークアウトラインがまだうっすら残っている。

「父はここで死んでいました」陸文龍の顔にはまだ悲しみが見て取れた。

昨日の陸哲南《ルー・ジャーナン》の部屋と同じく、安縝は地下小屋を隈なく歩きまわり、ときどきしゃがんで隅にある木箱となかに入っている金槌を見たり、南側の小窓を見上げたりした。現場を調べながら、スケッチブックに二つの角度からこの部屋を見た三点透視図を描いた。絵は細部まで現場と同じだった。

「安《アン》先生、何かお分かりになりましたか？」鐘可が聞く。昨日の安縝の驚異の推理を実体験してから、彼への態度に変化が生じた。

「ええ、ちょっと思いついたことが。でも細かいところまではまだはっきりしていません」

「ということは……」陸文龍が目を見開いた。「父がどうやって殺されたか分かったんですか？」

「だいたいは。でも、少し気になるところがあります」対して安縝の口調は平静そのものだ。

「気になるところとは？」

安縝は死体があった場所の上を指差した。「被害者の携帯電話はあそこで壊れていたんですよね」

「そうです」

「犯人の仕業だとすれば、なぜ携帯電話を壊したんでしょうか？」

「携帯電話のなかに犯人の不利になる写真や音声が入っていて、それを削除したかったのではないでしょうか」鐘可は自分なりの意見を言った。

「おかしいと思いませんか？　もしそうなら、携帯電話をそのまま持ち去らなかった理由は？　わざわざ現場で破壊したら、携帯電話にまずいものが入っていたと言っているようなものじゃないですか？　いまの技術なら、携帯電話のデータを復元することも不可能じゃありませんよ」

「それもそうですね……」

「それに現場には金槌もありました」安縝は今度は隅にある木箱を指差した。「金槌で携帯電話を壊さなかった理由は？　そうしたほうが手っ取り早いですし、携帯電話を粉々にもできますよ。でも犯人はわざわざ携帯電話を叩き落として壊しています。ここに何か企《たくら》みが隠されていると思いませんか？」

「ええと……」安縝が見つけたおかしなところに鐘可も陸文龍も黙った。

「私が考えるに、犯人はきっとなんらかの理由があって携帯電話を現場から持ち去ることも、金槌を使うこともしなかったんです。その理由こそ、水密室を解き明かす鍵かもしれません」安縝は検討の余地がある調査結果を口にすると、それ以降特にしゃべらなかった。

2

地下室から出たとき、安《アン・ジェン》縝は陸《ルー》家を見上げて一瞥《いちべつ》した。この位置からは屋敷の北側しか見られず、すぐそばには裏庭がある。その裏庭の草花を剪定《せんてい》していた執事の季《ジー・ジョンリー》忠李が安縝を見かけると、ほほ笑みながら目礼した。日頃寡黙な季執事すらも、安縝という人物の存在は知っているらしい。

突然、安縝の視線が屋敷二階の窓に止まった。その窓はわずかに外開きになっていて、窓ガラスにいくつものヒビが入っている。

「すいません、あそこはどなたの部屋ですか？」安縝はその窓を指差して尋ねた。

その指の先を陸《ルー・ウェンロン》文龍が追って言う。「ああ、あそこは二階のトイレです。家の各階にはそれぞれ共用トイレがあるんです」

「見てもいいですか？」

「ええ」安縝の意図はつかめなかったが、陸文龍は彼を家の二階に案内した。

二階の共用トイレは廊下の西の端にあり、階段を上ると目に入る。陸文龍がトイレのドアを開けると、安縝と鐘可《ジョン・クウ》はなかに入った。

トイレには水洗トイレと小便器がひとつずつあり、窓ぎわにはバスタブが横向きに置かれているが、もう長いこと使われていない様子だ。

「なかに入ってもいいですか？」安縝がバスタブを指差して尋ねる。

「どうぞ」

安縝がバスタブをまたいで入ると、さっき外から見えた窓が目の前にあり、窓台の場所はかなり低い。安縝は窓を全開にし、身を乗り出して外を見てみた。この位置から、下にあるあの地下小屋がはっきり見え、裏庭の景色も一望できる。

その点を確認し終えた彼は体を引っ込めて窓を閉め、今度は窓ガラスのヒビをさすり、後ろを振り返った。「陸《ルー》さん、このガラスはなんで割れているんですか？」

陸文龍が答えようとしたとき、廊下からわめき声が聞こえてきた。すると子どもがおもちゃの剣を振りまわしながらトイレに乱入してきた。

「小羽《シャオユィー》、またふざけてるな！」陸文龍が陸小羽《ルー・シャオユィー》のそでをつかみ叱《しか》る。

「ここぼくの秘密基地だもん！　ぼくの秘密基地！　そっちが入ってきたんだよ！」陸小羽は騒ぐのをやめない。

「秘密基地？」安縝はうっとうしがることもなく、逆に興味津々に尋ねた。

「子どもの言うことですから気にしないでください」陸文龍は自分の息子を体で通せんぼしながら説明する。「小羽はかくれんぼのときにこのトイレに隠れるのが好きなので、ここを秘密基地にしているんです。窓ガラスはコイツが割ったものです。本当にどうしようもないわんぱく坊主でその前はここの鏡も割ってるんです」

安縝が室内を見渡すと、確かに鏡がない。洗面台の上の鏡があるはずの場所には絵が飾られている。

「どうして鏡をつけ替えないんですか？」安縝は絵に顔を近づけながら尋ねた。

「一度替えましたよ。でもまたコイツに壊されまして。それで危ないからここのトイレには鏡は置かないということにしたんですが、今度は窓ガラスを割り始めたんです」陸文龍は憤り、またやるせなく答えた。

安縝は近づき、小羽の頭をなでると、とても優しい口調で聞いた。「こんにちは小羽、一番好きなアニメキャラは何かな？」

「ウルトラマンジード！」

「ウルトラマンは特撮でアニメキャラじゃないけどまあいいか」安縝はショルダーバッグからスケッチブックを取り出し、紙にペンを走らせるとそれを破り、小羽に渡した。「はいどうぞ」

紙にはウルトラマンの上半身が描かれてあり、小羽はいそいそと安縝の作品を受け取った。「うわ、すごいうまい。おじさんすごいね！」

「ハハハッ、気に入ってもらえてよかった」安縝はスケッチブックをしまった。「じゃあおじさんがいくつか質問していいかな？」

「いいよ！」

「いつもここで遊んでいるの？」

「うん！　秘密基地なんだ！」

「夜は？」

「夜も！」

「じゃあ遊んでいるとき、ここに隠れてこっそり外を見てたりする？」

「アハハハッ、窓台にへばりついて宇宙人を監視するんだ」

「宇宙人？」

「うん、地球を侵略しにきたんだ」

陸文龍が慌てて小羽の頭を小突く。「もういい小羽、嘘はダメだ」

「嘘じゃないもん！」陸小羽は真正面から反論した。「あの日、本当に宇宙人を見たんだ。

ロケットに乗ってきたんだ！」

「嘘をつくんじゃない」陸文龍が話を遮《さえぎ》る。

「待ってください」だが安績は異様なほど興奮していた。「いま言った宇宙人ってどういう姿だった？　なんで宇宙人だって分かるの？」

「体が真っ黒だったから、きっと宇宙人だよ！」

「顔は見た？」

「見えなかった。格好がぼくらとまるで違うんだ」

「じゃあ宇宙人はどこにいたの？」

「外」小羽は窓を指差した。

「どのあたりか教えてくれるかい？」

陸文龍が小羽を抱いてバスタブに入れると、小羽は窓の外にある地下小屋あたりを指差し、断言口調で言った。「あそこ。宇宙人はあの日、あの小屋のそばにいた」

一同絶句した。陸小羽が言う宇宙人がいたところとは、まさに陸仁《ルー・レン》が殺された現場の近くだった。これはどういうことだろうか？

「いつの日か覚えてる？」安績がさらに聞く。

「忘れた。あの日の夜は、ママが韓国ドラマを見るからアニメを見させてくれなくて、ムカついたからここに来たんだ」陸小羽は口をとがらせ、腹を立てながら言った。

「そのあとは？　宇宙人は何をしてたんだい？　ずっと監視してたの？」

「別に何も。ずっとあそこに立ってた。それで、宇宙人に連れ去られるのが嫌だったから、窓を閉めて逃げたんだ」

そのとき陸文龍の妻の張萌《ジャン・モン》がやってきた。「小羽、また勝手にどっか行って、もうお昼よ」

「ママ！」小羽は張萌の大きなお腹に向かっていき、抱きしめた。

「気をつけるんだぞ、小羽、弟を驚かせるな」陸文龍はやや心配そうに張萌のお腹をさすった。

「小羽くんのお母さん、こんにちは」安縝があいだに割って入る。「ひとつお聞きしたいのですが、韓国ドラマを見ていたせいで小羽くんが怒った日がいつだったか覚えていますか？」

「こちらのかたは？」見慣れぬ人物からの突然の質問に張萌は面食らった。

「ああ、こちらは安《アン》先生といって警察の似顔絵師。今回、梁《リャン》刑事に協力して事件の解決のために来ているんだ。質問に答えるだけでいいから」陸文龍は妻に説明した。

「はあ……あの日は、確か韓国ドラマの最終回が深夜になって更新されたから……お義父さんが亡くなった当日の深夜です」

「そうだよ、宇宙人がおじいちゃんを殺したんだ！　宇宙人の仕業だ！」事情が分からない陸小羽は甲高い声でわめき、張萌につまみ出された。

3

「陸《ルー》さんは小《シャオ》羽《ユィー》の世話をしに行ってください。あとは自分で見てまわりますので、お手数をおかけしました」安縝《アン・ジェン》は陸文龍《ルー・ウェンロン》をこれ以上拘束するつもりもなかったし、もっと自由に陸家を歩きまわりたかった。

「分かりました。また何かあったら声をかけてください」そう言い終え、陸文龍は三階に上がっていった。

その後、安縝と鐘可《ジョン・クゥ》は二階の廊下を左に進んだ。ここの廊下は三階と同様、白い天井にシャンデリアが列をなして飾ってある。両側の東西の突き当たりにはそれぞれ窓があり、南側にはいくつもの空き部屋がある。

「安《アン》先生はどう思われます？　宇宙人ってなんなんでしょう？」陸文龍が去ったあと、鐘可はたまらず尋ねた。

「小羽は本当に宇宙人を見たのかもしれません」安績の話はこのように毎回真意がつかみづらい。

もう慣れ始めている鐘可はそれ以上何も聞かなかった。話すべきときが来たら安績のほうからはっきりした説明があるはずだと思った。

そして二人が廊下の左にある娯楽室に差しかかったとき、部屋から突然范小晴《ファン・シャオチン》の声がした。

「坊っちゃん、いけませんって……」

安績は足を止め、娯楽室のドアに近づくと、鍵がかかっていなかったので、ドアをそっと押して少しだけ開け、室内の状況に目を凝《こ》らした。背後の鐘可も目を細めてなかをうかがう。

インモラルな光景が二人の目に飛び込んできた。

娯楽室では、メイドの范小晴が嫌悪感を露わにした顔でビリヤード台に座っていた。見るに耐えないのは、陸寒氷《ルー・ハンビン》が范小晴の前にひざまずき、両手で彼女の足をきつく抱きかかえているところだ。黒い長靴下がもう半分ほどずり下がっている。

「足を見せてちょうだい」陸寒氷はよこしまな笑みを浮かべ、范小晴の靴下を引っ張ると、彼女の素足を手で支えた。しかしその瞬間、陸寒氷の顔が固まった。「この足って……」

陸寒氷の手の力が緩んだすきに、范小晴はすぐさまビリヤード台から降りると、靴を履く時間すら惜しみ急いで部屋から出ていった。ドア付近にいた安縝と鐘可にぶつかってもあいさつひとつ交わさず、うつむいたまま逃げていった。

その光景を目《ま》のあたりにし鐘可はどうしようもなく居心地が悪くなった。陸寒氷にこんな汚らしい側面があったなんて。

娯楽室から追いかけてきた陸寒氷も安縝たちの姿を認めた。さっきの行ないを見られていたと気づいたのか、彼も気まずそうだ。

「安先生だったの、お久しぶり」陸寒氷は何事もなかったように安縝に声をかけた。

〈漫領文化《マンリンウェンフウア》〉とのつながりによって、安縝は美食作家である陸礼《ルー・リー》と交流があったから、陸寒氷とも当然顔見知りだった。「警察の捜査に協力してるって聞いたけど?」

「協力というほどじゃありません。ただ心のなかの疑念を解き明かしたいだけです」安縝は気にしない素振りで言う。「もちろん、警察に一刻も早く犯人を捕まえてもらって、この家に一日でも早く平穏が訪れることを祈っています」

「そうだ、思い出した。この前警察にも言ったんだけど、たいして気にかけていないみたいだったの」気まずい雰囲気を打ち消そうとしているのか、陸寒氷は話題を事件のほうに持っていく。

「ほう、なんです？」

「鬼火を見たの」

4

陸寒氷《ルー・ハンビン》の部屋は二階の一番東側にあり、陸哲南《ルー・ジャーナン》の〝レイクビュールーム〟よりひとまわり大きい。壁じゅうにタレントやバンドのポスターが貼られ、ベッドのそばに置かれた蓄音機がいっそう目を引く。

「さあ掛けて」陸寒氷は安縝《アン・ジェン》と鐘可《ジョン・クゥ》をソファーに座るよう促し、鐘可を見つめて尋ねた。「鐘可は安《アン》先生の助手になったの？」

「いいえ……」鐘可はため息を漏らした。「鬼火ってなんなんですか？」

「実は」陸寒氷は瞳を斜め上に向け、回想する。「哲南《ジャーナン》が殺されたあの夜……あの日の誕生日パーティーが終わってから、あたしって仮面舞踏会に行ったじゃない？　帰ってきたのが夜十一時過ぎだったのよね。車を運転して湖心《フーシン》公園に入ったとき、遠くにある哲南の部屋に緑色の火がチカチカって灯《とも》っていたのが見えたの。まるで鬼火みたいな」

「陸哲南の部屋で間違いありませんか？」

「もちろん。一階のあの場所はアイツの部屋しかないわ。胎湖《タイフー》のそばに窓があったし」

「窓からなかが見えたんですか？」

「窓にはカーテンがかかっていたけど、ちゃんと閉まってなかったからその隙間から見えたの。でも遠すぎてその火の正体まではははっきり見えなかったわ」

鐘可は思い返したが、あの晩、陸哲南がカーテンを閉めたのを確かにこの目で見ている。しかしレールランナーが引っかかったせいで、隙間が開いていた。

「緑色の火？」安縝は考え込んだ。彼の困惑した顔は鐘可にとって初めて見る。

「そうよ」

鐘可は再び陸寒氷を観察した。彼の態度から、肉親を失ったあとに湧くはずの悲壮感がほとんど見られない。この点に関しては陸仁《ルー・レン》の事件後に気づいた。名状しがたき冷淡さがこの不思議な一家に漂っている。

それから安縝のいくつかの質問に陸寒氷はすべてこともなげに答えた。いずれも無価値な情報で、ここに書くのも冗長だ。

安縝はそれから呉苗《ウー・ミャオ》にも会いに行こうとしたが、陸文龍《ルー・ウェンロン》から彼女の体調が思わしくなく、接見拒否していることを告げられたので、諦めるしかなかった。一階に戻ると陸義《ルー・イー》と妻の駱文艶《ルオ・ウェンイエン》がちょうど外から帰ってきたところで、安縝はいくつか話を聞きたかった。しかし陸義は足が痛くていまは協力したくないと言い、結局は妻に付き添われて部屋に戻ってしまった。陸義は家のなかで起きた事件を外部の人間に調べさせることに強く反対しているようで、安縝への態度も友好的とはいえなかった。

こうしてその日の調査はいったん幕を下ろした。

「今日はとりあえずこれで終わりましょう。一緒に食事でもどうです？　会社の近くにとても美味しい日本料理店があるので、そこで鐘可さんの役柄についても話しましょう」安縝が鐘可を誘う。

だが鐘可はまださっきの陸小羽《ルー・シャオユィー》と陸寒氷の証言のことを考えていた。これまで安縝が苦労して陸哲南の密室の謎を解き明かし、呪い説を打ち砕いたというのに、どうして今度は宇宙人と鬼火なんて突然湧いてくるのだろう？　常識に反したものの再登場をどう考えればいいのだろうか？

「鐘可さん？」安縝は彼女の名前を呼び、彼女の目の前で手を振った。

「え？」鐘可はようやく我に返った。「……いま何かおっしゃいましたか？」

「日本料理を食べながら、役柄について話したいなと言いました」

「役柄？　でもまだ決めたわけじゃ……」

「行きましょう、さあ乗って」安縝は返事を待たずに、鐘可を陸《ルー》家の門の前に停めてある車の前まで連れてきた。それはさっきウーバーで呼んだ車だった。

5

鐘可《ジョン・クゥ》はその昼食を堪能した。その店のオススメは生ウニと、ヒラメの炙《あぶ》りエンガワの握りだった。食事中、安縝《アン・ジェン》から『暗街《アンジェ》』のヒロインの性格や特徴の細かい説明を受けた。聞き終えた鐘可はそのキャラにとても興味を示した。それでようやく両者は合意に達し、鐘可はそのキャラをうまく演じるよう努力すると答えた。そして『暗街』によって自分の仕事にも転機が訪れることを望んだ。

「やっぱりだ。美味しい料理はすべてを解決する」日本料理店から出た安縝は、気分がとても晴れ晴れとしていた。

「でも陸《ルー》家のことがまだ気がかりなんです……」鐘可は自身の不安を正直に打ち明けた。

陸哲南《ルー・ジャーナン》事件のほとんどの謎が解明されたとはいえ、陸仁《ルー・レン》事件と犯人の正体は一向に謎のままなのだ。

「安心してください。陸家事件はすぐに解決しますよ」

「そこまでご自信がおありなんですね……」

「そうだ、ずっと言いたかったんですが、そんな堅苦しすぎる敬語はもう使わないでください」安縝はよそよそしく敬語で話しかけられることに抵抗感を持っていた。

「敬語がお嫌いなんですか？」鐘可は驚いた。

「他人行儀すぎる気がして。丁寧《ていねい》な言葉ぐらいなら、それか〝ござる〟でもいいですよ」

「分かりました……」

「何も問題がなければ、〈漫領《マンリン》〉で契約書にサインしましょう。目の前にあるので、歩いてすぐそこです」安縝は提案する。

「はい」

安縝が鐘可を別荘エリアに連れて向かう道中にケーキ店があった。鐘可はショーケースのショートケーキが目に入り、突然足を止めた。

「どうしました？」

「思い出したんです」鐘可は誕生日ケーキを指差し言う。「誕生日パーティーがあった日、陸礼《ルー・リー》さんがケーキにろうそくを差したときに赤いろうそくと緑のろうそくを一緒にしていたんです。さっき推理で、犯人は赤緑色覚異常って言ってましたよね？」

「つまり陸礼は色覚異常だと？」安縝はただちに携帯電話を取り出した。「とても重要な手掛かりです。すぐに梁《リャン》刑事に伝えます」

「はい」

電話を切ると、安縝は鐘可を褒《ほ》めた。「そんなによく見ているとは思いませんでした」

「先生を見習っただけです」鐘可はほほ笑んだ。

その刹那《せつな》、空からなんの前触れもなく二枚の木の板が落下してきた。

「危ない！」木材が鐘可に当たる瞬間、安縝は鐘可に飛びかかり、彼女を突き飛ばした。一枚の木の板が安縝の腰をかすり、バランスを崩した彼は地面にうつ伏せになって倒れた。

何もかもが一瞬の出来事だった。

「安《アン》先生！」鐘可はショックで腰を抜かした。心臓が激しく鼓動していた。

6

入院棟の長い廊下に慌ただしい足音が響く。楊森《ヤン・セン》は個室の前まで駆けつけると、急いでドアを引いた。

「安《アン・》縝《ジェン》先生！　何があったんですか？」彼は息切れしながら病室に飛び込んだ。

安縝は病床に伏し、入院着をたくし上げ、怪我をした腰を出していた。整形外科の医者が怪我の様子を見ているところだった。

「来たんですか、楊《ヤン》さん」安縝の声は若干《じゃっかん》弱々しい。

「先生、容態は？」楊森が矢継ぎ早に尋ねる。

「いま目が覚めたところですよ」医者は安縝の腰に膏薬《こうやく》の刺激臭がする湿布を貼り、痛み止めの点滴をセットして言った。「腰椎《ようつい》捻挫ですよ。骨が折れるような当たりかたをしなかったのが不幸中の幸いでした。あやうく寝たきりになるところでしたから。でも今後しばらくはベッドから下りられないでしょう」

「頭部の怪我は？」

「ありません。さっきまで痛みで気を失っていただけです。動きまわらないよう見ておいてください」医者は楊森に言いつけた。

「そういえば先生」安縝が首を横にする。「私と一緒に来たあの女の子はどうしていますか？」

「彼女なら隣の病室ですよ。ひどいショックを受けていますが、怪我はないし、たいしたことありません」そう言うと医者は病室から出ていった。

医者がいなくなると楊森は安縝を責めるように言った。「安《アン》先生、何してるんですか？　他のことに気を取られるなって言いましたよね。それなのに警察に協力して陸《ルー》家の事件を調べに行くんだから」

「鐘可《ジョン・クゥ》という声優にヒロインになってもらうためですから、これは労災ですよ。そうだ、彼女と契約書を交わしてください。こっちはもう話し合いましたので」安縝は強がった。

「分かりましたよ、まずは怪我を治すためにゆっくり休んでください。本当にもう、最初から陸家の事件に興味津々だったんですね。私が知らないとでも思いますか？　密室殺人事件が起きたらどこへだって駆けつけるじゃないですか」

「作品のためです」

「命を落とすところだったじゃないですか！」楊森は激しく首を振る。「先生にもしものことがあったら、私だって編集者を続けられません」

「楊さん、いい歳《とし》してまだそんな青臭いこと言うんですね」

そのとき、梁良《リャン・リャン》が病室にやってきた。

「安先生、大丈夫ですか？」彼は安縝に近づき、病状を見た。

「大丈夫ですよ、梁《リャン》さん」

「梁刑事ですか、はじめまして。安縝先生の担当編集者の楊森と言います。いったい何があったんですか?」

「ああ、楊さん、はじめまして」梁良は楊森と握手を交わした。「まさにその件で来まして」彼は安縝のほうを向いて言った。「事件が起きた現場のそばには古いアパートがありました。落ちてきたあの木材はもともと、そこに住む家族が鳩小屋を造るために屋上に置いていたものでした。その保管地点は屋上の端から離れていましたし、当時強風も吹いてもいなかったので、単なる事故とは思えません」

「じゃあ誰かがわざと落としたってことですか!?」楊森は少し激昂《げきこう》したようだった。

「その可能性も否定できません。アパートの屋上のドアは壊れていて、誰でも屋上に上がれる状態でした。現在、付近で目撃者を探しています」

「そいつを必ず見つけ出してください!」

「楊さんは社に戻ってください。私は特にたいしたことないので。今日は来てくれてありがとうございました。私はちょっと梁刑事と話すことがあります」安縝は楊森に席をはずしてもらいたかったし、彼に余計な心配をかけたくもなかった。

「ああ、分かりました……じゃあ気をつけてくださいよ。退院日には車で迎えに来ますので連絡してください」そして楊森は病室から出ていった。

「梁さん、犯人は今回、鐘可を狙ったと思いますか？」尋ねる安縝の声には不安の色が見えた。

「あり得ます。だけど安心してください、彼女は警察が全力で守ります」梁良は落ち着き払った様子で答えた。「それともうひとつ伝えることがあります。陸礼《ルー・リー》に色覚検査をしたところ、1型2色覚異常だと判明しました。すでに彼を取り押さえました。陸仁《ルー・レン》と陸義《ルー・イー》を排除すれば、呉苗《ウー・ミャオ》が亡くなってから陸家の財産を独り占めできると陸礼は考えていたのでしょう。それと彼と陸義のあいだにはかなり深い確執があるので、殺人の動機も充分に揃っています。先に陸義の息子を殺すことで、彼に精神的苦痛を与えようとしたのかもしれません」

安縝は逆に沈黙を保っている。陸家殺人事件の容疑者がだいたい絞れたから、常識的に考えれば喜ばしいことなのに。

「しかしメイドの話によると、あの日に鍵の交換に来た偽の作業者の外見は陸礼と一致しません。陸礼が雇った共犯者の可能性ももちろんあるので、引き続き追います。それとさっき二人が襲われたときのアリバイも陸礼にはありません」梁良が補足する。

「うーん、陸家にいた1型2色覚異常の人間を見つけ出したとはいえ、多くの謎が明らかにされていないままです。現場に残されていたへその緒もそうです」安縝は怪我を負っても脳細胞は相変わらず高速回転していた。「陸仁が殺された現場の窓にかかっていたへその緒の意味は？　それに陸哲南《ルー・ジャーナン》の部屋に焼け焦げたへその緒を置いた理由も、煙を出すためだけじゃないと思うんですよ……」

「はいはい、このあとのことは警察に任せて、休んでください。陸礼の取り調べはしっかり行ないますので」梁良は胸を叩いて言った。

7

深夜になると、昼間は騒音と泣き声であふれていた病院は、まるで別世界に迷い込んだかのようで、しんと静まり返った長い廊下には消毒液の臭いだけが漂う。白い蛍光灯に照らされた個室はさながら外界から隔絶され独立した空間だ。安縝《アン・ジェン》は相変わらずベッドにうつ伏せで寝そべったままだ。かれこれ数時間この体勢で、さすがに体がきつくなってきた。窓の外に広がる夜空を見ようにも、首をひねれないのだ。

安縝の思考があちこちに飛ぶ。彼が何を考えているのか分かる者はいない。

病室のドアがゆっくり動き、入り口の前に鐘可《ジョン・クゥ》の姿が現われた。入院着姿の彼女はやややつれている。

「鐘可さん？」物音を耳にした安縝は首を少し横に向けた。「どうしました？　大丈夫ですか？」

「安《アン》先生」鐘可はなかに入ってくると、うつ伏せの安縝を見て少し面白かったのか、「これは……お尻を怪我したんですか？」と言った。

「腰です」

「そうでしたか。わたしは大丈夫です。怪我ひとつしていませんし、明朝には退院できます」鐘可は椅子を引いて腰を下ろした。「先生は……ずっとうつ伏せ状態のままってわけじゃないですよね？　骨折したんですか？　歩けます？」こんなときにも安縝の耳にイヤホンが入っているのを見て、彼女は質問をかぶせた。「安先生、何聞いてるんですか？」

「質問が多すぎます」

「えっと、助けてくれてありがとうございます」鐘可は少し申しわけなさそうだった。

「先生がいなかったら、わたしがここで寝ていたと思います」

「気にしないでください。もう自分の目の前で人が死ぬのを見たくないだけです」安縝は意味ありげな言葉を口にした。

「えっ……それって、以前目の前で誰かが亡くなったってことですか？」

安績は答えない。

安績が何も言わないのを見て、鐘可は話題を変えた。「犯人は陸礼《ルー・リー》さんなんでしょうか？　わたしに色覚障害だとバレたのに気づいたから、わたしを殺そうとしたんでしょうか？」

「警察が捜査中です。あなたの安全は守ってくれますよ」

「はあ」

その後、しばらく沈黙が流れた。

「梁《リャン》刑事から安先生は密室の専門家だとうかがいましたが、どうして密室事件にそんなに興味があるんですか？」雰囲気をこれ以上気まずくさせないよう、鐘可が重たい空気を破った。

安績は数秒沈黙したのち、高ぶる感情を慎重に抑えた声を発した。「死のクロッキー画家って聞いたことありますか？」

「死のクロッキー画家って？　『暗街《アンジェ》』に出てくる連続殺人犯ですか？」

「いいえ、死のクロッキー画家は実在するんです」

「まさか!?」

「二十一年前にこの都市で恐ろしい連続殺人犯が立て続けに三件の凶行に及びました。三人の犠牲者はみな無惨に殺され、刃物で胴体を貫かれたりワイヤーで首を切断されたりしましたが、異常だったのは犯人が犯行後毎回、現場にあるものを残していったことです」

「あるものって？」

「犯人は被害者を殺害すると、現場に居座り、黙々と死体の惨状を絵に描いて、そのスケッチを死体の上に置いていくんです」

「そんなに頭がおかしいんですか？」鐘可は理解できなかった。「だから死のクロッキー画家って呼ばれているんですか？」

「ええ、クロッキーとはスケッチの一種で、すごい速さで行なう写生のことです。犯人が死体の絵を描くときに使うのが、その技法なんです」

「でもなんでそこまで知ってるんですか？」

安縝の呼吸がやや乱れてる。こんな彼を鐘可は初めて見た。

「なぜなら……以前、私は死のクロッキー画家が死体の絵を描く様子を目撃したからです」

「えっ？」

「子どもの頃の夏休みでした。家のなかが暑すぎて深夜にこっそり家を抜け出したんです。そしたら窓の向こうに近所のおばさんの死体と、ソファーに座って死体を見ながらスケッチする犯人を見たんです」安績は一度深く息を吸った。「たぶん、私は世界で唯一、死のクロッキー画家が絵を描いているところを目にした人間です」

「わあ……そのあとは？　事件は解決されたんですか？」

「三件目の事件を起こしてから、犯人は煙のように消えてしまいました。その後、世間でやつの話を耳にすることもなくなり、その一連の事件は結局どれも未解決のままです」

「そんなことが……」

「鐘可さんは、私がどうして漫画家になろうと思ったか分かります？」

「え？　漫画が大好きだからじゃないんですか？」

安績は頭を振る。「死のクロッキー画家の絵を一度見れば分かりますよ。あれこそ私が追い求める境地です。やつを超えるために、私は漫画家の道を進んだんです」

鐘可はショックで言葉が出なかった。

「絵の分野において、やつは私の人生の目標であり、私の最初の先生とも言えます。いつか見つけ出し、本当の対決をします」

「でも……連続殺人犯を人生の目標にするって……正直理解できません」

「これは密室事件に興味を持った理由でもあるんです」安績は一人でしゃべり続ける。

「近所のおばさんの死もそうですが、死のクロッキー画家が行なった事件の現場は、いずれも完全な密室状態でした。やつが密閉された空間から消えた方法はいまも分かっていません」

「つまり、密室事件を解き明かして死のクロッキー画家を見つけるつもりですか？」

「ええ、いまのところ、その方法しか見つけられません」

「じゃあ……陸《ルー》家の事件もまさか……」鐘可に突然緊張が走った。

「それはないです」安縝は断言した。「死のクロッキー画家の仕業なら、あんなに多くの手掛かりを残すはずがありません」

8

鐘可《ジョン・クゥ》が隣の病室に戻ってからも、安縝《アン・ジェン》は相変わらず寝つけなかった。ようやく我に返り、どうしていきなり鐘可に少年時代の出来事を話したのか分からなかった。ずっと前から、誰かにいっさいを打ち明けたかったとでもいうのか？

思考がまとまらないなか、疲労感が徐々に押し寄せ、安縝の意識は次第に朦朧《もうろう》となった。半覚醒状態のなか、病室のドアが開く音が耳に入った。

看護師が点滴を交換に来たのか？　それとも恐怖のあまり眠れない隣室の鐘可か？　安縝が鼻で空気を吸うと、奇妙な臭いを嗅ぎ取った。

確かに誰かが入ってきており、足音が徐々に安縝のベッドに迫る。

「誰だ？」安縝は目を開けたが、意識はまだ朦朧としたままだ。

安縝がわずかに首を傾けると、視界の端に黒い影を捉えた。次の瞬間、何かに反射した光が彼の左目を不意にかすめた――鋭いナイフだった。

安縝はにわかに覚醒した。敏感な警戒心が防衛本能を呼び覚まし、ありったけの力を使って猛然と身を翻《ひるがえ》すと、ベッドから落ちた。それと同時に黒い影の手が持つナイフがベッドの真ん中を貫いた。

床に仰向けに落下した安縝は痛みで悲鳴を上げた。黒い影はナイフを引き抜こうとするが、さっき勢いよく襲いかかったせいでナイフの刃がベッドの床板の隙間に引っかかり、抜くのに手間取っている。安縝は大声を上げて助けを呼びながら上半身を起こし、黒い影の顔を見ようとした。その人物は黒いタートルネックにハンチング帽姿で、顔をサングラスとマスクで完全に隠しており、性別すら判別がつかない。

安縝は叫び続け、ベッドそばの点滴スタンドを蹴飛ばすと大きな物音が響いた。しばらくしないうちに二人の看護師が病室に入ってきたほか、騒ぎを聞きつけた入院患者たちも数人、入り口に集まってきた。黒い影はナイフをようやく引き抜くと、再び安縝に飛びかかって刺そうとした。だがそれより先に、夜勤中の屈強な看護助手が黒い影に向かって投げつけた電気ポットが、それることなく黒い影に命中した。黒い影はよろめき、倒れそうになるのを踏みとどまった。ドアに集まる人間が増えてきたのを見て、ついに安縝を襲うのをやめ、人混みを足早に駆け抜けていき、非常階段を駆け下りて幽霊のように姿を消した。

この突然の事態に建物全体が騒然となり、隣の病室にいた鐘可は、病院に侵入して安縝を刺し殺そうとした人物がいたという予想外の出来事に、さらにショックを受けた。十五分後、梁良《リャン・リャン》が病院に駆けつけた。安縝はすでにベッドに再びうつ伏せになっていた。さっきベッドから落ちたせいで腰の怪我が悪化し、整形外科医が安縝の湿布を貼りなおしているところだった。警察が介入し、病院は次第に落ち着きを取り戻した。

「まさか殺し屋のターゲットが先生だったなんて」梁良は病床の安縝を心配そうに見つめた。

「ええ、昼に屋上から木材を落としたのも私を殺すためで、鐘可は無関係です」安縝はさっき左耳から落ちたイヤホンをまた耳に入れた。いまさっき命を落としかねなかったというのに、このときの彼は常人以上の冷静さを見せていた。

「殺し屋の顔は見ましたか？」

「いいえ、顔を隠していたので。でもおそらく男です。体形から見て、メイドの証言にあった偽警備員と似ています」

「でも陸礼《ルー・リー》の身柄はとっくに取り押さえているから……覆面の殺し屋は彼じゃない」梁良の眉間に深いシワが走る。「陸礼の仲間？」

安縝は答えない。脳内で論理の鎖を整理している最中だ。

「殺し屋の目的は、先生にこれ以上事件を捜査されないようにするためでしょうか？」

「いいえ」安縝は咳払いした。「いまの私の状態では、数日以内にベッドから起き上がって行動するのは不可能です。あの殺し屋が私の入院後に二度目の襲撃に及んだのは、私を殺したかったからに間違いありません。だからやつの目的は私が捜査するのをふせぎたかったんじゃなく、口封じです。きっと私はもう重要な何かを見つけているんです」

9

鐘可《ジョン・クゥ》は冷璇《ロン・シュエン》に付き添われながら安縝《アン・ジェン》の病室に入った。もともとショックで入院していたところにさらに精神的ダメージを受け、彼女の情緒はやや不安定になっていた。

「いったいいつ終わるんでしょうか……」鐘可はたまらず泣き出した。

「安心してください。あなたの安全は警察が守りますし、殺し屋のターゲットもあなたではありません」冷璇は鐘可の肩をなで、慰めた。

「すでに病院周辺を捜索させていますし、各交差点の防犯カメラの映像も入手済みです。あの人物は全力で捕まえてみせます」梁良《リャン・リャン》は毅《き》然《ぜん》とした口調で言った。しかし梁良も分かっていた。犯人が病院内で素早く変装を解き、堂々と病院から出ていったのなら、探すのは至難の業《わざ》だということを。

「私は大丈夫だから二人は先に帰ってください。鐘可さんと二人で話したいことがあるんです」疲労の色が見える安縝は人払いを命じた。

安全のため、梁良は二人の警察官を病室の入り口前で見張らせ、覆面の殺し屋の再来に備えた。安縝の命と安全を確実に守るよう何度も言い聞かせたのち、梁良と冷璇は病院をあとにした。

「鐘可さん、焦る必要はないから、気をしっかり持ちましょう」二人きりになり、安縝はまず鐘可に慰めの声をかけた。

「はい」鐘可は涙をぬぐい、深呼吸した。「安《アン》先生はあの殺し屋が誰だと思います？　陸《ルー》

・礼《リー》さんの共犯でしょうか、それとも陸《ルー》家事件の真犯人でしょうか？」
「正直言うとまだ確定できません。これまでの推理に大きな間違いがあるような気がしてならないんです」安績は考えに耽《ふけ》った。「共犯者説を排除するつもりです。あの覆面の殺し屋が二つの殺人事件の真犯人なら、陸礼は潔白だ。ならば二つの可能性があります。一つ目は色覚異常という推理が間違っていた。二つ目は陸家には色覚異常の人物がもう一人いた」

鐘可は考えを口にした。「覆面の殺し屋の体形と一致するのは陸家では陸文龍《ルー・ウェンロン》さんと陸寒氷《ルー・ハンビン》さんだけです。真犯人がそのどちらかなら……二人のうち一人が色覚異常ということですよね？　色覚異常は遺伝性だったはずです。陸礼さんが色覚異常だと証明されているから……息子の陸寒氷さんも色覚異常ってことじゃないですか？」

「いや、色覚異常遺伝子はX染色体でしか遺伝しないんです。男性の性染色体の組み合わせはXYで、息子は父親のY染色体しか受け継がないから、父親の色覚異常が息子に遺伝することはあり得ない。陸寒氷が色覚異常なら、それは母親からの遺伝です」

安績はさらに鐘可にレクチャーした。「色覚異常遺伝についてはこのフレーズさえ覚えておけば大丈夫です――母親がそうなら男児は必ずそうなり、女児がそうなら父親が必ずそうだ」

「はい……」鐘可は数秒間黙ったあと、不安げに口を開いた。「安先生、こうは考えられませんか……その覆面の殺し屋は陸家の事件と無関係だったとしたら？」

「えっ？」

「あの殺し屋は……死のクロッキー画家じゃないんでしょうか？」鐘可は自分の推測を話した。「先生は現実にいる連続殺人犯を代表作の『暗街《アンジュ》』に登場させています。死のクロッキー画家はこれを一種の挑戦と見て……作品を読んで腹を立てたから、殺しに来たということは？」

安縝はその考えを一笑に付した。「それは死のクロッキー画家を過小評価しすぎです。やつは二十年も行方をくらましているんだから、そんなちっぽけなことでいきなり姿を現わすことはありません。それに前も言ったように、やつは常人を超越した犯罪者だから、私を殺すつもりならあんな稚拙な方法は取りませんよ。やつは芸術家を自任していて、〝アーティスティック〟な犯罪を追求しているんです。そんな人間がナイフを持って直接刺しに来ると思いますか？」

鐘可は言い返せなかった。その死のクロッキー画家に対する安縝の理解度が、ボーダーラインをとっくに超えているように思えた。

10

翌日、楊森《ヤン・セン》が方慕影《ファン・ムーイン》と〈漫領《マンリン》〉の同僚数人と一緒に車で安縝《アン・ジェン》を見舞いに来た。安縝が再び殺されかけたことを知るとみな震え上がったが、安縝は想像よりずっと落ち着いていた。ただ、一連の突発的な出来事に疲弊しきっているのは間違いなかった。彼にいまもっとも必要なのは休息であり、みなもそれほど長居することはなかった。

鐘可《ジョン・クゥ》は気持ちを落ち着けてから無事退院し、会社に数日間の休暇を申請した。〈悦音《ユエイン》〉の統括部長の肖《シィアオ》はヒロインの件がすでに確定済みだと知ると、休暇を快諾した。

陸《ルー》家に戻った鐘可は、ここが見知っていても馴染みがない場所に思えた。柔らかいベッドに横たわり、何もかもあとまわしにし、身も心もからっぽのままひと眠りしようとした。しかし無言でしばらく寝転んでも眠気はやってこない。やることがない彼女は胎湖《タイフー》周辺を散歩することにした。

二階に下りたとき、鐘可の耳に娯楽室から異様な物音が聞こえてきて、この前、陸寒氷《ルー・ハンビン》がメイドをからかっていたことを思い出した。好奇心に負けて娯楽室の入り口の前まで忍び寄ると、ドアが開いていていた。

鐘可は室内に目をやると、飛び込んできた光景に一瞬棒立ちになってしまった。目の前の光景は、陸寒氷が范《ファン・》小晴《シャオチン》をからかっていた先日のものよりもさらに後ろめたいものだった。

当然、今回の主役も陸寒氷で、ただ彼のいまの姿が異常きわまりない。

こんな寒い日に陸寒氷は半裸で、薄手の短パンしか穿《は》いていない状態で、死んだ魚のようにビリヤード台に仰向けになっている。金属製の手錠と足枷《かせ》で四肢の自由を奪われ、体はさらに冷たく光る鎖できつく縛られ、身動きが封じられている。

陸寒氷の前に立っているのは女性で、いかにもなレザージャケットにロングブーツといういう出で立ちで、手にした黒い革の鞭を陸寒氷の体にたびたび叩きつけている。鞭が女の手によってリズミカルに舞い、あたかも命を持つ毒蛇が陸寒氷のむき出しの肌に幾度も牙を立てているようだ。

さらに理解できないのが、鞭で打たれているあいだ、陸寒氷はずっと顔を紅潮させ、まるで……喜んでいるようだったことだ。

鐘可の視線が女の顔に移る。

葉舞《イエ・ウー》だ！

陸寒氷に容赦なく鞭打っているのは、陸家の入居者の葉舞だった。

葉舞は薄笑いを浮かべながら、鞭を振るう威力と頻度を上げていく。

鐘可はこれ以上見ていられなかった。どうしてこんなにねじ曲がった変態的なことが世のなかに存在するんだろう？　再び陸寒氷を〝見なおす〟と、彼女はこの人物に心の底から絶望した。

鐘可が立ち去ろうとしているとき、葉舞が唐突に顔を上げ、氷のような眼差しで鐘可を射抜いた。

息を呑んだ鐘可は階段へ駆けていった。

11

穏やかな胎湖《タイフー》を眺めながら鐘可《ジョン・クゥ》は混乱に陥っていた。

人間の体には〝バイオタイド〟と呼ばれる現象があり、月に影響を受けるのだという。満月の夜にバイオタイドはピークに達し、人間を興奮させるのだ。

ならば目の前にあるこの胎児の形をした湖もまた満月のように人間の行動に影響を及ぼす魔力を持ち合わせてはいないのか？　これのせいでここの人間を異常者に変えてしまっ

ているのではないか？

異常者。そう、葉舞《イエ・ウー》も陸寒氷《ルー・ハンビン》もイカれている。

自分はあとどのぐらい陸家《ルー》で持ちこたえられるだろうか？　鐘可に知るすべはない。少なくとも彼女にとってここはもう正常な世界ではない。

この日、鐘可は胎湖のそばに一人で座って午後をすごし、たくさんのことを考えた。陸家の歴史、陸仁《ルー・レン》の死、陸哲南《ルー・ジャーナン》の死、安縝《アン・ジェン》が二度襲われたこと、二十一年前の連続殺人犯……無秩序で関連性のない破片が脳内で果てしない疑惑と不安へ変質し、まとまりのない感情が心にまとわりつく。いつの間にか夕日が沈んでいた。空が暗くなり、鐘可はようやく屋敷に戻ったが、夕食も口にしなかった。

三階の自室の前に来ると、隣室から手に袋を提げた葉舞がちょうど出てきたところだった。

鐘可は彼女を一瞥《いちべつ》し、見なかったふりをして鍵を探すのを再開した。

「全然理解不能って感じ？」葉舞が不意にそんな言葉を投げかける。

鐘可は相手にしなかった。

「この世にはどんなやつだっているし、いるのが当然なんだよ」葉舞が冷たく笑う。「でも誤解しないでね。あたしはただお小遣いが欲しいだけで、特殊な嗜好《しこう》なんか持ってないから」言い終わると彼女はドアを閉め、階段のほうに向かった。そのとき彼女はもう別のセクシーな衣装に着替えていて、袋のなかにはいろいろな〝おもちゃ〟が詰まっているのだろう。

彼女と陸寒氷の遊びはまだ終わりを迎えていないようだ。

鐘可は吐きそうになり、自室に駆け込むとすぐさま鍵をかけた。

睡眠薬を二錠服用するとようやく眠りに落ちた。だが睡眠薬の効果があるとはいえ、いまだ胸騒ぎがして安眠できず、頭がぼうっとしてブーンブーンという音がいつまでも耳に残る。さらに厄介なのが、深夜に何か大きな落下音が聞こえた気がしたことだ。そしてそれと同時に、彼女は上空から深淵に落下する悪夢を見た。

12

安《アン》・縝《ジェン》は夢から目を覚ました。入院三日目の午後で、腰の痛みはほとんど引いている。二日前の夜に覆面の殺し屋に襲われたシーンは現実離れしていて、そういう〝非現実感〟が夢を見ていただけじゃないのかと安縝を疑わせた。

安縝のいまの願いは一刻も早い退院だ。昨夜、気温が急激に下がり、安縝は看護師に毛布を一枚くれないかと何度も聞いた。だが体をしっかりくるんだところで骨の髄からまだ寒気が感じられた。病院の雰囲気と関係がないとも言い切れない。

目下、警察の捜査に進展はなく、陸礼《ルー・リー》が重要容疑者としていまだに警察に拘束されている。彼が陸仁《ルー・レン》と陸哲南《ルー・ジャーナン》の殺害を認めてはいないのは言うまでもない。

安縝は枕元の束になった資料をめくった。昨日、梁良《リャン・リャン》が持ってきたもので、陸《ルー》家殺人事件に関する警察側の捜査情報のすべてが記載されている。安縝は昨夜のうちに目を通していたが、見逃した点がなかったか不安になり、改めて読むことにしたのだ。

そこに楊森《ヤン・セン》と方慕影《ファン・ムーイン》がまた見舞いにやってきた。方慕影はいくつもお見舞い品を抱えている。

「安《アン》先生、よくなりましたか？」方慕影の笑顔が病室の陰気さを消し去った。「病院の食事っていまいちでしょう？　美味しいものを持ってきましたよ」

「果物を食べてください。ビタミンが豊富ですから」楊森がりんごを取り出した。

「楊《ヤン》さん、その目のくま、どうしたんですか？」楊森の様子を見た安縝は気遣う言葉をかけた。

「先生が心配で眠れないんですよ」楊森が目をこする。

『暗街《アンジエ》』の進捗《しんちょく》状況が気がかりなんですね？」

「バレましたか。それでどうするつもりですか？　先生がこのざまで、先生が見つけたあの鐘《ジョン》・可《クウ》も心ここにあらずって状態じゃ、絵コンテとアフレコ作業が遅れちゃいますよ！　昨日も投資家からせっつかれたんですから」

「投資家たちには、次の作品の映像化の著作権を安く譲渡するから落ち着くよう言っておいてください」

「無茶苦茶だ！」

「もういいじゃないですか！」呆れた方慕影が場を収めた。「こんなときでも口喧嘩して、二人してわざと見せつけているんですか？」

「見せつけるって何を……」

方慕影が袋から蓮《はす》の葉でくるんだものを取り出した。「安先生、どうぞ。昨日、七宝《チーバオ》から持ってきた叫花鶏《ジャオフアジー》です。栄養つけてください。さっき温めたばかりなので、美味しいですよ！」

「え？　叫花鶏《ジャオフアジー》っていえば、鶏《にわとり》を一羽まるごと泥でくるんでから火のなかに投入して焼き上げたやつだろ？」楊森が近づき臭いをかいだ。「食べられるのコレ？　なんか変な臭いがするよ」

「食べられるに決まってるじゃないですか。長い歴史を持つ伝統的な料理なんですよ！」方慕影が素手で蓮《はす》の葉と泥を剝がすと、香りが鼻孔をくすぐった。「鶏っていうのは本当に万能の食材ですよ。煮てよし焼いてよしだから、泥にくるんで焼いたっていいわけですよ」

「でも衛生的に問題があるな」楊森が首を振る。「俺も先日友達から一羽もらったけど、食べきった翌日に急性胃腸炎になって悶絶させられたんだ」

「それはお友達が買ったのが本場のものじゃなかったんですよ！」方慕影が蔑《さげす》むように言った。

「影《イン》さん、いまなんて⁉」安縝が突然厳粛な面持ちになった。

方慕影と楊森の視線がいっせいに安縝に注がれる。安縝の顔はショックを受けたみたいに真剣だった。

「え？　あたしですか？　それはお友達が買ったのが本場のものじゃなかった……」方慕影は自分が言ったセリフを繰り返した。

「いや、そのひとつ前！」

「そのひとつ前？」方慕影はさっきなんと言ったのか賢明に思い出そうとした。「ええと……鶏っていうのは万能の食材ですよ。煮てよし焼いてよしだから、泥にくるんで焼いたっていいわけですよ。これですか？　どうです？　合ってます？」

「そう！　それだ」安績は興奮して叫んだ。「楊さん、携帯電話でいますぐ嬰呪《えいじゅ》を検索してください」

「え？」

「早く！」

「ああ……」楊森は言われたとおりにし、携帯電話を安績に渡した。

安績は〝嬰呪〟に関するページを半分ほどスクロールした。

「やっぱりそうだ」彼は新大陸を発見したかのように高ぶっていた。「嬰呪には別の方法があったんだ」

「どういうことです？」楊森がいぶかしげに見る。

「要するに、嬰呪は呪術として三つに分けられるんです」安績が説明する。「それが〝地呪〟〝水呪〟〝天呪〟です」

「つまり？」

「陸仁が亡くなった場所は？」

「ええと……地下にある小屋のなか」

「陸哲南は？」

「自分の部屋」

「その部屋はどこに面していました？」

「胎湖《タイフー》」

「二人してなんの話をしてるんですか？」方慕影はさっぱり見当がつかない。

楊森は構わずうなずく。

「安先生の言いたいことが分かりました。犯人は〝地・水・天〟の方法に従って殺人を行なっているということですね? 最初の事件現場は地下小屋だから〝地呪〟に当たり、二つ目の事件現場が胎湖のそばで、水辺ということだから〝水呪〟に当てはまる……じゃあ残すは〝天呪〟ということですか？　つまり、犯人はまだ陸家の誰か一人を殺すつもりだと？」

「そういうことです」安縝はうなずく。

「なら……〝天呪〟に当てはまる場所はどこですかね？　まさか次は飛行機のなかってことはないですよね？」

安縝は数秒思案すると、にわかに何かに思い至ったようだった。「すぐに梁《リャン》刑事に連絡を取ってください！」

そのとき安縝の携帯電話が鳴った。着信画面には〝梁さん〟と表示されている。

安縝はすぐに電話を取った。

安緌が口を開く前に、電話越しに梁良の沈んだ声が聞こえてきた。

「陸寒氷《ルー・ハンビン》に非常事態です」

第九章　斬首小屋

1

陸《ルー》屋敷から百メートル余り離れた北に正方形の〝空中コテージ〟が三つ、胎湖《タイフー》の岸辺に宙吊りになっている。レジャーパークに残された個性的なログハウスだ。三軒のログハウスのそばにはそれぞれ電柱を模した鋼鉄の柱が立っており、その先端部分に一本の鉄骨が水平に装着されている。その名のとおり、空中コテージは三本のワイヤーによって鉄骨に吊り下げられている。

ログハウスとはいえ、建造時に鉄骨構造が採用されており、つまり鋼鉄部材の骨組みの上に分厚い木材を敷き詰めている。こうした家屋は構造が安定していて、滅多なことで倒壊しない。そして空中コテージにはもうひとつの特徴があり、それは床に透明な強化ガラスを採用している点だ。

空中コテージは湖畔に面し、真下が浅瀬になっているので、空中コテージにいる人間は強化ガラス越しに湖を見下ろすことができる。空中コテージは湖面から二メートル余り上にあり、岸辺に面した壁に木製のはしごがかけられ、はしごを登ると内開きの木製ドアがある。

空中コテージの面積は十平方メートルほどで、室内にはエアコン、電灯、洗面台等が設置され、もともとは簡易トイレもあったが、のちに撤去された。小屋の壁には小さな穴が二つ開いており、ひとつは水道管、もうひとつは電線が通っている。小屋の内部から伸びる水道管と電線は隣の支柱に埋め込まれ、支柱にはブレーカーと水道の元栓があり、そこから電源と水源をコントロールできる。湖心《フーシン》公園が閉園してから、陸寒氷《ルー・ハンビン》はこのうちの一部屋を自分のものにしていた。ここの個性的なデザインを気に入ったので、柔らかな敷布団を置いてときどきここで夜を過ごしていた。

だが陸寒氷がこの空中コテージのなかで命を終えるなど、誰が予想しただろうか。

梁良《リャン・リャン》と冷璇《ロン・シュエン》が屋敷裏のエリアに足を踏み入れたとき、ジャングルの奥地に来たのかと感じた。草木が鬱蒼《うっそう》と生い茂り、湖畔に立つ一本の古い槐《えんじゅ》の木がその太くたくましい枝と幹を妖艶にくねらせていた。

湖畔に来た二人は目の前の光景に言葉を失った。湖の上に吊り下がっているはずの三軒の空中コテージのうちひとつが浅瀬に落ちている。湖畔がやや内側に傾斜しているため、落ちた小屋も胎湖側に傾いている。小屋の底は浅瀬の水中に没し、座礁した木造船に見えなくもない。

梁良の姿を見かけ、小屋の外にいた監察医の張《ジャン》が手招きする。「梁《リャン》隊長、死体はなかです」背後にいる冷璇を見て、彼はつけ加えた。「ひどい死に方をしているので、心の準備を。あと、長靴に履き替えて」

二人は長靴を履き、張の案内の下、現場に向かった。小屋の入り口の木製ばしごは普段と変わらず完璧にそびえ立っているが、いまは必要ない。

三人ははしごをしり目に、その後ろのドアから直接なかに入った。そのさい梁良は、ドアと床に三十センチほどの段差があり、ステップを一段踏まないとなかに入れないことに気づいた。

室内を見渡した冷璇は長靴を履く理由をようやく悟った。内部がかなりの高さまで浸水していたのだ。胎湖から入り込んだ水だろうか？　張が水のなかを歩いて渡りながら小屋に足を踏み入れ、梁良と冷璇もすぐに続いた。

室内はとても温かく、左側の壁にはエアコンが設置されている。天井の四方にある間接照明が黄色く発光し、窓はなく、やや圧迫感がある。室内にたまった水でさまざまな物体が浮かび、隅にある敷布団はすっかり濡《ぬ》れている。

しかし室内で一番目を引くのが、一人の人間の体だ。それは向かいの壁のほうにうつ伏せで倒れ、上半身は裸で下半身は短パン一枚だった。寒い冬の季節にこんなあられもない姿をしているだけでも充分奇妙なのに、さらに異様なのは、その体に首がないことだ。

部屋を見渡した梁良は、ようやく敷布団のそばに死体の頭部を見つけた。頭部は濁った水に浸かっており、水のなかを漂う頭髪はぬるぬるした海藻のようだ。じっと見ないと人間の頭だとは本当に想像もできないだろう。

陸寒氷はこの部屋で首を切られたのだ。

2

梁《リャン》・良《リャン》が前に進み出て陸《ルー》・寒氷《ハンビン》の死体を観察すると、さらに異様な点に気づいた。死体の両手が金属製の手錠で後ろに縛られ、足首にも腕と同様、枷《かせ》がついている。そして頭部の両目が黒いアイマスクで覆われ、口には球状のボールギャグがはめられている。これらアダルトグッズが死体にいっそう不気味な雰囲気を加えている。

張がノートをめくり報告する。「死亡推定時刻は昨晩二十三時から深夜一時のあいだで、死因は溺死、頭頂部に鈍器で殴られた痕があります。頭部は死後切断されていますが、頸部《けいぶ》の断面がなめらかでなく、鋭利ではない凶器によるものであり、筋肉と頸椎椎間板《けいついついかんばん》に剝離《はくり》の痕跡があることから、外部の力によって強引に引きちぎられたように見えます。死体の手足は手錠足枷で拘束され、頭部はアイマスクとボールギャグを装着していました。四肢の拘束の痕から、殺害前にすでに身に着けていたことが分かります。他にも、両足首がいずれも骨折しています。それ以外で目立つ外傷はありません。あとは解剖にまわす必要があります」

「溺死？」梁良は床にたまった水を疑わしげに見つめた。「この水でですか？」

「死体の肺にたまった水を調べれば分かります」

「犯人は鈍器で被害者を殴打して抵抗できなくさせてから溺死させたあとに首を切り落とした。犯行の過程はだいたいこんな感じでしょうか？」

「そんなところですが、〝切る〟という言葉は不正確で、斧のような道具は使われていないはずです」張が指摘する。「他にもつけ加えたい点があります。死体発見時、この小屋のエアコンが作動していて、死体はずっと水に浸かっていました。だから実際の死亡時刻と初動の推定に食い違いが生じる可能性がありますが、誤差はそれほど大きくないでしょう」

陸寒氷の血で染まっているせいか、室内にたまった水は生臭かった。小屋の床がほとんど浸水しているため、犯行現場が深刻に破壊されている。梁良は幾度か視線を走らせてから小屋を出た。小屋の屋上では鑑識課の同僚が切れた三本のワイヤーを検査しているところだ。

「梁隊長」梁良の姿に気づいたその鑑識官がただちに報告する。「小屋と連結していた直径二十四ミリのワイヤー三本は、いずれも酸素アセチレン炎のようなもので切断されています。何者かが上って鉄骨で腹ばいになりながらワイヤーを一本ずつ焼き切ったため、ログハウスが落下したものと考えられます。屋上には掃除された形跡があることから、犯人が足跡を消そうとしたのだと思います」

「酸素アセチレン炎？」

「はい、要するに切断用バーナーです。可燃性の気体で、高温下で炎を放出することができるので、工事ではしょっちゅうこれで金属を切断しています」

梁良はうつむき、ひとつの問題を熟考した——犯人はなぜ空中コテージを落とさなければならなかったのだ？

しばらくすると別の捜査員がやってきて梁良に告げた。「梁隊長《リャン》、被疑者を拘束しました」

「なに？」

「陸《ルー》家で部屋を借りている葉舞《イエ・ウー》という女性で、死体の第一発見者でもあります」

3

梁《リャン・リャン》良と冷《ロン・シュエン》璇が陸家の客間に来ると、葉舞《イエ・ウー》が冷淡な態度でソファーに座って待っていた。この客間もいつの間にかすっかり臨時取調室になってしまった。

目の前の葉舞は想像より落ち着いており、たいしたことないという様子で、陸寒氷《ルー・ハンビン》の惨《むご》たらしい死に対しても、特に頓着していない。

「陸寒氷さんとはどういう関係でしたか？」梁良は相手の出方を探る質問をしてみた。

「借り主と大家です」葉舞の言葉には少しも感情が込められていなかった。

「そんな単純なものではなさそうですが？」

「どういう点で？」

「どういう点？」冷璇は意味が分からず聞き返した。

葉舞は冷ややかに笑った。「初々しい刑事さんですね」そして梁良のほうを向いた。「見てもらったとおり、陸寒氷には特殊な性的嗜好《しこう》がありました。マゾだったんです」

「マ……マゾ？」冷璇は戸惑った。

「ええ、ああいう連中は縛られたり、鞭打たれたり、辱《はずかし》められたりと、人からいたぶられることで生理的な快感を得るんですよ」心理学に詳しい葉舞が滔々《とうとう》と話す。

「そんな人たちが……本当にいるの？」冷璇は新たな世界の知識を仕入れた。

「だから陸寒氷に手錠足枷《かせ》をつけたんですか？」梁良が尋ねる。

「ええ、そうされるのが好きだったから」

「いつもそういう遊びをしていたんですか？」

「お金をもらえば、リクエストどおりにそうしていただけです」

お金を払っていじめてもらう人間がこの世にいる？　冷璇にはいくら考えても理解できなかった。

「では昨晩も空中コテージで……」梁良は葉舞の表情に注意している。

葉舞はうなずいた。「ええ」

「何があったか説明してください」

葉舞はとっくに用意していたかのように昨晩のことを語り出した。「小晴《シャオチン》にちょっかいかけたことをあたしに知られた陸寒氷は、その件で罰を受けたがったの。もちろん彼から言い出したことで、罰というのも自分で提案したもの。〝罰を受けている〟というプレイに没頭したいがために全部彼がつくったシナリオですよ。

それで昨晩、彼に服を脱ぐよう命令して、手錠と足枷で手足を拘束して、アイマスクにボールギャグもつけて空中コテージのなかに閉じ込めたんです。監禁されているシチュエーションが大好きで、これまでにも何度か空中コテージでやりました。部屋の閉塞感も出すために、窓もふさいでしまったんですよ」

「彼を閉じ込めたのは何時ですか？」

「夜の八時頃かと」

「それからは？」

「それからは放置です」葉舞が足を組む。「空中コテージのドアに錠前をつけてさよならです。これまでもそうで、一人でなかで一晩を過ごさせるんです。体の自由を奪われて監禁されて放置されているという快感を思う存分味わわせます。普通は翌日の昼にご飯を届けに行くんです」

「室内のエアコンをつけたのはあなたですか？」

「ええ、外は冷えるし、裸のままですので、本当に寒さで風邪を引かれてもいけませんから」葉舞はため息をつく。「結局は単なるプレイです。ほとんどのマゾにとって、肉体に本当の傷を負うこと以上に、精神的に〝支配されている感覚〟が大切なんです」

「では今日の昼にご飯を届けたんですか？　何があったか話してください」

「行ったのは午後一時半で、空中コテージが落ちていたので焦りましたね。それで錠前の鍵を開けると小屋のなかが水浸しになっていて、陸寒氷も首なし死体になっていました」

「ちょっと待ってください」梁良の表情が厳しくなる。「ドアを開けたとき、錠はちゃんとかかってましたか？　壊されたりしていませんでした？」

「ちゃんとかかっていました。あの錠前はネットで特注した貞操帯で、頑丈なんです」葉舞がうなずく。

「鍵は？　他に誰が持っています？」

「一個だけです。ずっとあたしが持っていました」

その瞬間、梁良は窒息するような感覚に襲われた。

4

梁良《リャン・リャン》はまたログハウスに入り、隅々まで視線を走らせた。ドア以外に部屋には大人が出入りできる裂け目はない。床の強化ガラスも無傷で、落下時に衝撃を受けたというのにヒビひとつ入っていない。

小屋の壁に電線と水道管を引き入れる二つの小さい穴があるほか、床近くの場所にもうひとつの小さな裂け目があるが、落下時にできたものかもしれない。だが二つの小さな穴も、この裂け目も、手すら入らない小ささだ。

梁良が天井を見上げると、壁の隅近くに一枚のガラスがはめ込まれた十平方センチほどの換気用の天窓があった。リモコンで開閉操作が可能なそれは現在、開いている。だが何にせよ、犯人が天窓を通って人を殺すのは不可能だ。あのサイズでは頭すら通らない。

梁良は木製のドアに目を向けたが、戸板はほとんど壊れていない。ドアの縁とその周囲のドア枠にはそれぞれ留め金具が固定されている。ドアを閉め、外側から錠前を二つの留め金具に装着すれば鍵がかかるのだ。

梁良が手にする証拠品収集袋には葉舞《イエ・ウー》から押収した錠前と鍵が入っている。錠前はハートの形をしており、凝《こ》った作りに見える。鍵の形状もまた特殊な三日月形で、ブレード部分が波打っている。こういった錠や鍵はコピーするのが大変そうだ。梁良はそれらの機能を試してみたが、特に問題はなかった。

葉舞の証言によれば、陸寒氷《ルー・ハンビン》が空中コテージに入ってから死体となって発見されるまで、ドアの鍵は開けられていなかった。ならば陸寒氷の首を引きちぎった犯人は、密閉された空中コテージでどのようにして凶行に及んだのか？　そしてどうやって脱出したのか？

またしても物理法則では説明つかない密室殺人だ……

梁良が首をひねっていると、鑑識官が証拠品収集袋を二つ持って走ってきた。「梁《リャン》隊長、見てください」

そのうちのひとつには真っ黒い何かが入っており、異臭もした。

「また焼け焦げたへその緒です」

「どこにあった⁉」梁良は声を荒らげた。

「天井の天窓に引っかかっていました」

天窓……あの十平方センチの換気用の窓は、赤ん坊なら通り抜けられる。

小屋に足を踏み入れたときのことを思い返すと、確かに焦げ臭さがうっすら漂っていたが、水中の血生臭さに覆い隠されていた。

鑑識官がもうひとつの袋を見せる。「これは陸寒氷の部屋で見つかった釘です。これまでの二つの事件にあったのと同じく、嬰棺釘《えいかんくぎ》です」

赤ん坊が天窓までよじ登って室内に侵入し、陸寒氷の首を引きちぎった……

その瞬間、梁良は陸哲南《ルー・ジャーナン》の殺害現場の捜査中に覚えた崩れ落ちるような感覚に襲われた。薄く氷が張った胎湖《タイフー》を眺めながら、梁良は安縝《アン・ジェン》に電話した。

5

翌日、上からの圧力によって、警察は葉舞《イエ・ウー》を仕方なく一時的に拘束した。彼女の話により、陸寒氷《ルー・ハンビン》を殺せたのは錠前の鍵を持つ彼女だけのように思えた。しかしこの件において梁良《リャン・リャン》は意見を保留していた。そして疑いが晴れたため、警察は陸礼《ルー・リー》を釈放した。ところが息子を失った陸礼に弁護士を呼ばれて警察の職務怠慢を訴えられた。

三つ目の殺人事件は陸《ルー》家に深刻なダメージを再び与え、一家の主《あるじ》である呉苗《ウー・ミャオ》は二人の孫を立て続けに失ったショックで精神が崩壊し、自宅で卒倒して病院に運ばれた。

その昼、梁良は再び安縝《アン・ジェン》がいる病院へ行った。病室に入ると楊森《ヤン・セン》と鐘可《ジョン・クゥ》がベッドのそばに座りながら安縝と話をしていた。三人ともどうやら『暗街《アンジェ》』のアニメ化の件を話し合っているようだ。

「お邪魔でしたか？」

梁良を見るなり楊森と鐘可は同時に立ち上がった。

「梁《リャン》刑事、事件はどうなりました？」楊森は気がかりな様子で尋ねる。

「そのことで安《アン》先生とお話が」

安縝はまだベッドにうつ伏せになっているが、ときどきは数歩程度だが歩くことができた。医者の湿布の効果があったのだろう。楊森に支えられながらベッドに腰を下ろした。

「鐘可さんはもう帰ったら？」彼は言った。

「はい、じゃあお体に気をつけて」鐘可は安縝に手を振り、出ていった。

「また密室殺人ですか？」安縝は辛抱しきれず尋ねた。

「ええ、密室首切り事件です」

「錠前と鍵の入手先は調べましたか？」

「ええ」梁良がメモ帳をめくる。「こういったアダルトグッズは国外のネットサイトのオーダーメイドによるもので、どちらもふたつとありません。施錠具の専門家にも見てもらいましたが、こういった錠前は簡単にはこじ開けられないし、鍵穴にもそのような形跡は見当たりません」

「現場写真を見せてもらっても？」

梁良から渡された資料の束を安縝は真剣に目を通し始めた。

二十分後、安績はつぶやいた。「そういうことか」

「え？ 分かったんですか？」

「ちょっと方法を思いついただけで、再検証が必要です」安績は出し惜しみした。「現場を見に行っていいですか？」

「駄目ですよ！」楊森が慌てて止める。「怪我が治っていないし、まだ歩けないんですよ。もうしばらくおとなしくしていてください」

「いやそれなら大丈夫、杖を持ってきてください」

「先生が怪我したのは足じゃなくて腰です！ 杖ついたって意味ありません」楊森はきっぱり断る。「先生は安楽椅子探偵でしょう？ 梁刑事から捜査情報を聞いて、先生が推理すればいいんだ。体力型じゃなくて知力型探偵なんだから、余計なことはしないでください！」

「体力型じゃないだって？」安績はすぐに面白くなさそうな顔をした。「この前、誰がきみの家の大掃除を手伝ったと思ってるんだ？ ソファーや家具といったものを運んだのは誰だ？ ぼくに体力がないって言いたいのか？ いまはもうピンピンしてるんだ！ 信じられないなら、このベッドでも担いでやろうか」言うなり安績は立ち上がってベッドを持ち上げようとした。

楊森と梁良が焦って制止する。

「分かりましたから、落ち着いてください。力があるのは知っていますよ。うちのソファーも一人で担げたんですから。でも、いまは怪我してるじゃないですか」

新婚夫婦のように言い争う二人を前に、梁良もうんざりした。

「そうだ。陸仁《ルー・レン》の捜査について、今日の午前中に重大な進展がありました」梁良はあえて〝重大な進展〟を強調した。

「どういった進展です？」

「以前、陸仁が身元不明の電話番号と頻繁に連絡を取り合っていたことが判明しましたが、最近になって麻薬取締班の同僚に協力してもらって、その電話番号の発信源を突き止めたところ、麻薬密売組織が外部と連絡するさいによく使う番号だったことが分かったんです」

「陸仁は麻薬密売組織と関係があったんですか？」

「ええ、〝関係があった〟なんて生易しいものじゃありません」梁良は真剣な面持ちで言う。「ここ数年で市場に〝ドライフルーツ〟という隠語の新型薬物が出まわっています。高純度の幻覚剤で、一度吸引すれば病みつきになるという代物です。純度が高く、幻覚作用と中毒性が強いというのが特徴で、価格もとても高いです。しかしそれは保存しづらく、水に長時間漬け込むと化学的性質がなくなってしまうんです。

麻薬取締班の捜査によると、〝ドライフルーツ〟はその麻薬密売組織が研究開発して製造から販売まで行なっているものです。長期的な捜査と証拠がためによって、本日午前に麻薬取締班はついにその組織のアジトを壊滅しました。さらにその組織の構成員から驚くべき情報を仕入れたんです。陸仁も組織の一員で、この市とその周辺エリア全体の薬物の売買を取り仕切っていたというんです」

「立派な慈善家が薬物の密売を？」安縝は感心したように言った。

「慈善家という肩書きは単なるカモフラージュで、彼の金銭的な収入は全部、薬物密売によるものでした」梁良がつけ加える。

そばにいた楊森は納得できずに口を挟む。「偉ぶった仮面の下で、世間に顔向けできないそんなやましいことをしていたなんて、まったく人は見かけによりませんね。あの陸家にまだどれほどの秘密が隠されているっていうんです？」

「警察にとっても予想外でしたよ」梁良はお手上げのポーズを取る。「陸仁には本市に仲介役がいて、その人物が陸仁に替わって買い手を見つけて売りさばいていたらしいです。目下、警察はその仲介役の身元を捜査しています」

「買い手は全員常用者ですか？」

「常用者以外に、精神的ストレスを理由に〝ドライフルーツ〟で初めてクスリに手を染める人物もいて、セレブにだっています」梁良は無念という表情をした。「陸家事件の前に自殺事件を担当しましたが、亡くなったのは推理小説家でした。常用するあまり、原稿用紙の山を踏み台にして首吊り自殺をしたんです。彼が生前吸引していたのが、〝ドライフルーツ〟でした」

「小説家までクスリをやる時代ですか」楊森は苦々しい顔をした。「じゃあ編集者がやるのもそろそろですね」

安縝が尋ねる。「薬物と陸家事件になんの関係が？」

楊森が安縝の質問に答える。「その組織の仕業という可能性は？　でも麻薬密売組織があんな面倒な方法で人を殺しますかね？　普通なら頭をズドンで終わりでしょう」

「いまのところ関連性があるかは不明です」梁良が首を振る。「しかし少なくとも陸仁の正体は明らかになったわけです。もっと掘り下げていけば、陸家のさらなる秘密も見つけ出せると思います」

6

午後に天気が暖かくなり始めた。陸《ルー》家の裏の林にも、樹木のあいだから陽光が地面に降り注ぐ。木陰に一台の車椅子がさっそうと登場した。乗っているのは、安《アン・》絹《ジェン》だ。

「正真正銘の安楽椅子探偵になりましたね」楊《ヤン・》森《セン》が車椅子を押しながら苦笑する。

「つべこべ言わずにワトソン役をやるんだ」

梁《リャン・》良《リャン》は二人を墜落した小屋の前に案内した。現場では二人の警察官が見張りをしている。

「ところであの助手の女性警官は？」安絹が不意に尋ねた。

「冷《ロン・》璇《シュエン》のことですか？」梁良が振り返る。「いま、へその緒の件を調べに行っています」

「この事件でもへその緒と嬰棺釘《えいかんくぎ》が現われたか」安絹は考え込んだ。「吊られた家は〝空〟を意味しているから、犯人はこれで〝天呪〟を完成させたわけだ」

「じゃあ陸家にはもう被害者は出ないってことですか？」楊森が確認する。

安絹は何も答えなかった。

車椅子ではコテージのなかに入りづらいので、安絹は自分の足で室内を見てまわることを頑《かたく》なに主張した。〝ワトソン〟である楊森は安絹を支えて歩くしかなかった。

安鎭は浸水した室内を歩きまわりながら、いままでと同じくスケッチブックに鉛筆で現場の三点透視図を描いた。死体の発見場所、壁の小さな裂け目、水道管と電線を引き入れている小さな穴、天井の換気用天窓など細部まで逐一絵に収めた。

「外を見に行きましょう」安鎭は腰の痛みを押し、よろよろと小屋を出て、周囲をゆっくり一周した。

「この裏が胎湖《タイフー》か」彼はつぶやきながら小屋の支柱のそばにまわり、水道の元栓とブレーカーをチェックした。それから小屋から延びている水道管と電線を調べた。水道管はすでに支柱の連結部分からはずれていたが、電線は長さが充分あったおかげで小屋が落ちても切れなかったようだ。「水道管の色が新しく見えますね」安鎭が水道管と電線を見つめて言う。

「王《ワン》、執事の季忠李《ジー・ジョンリー》を呼んでくるんだ」梁良は安鎭の疑いを見抜いた。

老いてなお黒スーツ姿の季忠李は、梁良の姿を見て若干《じゃっかん》緊張した。

梁良は季忠李を小屋の横まで連れてくると、そこにある水道管を指差し尋ねた。「この水道管は新しく見えますが、最近交換はしていませんよね？」

季忠李は腰をかがめてその水道管をさすり、当惑した。「おかしいですね。新品みたいですが、最近交換した覚えはありません」

安縝が続けて尋ねる。「季さん、この電線も見てください。こんなに長かったですか?」

季忠李は首を振る。「それも、もともとあった電線とは違います。そんなに長くありません」

「では、電線も水道管も交換されたということですか?」

「そう思います。でも私ではありません」季忠李は断言した。

「ありがとうございます。戻っていただいて結構です。また何かあったらお呼びします」

梁良は彼を連れていくよう警察官に目配せした。

腰の我慢が限界に来始めた安縝は車椅子に座り、楊森に指示を出す。「楊《ヤン》さん、はしごを見せてくれ」

「召使いですか、ぼくは」やや不服そうに言うものの、楊森は言葉に従った。

安縝は見上げて、はしごの先端を凝視した。「あそこのネジもはずされていますね?」

梁良が答える。「ええ、はしごはもともと小屋の底部と連結していましたが、何者かがネジをはずしたせいで、小屋が落下しても影響を受けることなく、こうやって立ったままなんです」

安縝の口角が突然上がった。「なるほど」

「安先生、また何か分かったんですか?」梁良は安縝の思考を再び読み取った。

しかし安縝はあやふやな態度を取った。「私の結論に一歩近づいたというだけです。考えてみてください。水道管をはずし、電線も取り替え、はしごのネジもはずしたのが犯人の仕業だとしたら、そんなことをする理由はなんでしょうか?」

楊森と梁良は固唾《かたず》を飲んで安縝の次の言葉を待った。二人とも安縝が自問自答していると分かっているからだ。

予想どおり、二人が何か言う前に安縝は左耳にイヤホンをつけて言葉を続けた。「水道管を取り替えたのは、はずれやすくすることで、小屋の落下時に金属製の水道管の抵抗を受けないようにするためです。はしごのネジを抜いたのは、はしごと小屋を分離させることで、小屋の落下時にはしごの抵抗を受けないようにするためです。電線を長めのものに交換したのもほとんど同じ理由で、小屋の落下時に電線を切断させないためです。犯人がこれらのことを行なった理由はただひとつ——この小屋を滞りなく落下させ、しかもなんの抵抗も受けずに垂直に落とさなきゃいけなかったからです。

しかし注目すべきは、電線を取り替えたことです。小屋の落下時に電線に邪魔されたくなかったという単純な理由なら、水道管をはずしたように、電線も切断すればよかったんです。でも犯人がわざわざ長い電線に取り替えた理由はなぜでしょうか? 犯人にはきっと小屋を停電させたくなかったなんらかの理由があったんです。その理由こそ、この密室首切り事件を解き明かす鍵なんです」

7

「それで犯人はどうやったっていうんですか？」楊森《ヤン・セン》は答えをせがむ。

「安《アン》先生の言いたいことがなんとなく分かりました」頭がまわる梁《リャン・》良《リャン》は徐々に真相が見えてきた。

「二人して本当に心が通じ合ってますね」

「やきもち焼かないでくださいよ。楊《ヤン》さんは間違いなく優秀な編集者ですけど、事件の捜査に関してはまだ経験不足ってことです」安《アン・》縝《ジェン》は冗談半分に楊森に言った。「胎湖《タイフー》のあたりも見せてください」

楊森は嫌だという態度を取りながら車椅子を湖まで押した。この時間帯は午前中の日光によって、湖面の氷がすっかり溶けていた。

「本当に大きな湖ですが、どうして胎児の形をしているんですかね？」安縝が湖を望みながら深呼吸する。

「自然がつくり上げたものらしいです」梁良が感心して言う。「大自然の御業《みわざ》というやつですね」

楊森は安縝のそばまで来ると、さざ波が立つ湖面を静かに味わいながら言った。「この湖に何か潜んでいるんじゃないかって毎回思ってしまいますね」

「え？　潜んでいるって？」

「あっ……適当に言っただけです」楊森は手を振った。「小屋に湖の水が浸水していたじゃないですか。だから湖にも小屋にあった何かが落っこちたんじゃないかって」

梁良はその言葉に何か思い至ったようだ。「楊森さん、確かにそのとおりだ。あとで湖の潜水調査を行なわせる」

「付近を見てまわりましょう」安縝は提案した。それから彼は周囲を見渡し、空中コテージからそう遠くないところにある木を指差した。「あの 槐《えんじゅ》のところまで」

三人は湖心《フーシン》公園で唯一樹齢百年を超える槐の木の下に移動した。枝や幹が非常にたくましく、地中奥深くまで根を張っている。冬のため葉はとっくに枯れ落ち、露わになった枝しかない。周囲はうら寂《さび》しく、ねじ曲がった古い木がことのほか異様な雰囲気を醸し出している。梁良はその木を見ながら、数年前に本市で起きた〝モスマン事件〟を思い出したが、いまの陸家《ルー》事件に比べれば、あの事件などお遊戯会レベルかもしれない。

安縝は地上から一メートルほどの位置の幹に、ロープで縛られたような跡があるのに気づいた。

「これは？」安縝がその跡を指差しながら尋ねる。

梁良が答える。「おそらく最近何かを縛ったんでしょう。鑑識に調べさせましたが、事件との関連性は不明です」

「私の推理が正しければ、この跡はおそらく……」そこまで言うと安縝はまた考え込んでしまった。

「安先生、こっちを見てください」安縝が思考に没頭したと同時に、楊森が木の近くの不自然な地面に視線を落とした。「ここの土、スコップで掘り返されてませんか」

「確かに」楊森の言葉を受け、安縝も視線を向けた。

梁良は掘り返された土を見ながらあごをさすった。「犯人がこの木のそばに来ていたのなら……自分の足跡をスコップで消したかったのでしょうか？　ここの土はとても柔らかいので、足跡が残りやすい。そういえば空中コテージの屋上にも掃除された痕跡がありましたが、それも足跡を消すため？　犯人はワイヤーを切断し、へその緒を天窓に置くために登ったんでしょう」

「その可能性はあります」安縝が鼻をさする。「でも足跡を消さなきゃいけなかった理由は？　足のサイズや靴の底の模様をバレないようにするためだけだったら、最初から普段履かないサイズの靴を履いていればいいだけじゃないですか？」

「足跡を消すためにやったわけじゃないかもしれませんね……」梁良は思案しながらつぶやいた。

「もしくは……独特の歩き方をごまかすためだった！」梁良の言葉に沿って、安縝が自分なりの推論を述べる。「歩き方なら靴を変えても偽装できない。現場に残された足跡は犯人の正体につながるものだったから、土ごと掘り返して塵《ちり》ひとつ残さずきれいにするしかなかったんです」

8

梁良《リャン・リャン》の携帯電話が突然鳴った。着信音は日本の某テレビドラマの主題歌だ。

「ああ、冷《ロン》か。分かった、すぐに向かう」

「冷璇《ロン・シュエン》？」安縝《アン・ジェン》は期待を込めて梁良を見つめる。「へその緒の捜査に進展が？」

「ええ」梁良は携帯電話をポケットにしまい、車の鍵を取り出した。「医大に行ってきます」

「私も行きましょう」安縝はついていくことに同意した。そしてこれ以上楊森《ヤン・セン》の手を煩《わずら》わせたくない彼は、振り向いて言った。「楊《ヤン》さんは先に帰ってください。あとは自分でなんとかします」

「なんとかできるんですか？」楊森は安縝の腰に一瞬視線を落とした。「誰が車椅子を押すんです？」

「私がやりましょう。楊さん、お疲れさまでした」梁良が車椅子係になった。

「ほらほら、まだ仕事が山積みなんですから」

「じゃあ分かりましたよ……」楊森は安縝に文句を言えず、同伴を諦めざるを得なかった。

「そうだ。陸礼《ルー・リー》さんが釈放されたんですよね？　じゃあ、あとでちょっと慰問にでも行きます。〈漫領《マンリン》〉では一緒に仕事をして、私も知らない仲じゃないですしね」

「分かりました」梁良がうなずく。「彼はいまとても不安定な状態にあるので、くれぐれも気をつけてください」

「了解です」

楊森と別れ、梁良はSUVを運転し、陸《ルー》家からそう遠くないところにある青安《チンアン》医科大学へ到着した。道中、後部座席の安縝は大事なことを考えているかのように一言《ひとこと》も口を利かなかった。安縝には癖があり、他人の車に乗るときは必ず後部座席に座るのだ。この癖は梁良や楊森の車に乗るときにも発揮され、たとえ助手席に誰も乗っていなくても、乗るのは必ず後部座席だった。一般人の目からはいささか礼儀知らずに映る行為だが、彼の二人の友人は気にも留めない。

校門の前でハイヒール姿の冷璇が待っていた。梁良が車内から車椅子を下ろす姿が彼女にはとても意外に映った。

梁良に支えられて安縝が下車すると、慎重に車椅子に腰を下ろした。

「梁《リャン》隊長、どうして安《アン》先生も連れてきたんですか？」冷璇は興味ありげに近づいた。

「医者から外の風に当たってもいいと言われたからさ」安縝は冗談を言った。

冷璇に案内され、梁良は車椅子を押しながら医大のなかの教室棟に向かう。

白髪交じりの安縝が車椅子に乗っていると、立派で重々しい医大は老人ホームの雰囲気にさま変わりした。

「梁隊長、青安医科大学の責任者は数日前、標本室に保存してあったへその緒の標本瓶が三本なくなっていたと警察に話しています」冷璇がメモ帳をめくりながら報告する。「しかし標本の点検を定期的に行なっていなかったため、へその緒がいつ盗まれたのかは分からないとのことです」

「ずさんな管理だな」

「通報を受けた警察がすぐに陸家の殺人事件に思い至り、それでわれわれに連絡してきたんです」

冷璇が興奮気味に尋ねる。「梁隊長、この医大の附属病院がどこだと思います？」

「陸文龍《ルー・ウェンロン》が働いている病院だろう？」梁良はすぐに当たりを口にした。

「そうなんです！ そこで働いている陸文龍は、ここで講義も受け持っているんです。今日は彼の授業がある日ですから、話を聞くことができると思います」

三人が階段教室のドアの前に来たとき、講義終了まであと十分あった。梁良が教室内をうかがうと、陸文龍がハキハキとした口調で消化器疾患について説明し、前のほうに座る学生たちがみな真剣に聞いているところだった。

「硫酸バリウムは経口摂取による造影剤の一種で、胃酸にも溶けず胃壁に付着するという特徴を持っています。患者の胃腸に傷や潰瘍があった場合、硫酸バリウムは付着できません。だからX線検査をすると、X線の透過を阻害する硫酸バリウムの特性上、病巣を発見しやすくなります。これがバリウム検査の原理です」熱心に講義を行なう陸文龍はドアの外で待つ人間に気づいていない。

授業の終了を告げるチャイムが鳴ると、学生たちが教室から次々と出ていく。梁良は教室を最後に出た陸文龍を呼び止めた。

「梁刑事？　みなさんどうしてここに？」構内で警察の姿を見かけた陸文龍はいささか面食らっていた。

「いくつかお聞きしたいことがありまして」

「では講師室で話しましょう」

三人は陸文龍に講師室に案内された。非常勤講師とはいえ、ここには陸文龍の机まである。

「ご用件は？　父と二人の弟まで殺した犯人を見つけたんですか？」梁良が口を開く前に陸文龍が問いただした。

「まだですが全力を尽くします」梁良は一拍置き、「本日お邪魔したのは、へその緒についてお話を聞くためです」

「へその緒？」

「この大学の標本室で、へその緒の標本が三つ盗まれたと聞きました」

「そうなんですか？」

「ご存じないのですか？」

「知らなかったです。ここにはたまに講義に来る程度ですので」

「盗まれた三本のへその緒は、陸家で起きた殺人事件の現場に残されていたものだと疑っています」

「え？」陸文龍の眼鏡に冷たい光が走った。「つまり私との関わりを疑っていると？」

「そうではありません。ただ偶然にしてはできすぎているなと」

「その件と私は無関係です。そもそもこの大学の標本室の場所さえ知りませんから」陸文龍はきっぱり否定した。

「ここに標本室があることを知っている人間が陸家にいるとと思いますか？」

「さあ」

「そうですか……」このまま続けても何も聞き出せないと思った梁良は話題を変えた。

「小羽《シャオユィー》くんは最近どうですか？　宇宙人を見たとまだ言っていますか？」

「お気遣いいただきありがとうございます。小羽ですか、相変わらず元気だけは有り余っていて、最近では知らない人を見かけるたびに宇宙人だと言っていますよ」陸小羽《ルー・シャオユィー》のことを出され、陸文龍は悩ましげに頭を抱えた。

「奥さまはどうです？」

「もうすぐ出産予定日です。いたずら小僧がもう一人増えると考えただけで頭が痛くなります」

「無事のご出産を祈っています」

適当に会話をして、三人は別れを告げた。その後、冷璇が梁良を標本室に案内すると、一同揃って青安医科大学を出た。

すでに夕刻近かったので、梁良は先に安績と冷璇の腹を満たすことに決めた。車で、九《ジ》亭《ウティン》付近にある、特にうまいと評判の羊のモモ肉焼きを提供する店に連れていった。

「あの陸文龍は怪しいと思いますね」冷璇が豪快に羊肉を喰らいながら言う。「彼の病院に捜査に行ったとき、看護師から、陸先生は最近おかしい、いつも隠れるように産婦人科に行っているという話を聞きました」

「産婦人科？」梁良はそれと事件になんの関係があるのか思案し、とっさに、うまそうに食べている安績に視線を走らせた。「安先生、大学に行ってから全然しゃべっていませんが、どうしたんです？」

安績はイヤホンを指でつつきながら淡々と言う。「何も。羊肉をしっかり味わいたいと思ってるだけです」

そのとき梁良の携帯電話が鳴った。電話に出た彼の顔色が一変した。

「なんだと!?」

電話の向こうの警察官がこわごわと伝える。

「梁隊長、湖で……大変なものが見つかりました」

第十章　物言わぬ亡骸《なきがら》

1

後ろ髪を引かれる思いで羊のモモ肉を半分ほど残し、梁《リャン》・良《リャン》は車を走らせ最速のスピードで陸《ルー》家に向かった。

胎《タイ》湖《フー》の周囲に二基のスポットライトが置かれ、捜査員たちが光と闇のなかを慌ただしく動いている。

一艘の警察用船舶が湖の真ん中に浮き、船上にいる捜査員たちが湖のなかから何かを引き上げている。湖岸に這い上がってきた二人の潜水士が潜水服を脱ぎ、酸素ボンベをチェックし、休憩後に再び潜水しようとしているところだった。

陸《ルー》・寒氷《ハンビン》が死んだ現場からそう遠くない地面に青いブルーシートが敷かれている。大きなシートの上には、刑事ドラマのなかでしか見られない光景が広がっていた。五人分の人骨が並べられ、それぞれの頭蓋骨の下に細かく砕けた骨が置かれている。骨は湖底の泥が付着しており、ドブ臭さを漂わせている。しかしそれらは普通の人間の頭蓋骨ではなく、いずれも握り拳二周りほどの大きさしかなかった。

五体の嬰児《えいじ》の頭蓋骨だった。

梁良は白骨を目にし、全身が総毛立ち、たまらず動悸が早まった。冷璇《ロン・シュエン》も安縝《アン・ジェン》もその光景に震え、驚愕の表情を浮かべている。

「梁《リャン》隊長、これらは午後に湖底を捜索して発見したものです。最初はひとつだけでしたが、その後、捜索範囲を湖の中央まで広げたところ、五つ見つかりました。いずれも水底に沈んでいました」捜査員が事実をありのまま報告する。

これまで取り乱すことがなかった監察医の張《ジャン》も、骨のそばにかがみ、五体の嬰児の骨の前ですすり泣いている。

「張さん、どうですか？」

張は立ち上がると、深刻な面持ちで説明した。「五体とも新生児の骨です。頭囲のサイズから、生まれてすぐ亡くなったものと見られます。頭蓋骨はとっくに白骨化し、骨格の脂肪もすっかりなくなり、風化し始めています。うち四体の骨組織は重篤な損傷を受けていて、骨ももろくなって剝がれていることから、おそらく死後五十年以上経過しているでしょう。もうひとつの遺体も死後三十年以上経っているはずです。より正確な年代を割り出すのであれば、血清蛋白沈降反応とトリグリセリド含有率測定をする必要があります」

「死因は特定できますか？」

「ちょっと難しいです」張が首を振った。「五体分の頭蓋骨に外傷が見当たらず、それ以外も粉々になった骨しか見つかっていませんし、水底に長期間沈んでいたため、死因の特定は困難です」

梁良は押し黙った。

「しかし一点だけ」張が顔を強張らせながら言う。「五つの頭蓋骨の頭蓋腔はどれも薄いです。また、三体分の骨盤を発見しましたが、いずれも楕円形で、大坐骨切痕が弓状でした。一般的に新生児の骨にそこまで性差はありません。頭蓋骨だけで性別を百％判別するのは難しいですが、骨盤は胎児のときすでに明確な男女の違いがあり……」

「つ、つまり……」梁良の唇が小刻みに震える。

「五体のうち、少なくとも三体が女児のもので、ほか二体も女児のものである可能性がきわめて高いです」張は驚くべき結論を下した。

2

この五人の女児はどこから来たのか？　なぜ死体が湖底に沈んでいたのか。彼女たちは何者か？　これらの骨は陸《ルー》家の事件となんの関係が？

梁《リャン・リャン》良は一連の疑問を陸家の主な住人にぶつけてみたが、陸義《ルー・イー》や陸礼《ルー・リー》、さらには陸文《ルー・ウェン》龍《ロン》も客間のソファーで座ったまま黙っているだけだ。

「みなさんなにか隠し事があるんじゃないですか？　どうして何も言わないんです？　それとも警察には言えないことがあるんですか？」梁良が鋭い口調で聞いた。

「私らだって湖に赤ん坊の死体があったなんて初耳ですよ」凶悪な顔つきの陸義はやましいところがないと表明すると、何かを訴えるように陸礼と視線を合わせた。

途端に陸礼が口元のひげをかすかに震わせながら、怒りに満ちた目で梁良をにらむ。

「刑事さん、私を殺人犯扱いし、息子を真犯人にむざむざと殺させておいて、今度はどんなつもりですか？」

「落ち着いてください、陸《ルー》さん。それとは別問題です。数十年にわたって胎湖《タイフー》は陸家のものだったんです。おたくの湖のなかから赤ん坊の死体が見つかっても、陸家とまったく関係ないとおっしゃるんですか……」梁良はこの場にいる人間の反応をうかがいながら、何を考えているのか推測した。

「この家は親父が一九八〇年代に買ったもので、それからうちらが一家で引っ越したんですよ」陸義がてかった鼻の頭を触り、もっともらしい言葉を並べる。「その骨はそれ以前からあったんじゃないですか？」

「そうだ、われわれは本当に何も知らない」普段反目してばかりの陸義と陸礼が奇妙なまでに息を合わせる。

そのとき、陸文龍の母親の王《ワン・》芬《フェン》が真っ青な顔をして階段を下りてきた。梁良を見ると何かを言おうとして喉元まで出かかったが、結局は食事室に行ってコップに水を注ぎ、階段を上がっていった。

「今日はもう遅いので、みなさんも早めに休んでください」梁良が立ち上がって家を出ようとした。

全員部屋に戻ったのを見計らって、梁良は車椅子に座る安《アン・》縝《ジェン》に目配せすると、安縝も合点がいったようにうなずいた。

梁良が安縝の車椅子を階段のそばまで押す。「安《アン》先生、どうです、上がれそうですか？」

「大丈夫です、背筋をまっすぐにしたら問題ありません」安縝が車椅子から立ち上がると、脳の興奮作用がアドレナリンを急増させ、一瞬だけ痛みを麻痺させた。

　階段の手すりをつかみながら、安縝はゆっくりと三階に上った。彼が転倒しないよう、梁良がずっと彼の後頭部に手を添えていた。

　三階の東側の廊下の端が陸仁《ルー・レン》夫婦の部屋だ。陸仁が殺され、いまは妻の王芬が一人で住んでいる。事件が起きてから王芬の情緒はひどく不安定のままだ。

　梁良はドアの前まで来ると、軽くノックした。

「王《ワン》さん、いますか？」

　三回叩くとドアが開き、王芬が立っていた。その両目からはいっさいの光が消えている。

「上がってください。きっと来ると思っていました」彼女は梁良と安縝をなかに入れ、二人をソファーに座らせた。

「王さん、先ほどわれわれに何か言いたげな様子でしたね」梁良が率直に尋ねる。

　しばらく黙り込む王芬のあごが震え始めた。「刑事さん、このことは三十年余り心にしまい込んだままでしたが、今日こそお話ししなければなりません。陸家にどうしていままで男の子しか生まれてこなかったと思いますか？　ここは……この家は地獄そのものなんです！」

3

一九七九年に陸《ルー》家に嫁いだときは、こんなお金持ちの家に嫁げて自分はなんて幸せなんだろうと思いましたし、両親にもとても喜ばれました。陸仁《ルー・レン》はとても優しく、わたしのことを大切にし、愛してくれました。結婚して二年目に彼の子どもを身ごもりました。あの頃は法律的にも技術的にも、出生前に子どもの性別を知るのはとても困難でした。十カ月後、この世に生を受けた子どもは女の子でした。わたしが彼女を見たのはその一度しかありません……

それからが悪夢の始まりでした。

陸家に帰り、五十日の産褥期《さんじょくき》のあいだ、我が子を見ることは一度もありませんでした。子どものことを尋ねるたびに、陸仁も義理の両親も口を閉ざしてわざとその話題に触れないようにしていました。それから一カ月後、陸仁から真相を告げられたわたしは頭のなかが真っ白になりました。事もあろうに……彼らはわたしの子を殺していたんです！

あのときわたしたちはまだここに引っ越してはいませんでしたが、胎湖《タイフー》のそばの家に住んでいました。

子どもが生まれたその日の夜、姑《しゅうとめ》があの子を胎湖まで抱えていって、投げ捨てたんです。人殺し以外の何ものでもありません！　犯罪です！　どうしてわたしの子どもが殺されなければならなかったんでしょうか？　どうして生まれたばかりの赤ん坊にそんなことができるのでしょうか？　あの子が何をしたというんでしょう？

すっかり絶望したわたしは、その人殺しの犯罪者たちに制裁を加えるため、警察に訴えると騒ぎ立てました。しかし舅《しゅうと》と姑、さらには当時未成年だった陸義《ルー・イー》と陸礼《ルー・リー》の兄弟が手を組んでわたしを縛り上げて、地下室に監禁したんです。食事も与えられず、何度も自殺を試みましたが、そのたびに手当てをされました。そんな生き地獄がどのぐらい続いたでしょうか。わたしはあがくのを諦め、我が子すら守れなかった自分はなんてちっぽけで弱いんだろうと思うようになりました。それからは人生に見切りをつけ、生ける屍《しかばね》のように頭に薄い膜が貼ったような暮らしをしていました。生きていようが死んでいようが、わたしにはどうでもよかったのです。

陸仁はひざまずいて懺悔《ざんげ》しましたが、子どもは戻ってきません。四年後に文龍《ウェンロン》を身ごもりました。初めての男の子で、それからは日々がもとどおりになっていきました。そして陸仁から、陸家には女の子が生まれてはならないという不文律の家訓があることを教えられました。そんな荒唐無稽《こうとうむけい》な掟をこんな立派な家が信じているのかと耳を疑いました。陸家のどの先祖が悪人にそそのかされたのか分かりませんが、陸家には末代まで女の子が生まれてはならない、さもなければ一族滅亡の災いが降りかかるという掟が現代にまで伝わっているのです。

わたしたちがここに越してきたのは八〇年代です。わたしの知るかぎり、わたしの子どもを含めて五人の赤ん坊が胎湖で溺死させられています。うち二人は陸仁の姉、つまり陸《ルー》宇国《ユィーグオ》の前妻の娘です。そしてもう二人は呉苗《ウー・ミャオ》の娘です……そうです、彼らは自分の娘を自らの手で殺したんです。子どもたちの性別が〝女〟というだけで。

女の子が生まれれば、彼らはその子を殺して、彼女たちが生まれてこなかったことにしてきました……これこそ陸家に代々男の子しか生まれない秘密の真相です。

刑事さんにはこの気持ちが想像できますか？　わたしは毎晩、胎湖のそばで眠りにつくんです。夜が来るたびに、本当に毎晩、子どもの泣き声が聞こえるんです。どうして捨てたの、どうして……と責めるような。本当に湖に飛び込んで死んでやろうと思ったこともあります。あの胎湖は嘘偽りのない〝嬰塔〟なんです！

その秘密が世に出ないようにするために、陸宇国は湖心《フーシン》公園一帯の土地を買い占め、胎湖を自分の土地同然としました。セレブ向けの公園として開発するというのも、引退を宣言したのも全部表向きの理由です。ここを買ったのは、人間性のかけらもない家訓を残し続けるためだったのです。

4

しばらくして陸義《ルー・イー》と最初の妻とのあいだに子どもができました。しかし不幸なことに、女の子だったんです。

そのときわたしは自分のやるべきことを悟り、同じ悲劇を繰り返させてはなるまいと、女の子を抱いて人目を忍んで歩く姑《しゅうとめ》のあとをつけました。そして彼女が湖から離れたのを見計らって、ひったくるように湖から赤ん坊を救い出したんです。幸いまだ息があり、わたしも医学を学び、基本的な応急処置はできたので、すぐにその子に救命処置を施した結果、小さな命を生き返らせることができました。

その後、その子を密かに市外の孤児院へ送り届けました。それから二年後に陸礼《ルー・リー》にも子どもができましたが、またしても女の子でした。わたしは同じ手段を使って、その子も助けることに成功しました。

その二人は優しい家族に引き取られ、いまはこの世界のどこかで幸せに暮らしていると聞いています。このことを思うたびに、いつもわずかながら心の安寧《あんねい》を得られるんです。

しかし陸《ルー》家の悪魔のような所業は烙印《らくいん》となって心のなかに永遠に残り続けています。陸義の前妻と陸礼の二人の妻の行方は分からないままです。とっくに離婚したと彼らはうそぶいていますが、誰がその真相を知っているでしょうか？ 陸家の力があれば、一人の人間を永久に消すことぐらい、造作もありません。次に消されるのはわたしかもしれません。そして張萌《ジャン・モン》が身ごもり、彼女の子どもが次の犠牲者にならないかと心配でなりません……陸家の魔の手はすでに次の世代へと伸び始めています。

梁《リャン》刑事はどうして陸家があんなにたくさんの部屋を貸し出しているのかご存じですか？ 全部女性客に貸すためですよ！ 陸哲南《ルー・ジャーナン》と陸寒氷《ルー・ハンビン》に結婚相手を物色させるためなんです！ そうでなければどうして家賃があれほど安いんですか？ どうして毎日車で送迎させますか？ そんなうまい話が本当にあると思いますか？ 陸哲南は鐘可《ジョン・クウ》に目をつけ、陸寒氷は葉舞《イエ・ウー》を気に入りました。同じ屋敷でともに生活させて、機会を増やし、仲を深める。全部仕組まれたことなんです！

陸仁《ルー・レン》が死ぬと、罰が当たったのだと悟りました。陸哲南と陸寒氷が相次いで亡くなってから、因果応報の存在をますます信じるようになりました。いったいどれほどの人間が陸家の手にかかったのでしょうか？ そしてどれほどの女の子の赤ん坊の魂が命を奪いに来るのでしょうか？　思い知るがいいんです！　あのろくな死に方は許されない連中に！　まだ終わりじゃありません、まだ何も終わっていないんです！

5

王芬《ワン・フェン》の話を聞き終えた梁良《リャン・リャン》は頭皮に鳥肌が立った。王芬の口から出る言葉が一文字ずつ針になって彼の耳に入り込み、心臓を突き刺した。彼は自分の足元が崩れていくのを感じた。この世にここまで人の道にもとる所業があることを受け入れられなかったし、信じたくもなかった。性別という神に与えられた生まれつきのものが、〝必ず殺されなければならない〟理由にいつなったというのか？　どうして良心がとがめることなく平然と赤ん坊を殺せるのか？　無知でいるのか、それとも気が触れているのか？　王芬の言うとおり、連中はみんな気の触れた悪魔なのかもしれない。

王芬の話に耳を傾けながら、安縝《アン・ジェン》はいつもどおり画用紙に絵を描くことで記録していた。しかし途中でそれ以上描く気が起きず、絵筆を荒っぽく投げ捨てた。紙に描かれたのが紛れもない地獄だと気づいてしまったからだ。自身のどの作品の百倍以上、闇が深かった。

むせび泣く王芬を見つめ、梁良はなんて声をかければよいのか分からず、ハンカチを渡すので精一杯だった。

「王《ワン》さん、われわれは……われわれは必ず犯人に裁きを受けさせます。陸《ルー》家で三件の殺人事件を起こした犯人も、赤ん坊を無惨に湖に投げ捨てた犯人も同様に厳罰に処します！」

梁良は大きく息を吸った。「ところで、不躾《ぶしつけ》な質問で申しわけありませんが、息子の陸文龍《ルー・ウェンロン》さんはこのことをご存じなのですか？」

王芬は激昂《げきこう》して顔を上げた。「あの子は何も知りません……幸い、張萌《ジャン・モン》の最初の子どもが小羽《シャオユィー》でしたから、そうじゃなかったら……あの子には言わないでください！」

「安心してください。われわれは何も言いません」梁良は言い切った。

さっきから一言《ひとこと》もしゃべらなかった安縝が突然口を開いた。「王さん、いまのお話だと、陸哲南《ルー・ジャーナン》と陸寒氷《ルー・ハンビン》にはそれぞれ姉がいるんですね？　彼女らはあなたに助けられ、この世で平穏に暮らしているということですが、彼女らと連絡は取ったことがありますか？　いまどこにいるのかご存じですか？」

王芬が首を振る。「引き取られてからは、二人の住所も知りません」

王芬の声が弱々しくなっていることに気づき、梁良は今日のところはこれで終わりにすることにした。勇気を出して悪夢のような過去を打ち明けた王芬はきっと想像もできない苦痛に苛《さいな》まれているのだろう。

階段を下りた梁良と安縝の心のなかで、陸家は悪魔のすみかと化していた。

そのとき《踊る大捜査線》の軽快なテーマ曲が場違いに鳴り響いた。梁良の携帯電話が鳴っている。

「湖のなかから新たな発見がありました。見に行きましょう」梁良が電話を切り、安縝に告げる。

「もしや……また死体が見つかったんですか？」

安縝は車椅子に座りなおすと、梁良に押してもらい湖まで向かった。

梁良を見た鑑識課の捜査員が地面に横たわる何かを指差し発言する。「梁隊長、先ほど湖からすくい上げたものです。事件との関係は不明ですが」

地面には透明な巨大ビニールシートが広がっていた。シートの端にはしわくちゃの銀色のテープが何枚か貼ってある。泥に塗《まみ》れており、シート全体がかなり汚れている。

だが一面にこびりついた汚れのなかで、真っ赤な五つのマークが異常なほど目を引いた。

安縝はそのシートを素早くめくり上げ、その五つのマークに視線を集中させた。

「マニキュアですね？」

「そのようですが、持って帰って成分を化学的に分析する必要があります」鑑識官が答える。

安績はそのシートをしばらく凝視し、機敏な指先で左耳のイヤホンを叩き続けた。

このとき、急速に回転する安績の脳内で、バラバラになったパーツが次第に論理的な枠組みのなかで組み合わされていった。

全神経を集中する安績を現場の捜査員たちが邪魔することはない。

どれぐらい時間が経ったのか、顔を上げた安績は梁良に言った。「梁さん、会わせてほしい人物が二人います。そして明朝、陸家の全員を客間に集めてください」

「集める？」

「そうです」闇夜に安績の眼光が透き通る。「陸家連続事件の真相を明らかにしましょう。陸仁《ルー・レン》が死んでいた水密室の謎も、陸寒氷が密室で首を切断された謎も、そしてこれらの凶行に及んだ殺人鬼の正体も」

第十一章　静止した水流

1

濃い雲が次第に晴れ、昇る朝日が闇夜の残した冷気を退け、旭光《きょっこう》が胎湖《タイフー》をまばゆい曙《あけぼの》色に染める。陸《ルー》家を覆う薄靄《うすもや》が徐々に消え去り、百年以上経た旧館の真の姿をさらけ出す。

ほとんどの人間が目を閉じたままでいる早朝、陸家の客間はすでに人でいっぱいだった。陸義《ルー・イー》夫婦は疲れ果てた様子でソファーに横たわり、そばにいる陸礼《ルー・リー》は濃いお茶を掲げてしきりにため息をついている。別のソファーには陸文龍《ルー・ウェンロン》夫婦とやつれた顔の王芬《ワン・フェン》が座り、そのそばに執事の季忠李《ジー・ジョンリー》が立っている。入居者の鐘可《ジョン・クウ》と葉舞《イエ・ウー》は暖炉のそばに用意された二脚の椅子に腰かけ、二人とも顔色があまりよくない。まだ到着していないのは、睡眠中の陸小羽《ルー・シャオユィー》といまだ入院中の呉苗《ウー・ミャオ》、そして行方が分からない一人のメイドだ。

紫壇のテーブルの真正面に、車椅子からまだ下りられない安縝《アン・ジェン》がおり、彼の編集者兼助手の楊森《ヤン・セン》がそばに控え、その後ろに刑事の梁《リャン・》良《リャン》と冷《ロン・シュエン》璇が立っている。

「なあ刑事さん、昨日はあんなに遅くまでやって、今日も朝っぱらから大勢集めて、いったいどんな出し物を見せようっていうんだい？」陸義が眠そうな目をこすり、不満を露わにする。

「陸家で殺人事件が発生してから、警察はずっと後手にまわっていました。われわれが全力を尽くしても犯人の狡猾さには及ばず、悪魔のような知恵を備えた犯人に毎回出し抜かれてしまいました。われわれの不手ぎわにより第二、第三の犯行を止められず、また捜査でも多くの遠まわりをしたことを深くお詫びいたします」梁良は集まった陸家の全員に対して深々と頭を下げると、すぐに安縝を指差した。「彼は警察の非常勤似顔絵師であり、警察の捜査顧問の安《アン》先生です。彼の協力のもと、この一連の殺人事件の闇がいまようやく晴れました。これから安先生が事件の真相を明らかにしますので、みなさんどうぞ彼の推理をご傾聴ください」

「推理だって？　冗談だろ？」陸義が一笑に付す。「あんたら警察はよりにもよって部外者に探偵ごっこをさせようってのか？　たいした度胸だな、ホームズの読みすぎじゃないか？」

「陸《ルー》さん、いまの発言を取り消してください！　部外者にと言いましたが……」衝動的になった冷璇が前ににじり出て反論する。

梁良は冷璇を腕で制し、気にすることなく話す。「陸さん、探偵ごっこかどうかはまず安先生の推理を聞かれてから結論を出してはいかがですか？」

梁良が安縝をかばうのを見て、陸義もそれ以上何も言わなかった。

「さて、では始めましょうか」安縝が眼鏡を押し上げる。「私が話しているあいだはできるかぎり口を挟まないようお願いします。何か疑問があれば、話が終わったあとで発言してください。それではまずは陸仁《ルー・レン》さんの事件からお話しします……」

その向かいに座る鐘可はつばを飲み込んだ。安縝の推理力を目《ま》のあたりにした人間として、彼女は安縝がこれから話す内容に期待を膨らませていた。自身を悩ませてまとわりついてきた陸家の殺人事件の真相がついに白日の下に晒《さら》されるのか？ 犯人はどうやって水密室をつくったのか？ 陸寒氷《ルー・ハンビン》が首を切られたのはなぜか？ そしてもっとも肝心な、殺人犯の正体は？ まさかこの場にいる誰かが？ さまざまな疑問を抱きつつ、鐘可は安縝の口から語られる一言一句《いちごんいっく》を聞き漏らすまいとした。

「陸仁さん事件最大の難問は、事件発生現場が呈していた密室という状況だと言って間違いないでしょう。地下小屋の入り口はたまった水でふさがれ、小屋の床は濡《ぬ》れていないという状態で、陸仁さんの死体が魔法のように小屋のなかに現われたのです」安縝は一拍置いた。「さて、密室を解き明かすに当たって、〈ロジックツリー〉と呼ばれるありふれた考え方があります。一見難しく見える問題でも、一歩ずつ明らかにしていけば難題だってあっさり解決できるかもしれないというものです。この密室も例外ではありません。そこで〝水密室〟を〝陸仁さんが密室に入った〟ことと〝陸仁さんが殺された〟ことの二つに分けて考えてみることができます。

まず陸仁さんは水がたまる前、つまり彼が行方不明になったその日すでに地下小屋にいたのだと考えられます。彼は小屋のなかで一人でやけ酒を飲むという習慣があったんですよね？　その日、彼は普段どおり、何か煩《わずら》わしいことがあって小屋で泥酔していました。床に転がっていた空き瓶がその最たる証拠です。翌日に目を覚ましてからも彼は小屋から出てこず、アルコールで自身を麻痺させ続けていました。その晩、やむことのなかった暴風雨によって小屋の入り口が水でふさがれ、小屋は密室と化しました。そのとき、陸仁さんも酔い潰れて床に倒れていました。これで〈ロジックツリー〉の第一段階が完成です。そして二日目の深夜、犯人は陸仁さんを手にかけます」

「いま言った状況は私たちもとっくに検討しました」冷璇が案の定、安縝の話に割り込む。「でもそのときすでに密室ができあがっていたんじゃ、犯人はどうやって小屋に入って殺すことができたんですか？」

安緽は自信ありげに笑う。「それを解き明かす糸口は現場の物証にあります。すなわち被害者の携帯電話です」

鐘可は安緽が以前、携帯電話に関するいくつかの疑問に言及したことを思い出した。

「被害者の携帯電話は叩き壊されていましたが、犯人が部屋の北側にあった金槌を使用することも、携帯電話を持ち去ることもしなかったのはなぜでしょうか?」安緽の口角が上がる。「この二つの点に沿って考えれば、〝水密室〟の答えはもう出たも同然です」

「どういうことなんです?」質問したのはまたもや冷璇だ。

「答えは簡単ですよ――犯人はそもそも入れなかったんです」

2

「犯人は地下小屋に入れなかったから、小屋にあった金槌を取ることも、携帯電話も持っていくこともできなかったんです」

「ちょっと意味が分からないのですが……」冷璇《ロン・シュエン》は困惑の表情を浮かべた。「犯人が入れなかったってことは、どうやって殺人を実行したんですか?　それに携帯電話を床に叩きつけた方法は？」

「まったく矛盾しませんよ」安縝《アン・ジェン》がイヤホンを叩く。

「犯人は小屋に入らないまま陸仁《ルー・レン》さんを殺害し、携帯電話を破壊したんです。これこそ〈ロジックツリー〉の第二段階です」

その場にいた全員が眉をひそめた。

「あるものを使えば可能です」安縝がそばにいる楊森《ヤン・セン》に目配せする。

楊森は何も言わずタブレットPCを取り出し、一枚の画像を開いた。画像には、昨晩、湖からすくい上げたあの透明なビニールシートが映っている。

「これを見てください」安縝がパソコンの画面を指差す。「これこそ〝水密室〟をつくった道具、高密度ポリエチレン製のプラスチック複合フィルムです。この素材は柔軟性があってしなやかで丈夫という特徴があって、耐久性に優れ、防水機能もあり、水除けシートや防塵カバーなどによく使われています。これさえあれば、入り口のたまった水と小屋を分離できるんです。

これを巨大なビニール袋だと思ってください。まず犯人は水に潜り、プラスチックフィルムを扉の枠の周囲にしっかり貼りつけました。ここで使ったのは水中でも剝がれない防水テープです。強調しておきたいのは、プラスチックフィルムを貼ったのは扉の枠の外側だったから、扉の開閉に問題はなかったということです。その後、犯人はプラスチックフィルム越しに取っ手をつかみ、部屋の内側へ扉を開けました。そのさい、水圧の関係で、ビニール袋の内壁が小屋のなかへ押し出され、内向きに広がる空間ができあがりました。そしてプラスチックフィルムでガードされているため、小屋の外にたまった水が流れ込むことはありません。しかしプラスチックフィルム自体がすでに濡《ぬ》れていたため、扉を開けたとき、少量の水滴で室内が濡れてしまいました。しかしそれらの水の一部は空気中に蒸発し、他の一部もこぼれた酒に混ざってしまったために、事件が発覚しても誰からも疑問に思われなかったのです。

　犯人はビニール袋の内壁空間に入ってから、昏睡状態になって倒れている陸仁さんを透明なプラスチックフィルム越しに見つけました。当時の陸仁さんはちょうど小屋の入り口付近にいました。陸仁さんの死因を覚えてますか？　鼻と口をふさがれたことによる窒息です……。ではいまならみなさんはもう凶器がなんだか分かりますね？」

　陸義《ルー・イー》と陸礼《ルー・リー》も含め、この場にいる陸《ルー》家全員の顔から血の気が引いていた。

「そうです、密室をつくっていた道具がこの瞬間に殺人の凶器と成り代わったんです。犯人は内側に伸びるプラスチックフィルムで陸仁さんの口と鼻を押さえて窒息させたんです。次に犯人は床に落ちている携帯電話をプラスチックフィルム越しにつかみ、乱暴に床に叩きつけました。しかし携帯電話でフィルムが破れることを心配した犯人はあまり力をこめられなかったため、念入りに破壊することができませんでした。事を成し遂げてから、犯人は扉の外へ下がり、プラスチックフィルムの内壁を小屋の外へ引っ張り出すとともに、フィルム越しに扉を閉めたんです。そしてビニールシートとテープを回収し、不可解きわまりない密室殺人を完成させました。一言《ひとこと》でまとめるなら、犯人がやった凶行の手順はいずれもプラスチックフィルム越しに達成したものだったんです」

「そんなことが……本当に……そんな手口、いままで聞いたこともない」冷璇は驚きのあまり言葉が混乱している。鐘《ジョン・》可《クウ》は聞いているうちに我を忘れ、自身のショックを表現するすべさえ分からなかった。梁《リャン・》良《リャン》でさえも他の人たちと同様に舌を巻いている。

安縝は陸《ルー・》文《ウェン》龍《ロン》を見つめ、話を続ける。「これでみなさん、小《シャオ》羽《ユイー》くんが言った宇宙人がなんのことだかお分かりですね？」

「潜水服！」鐘可が真っ先に答えを言った。「小羽は宇宙人が〝全身真っ黒〟と言っていましたが、黒い潜水服を着た犯人が水のなかから這い出てきた光景を見たんですね！」

「そのとおり。このトリックを実現するには、犯人は深さ二メートルの水たまりに潜らなければいけません。それに小羽がこうも言っていたのを覚えているでしょうか、宇宙人はロケットに乗ってやってきたと。おそらくそれは犯人が背負った酸素ボンベをロケットと見間違えたのです」安縝が説明を補足した。

「そういうことだったのか……小羽は嘘なんかついていなかった。あの夜、本当に犯人を目撃していたんだ。それなのに叱《しか》ってしまって」陸文龍は頭を振り、悔やんでいた。

「さて、水密室の謎はすでに解けました。ここまでで質問があるかたは？」安縝が客間を見渡す。

全員、これまでの安縝の推理に心を奪われていたのか、誰も言葉を発さなかった。

安縝が続ける。「陸哲南《ルー・ジャーナン》さん殺害事件について、みなさんはもう〝ドミノ空間〟トリックの真相をご存じですよね。では陸寒氷《ルー・ハンビン》さんが首を切断された密室の謎を速やかに解き明かしましょう」

3

全員、安縝《アン・ジェン》のハイペースな思考回路についていこうと必死で、彼の次の発言を固唾《かたず》を呑んで見守った。

安縝が咳払いをして話し始める。「実は首切り密室を解き明かすポイントは水密室と一緒で、陸寒氷《ルー・ハンビン》さんを殺害した凶器が分かれば、密室の真相も自然と明らかになるのです。みなさんは被害者の首を切断したのがどんな凶器だと思いますか？」

露悪的な解説に陸礼《ルー・リー》は不愉快になったが、それでも彼は聞き続けることを選んだ。

回答者がいないと見て、安績が続ける。「検死の結果、頭部は力任せに引きちぎられ、足首を骨折していたことが分かりました。この二点から、とある光景が容易に想像がつきます。被害者の頭部と足は逆方向に引っ張られ、最終的に首が引きちぎられて、足首も損傷したというものです」

「モンスターにでもやられたのか？」陸義《ルー・イー》が茶々を入れる。

「いいえ、これはファンタジー小説ではないので、モンスターなんか存在しません」安績が眼鏡を上げる。「やはり二つに分けて考えましょう。まず、足首を引っ張っていたものは簡単に想像つきますね。被害者の足を拘束していた枷《かせ》です。なら反対側で被害者の頭部を引っ張っていたものはなんでしょうか？」彼は再び全員に視線を向けた。

「ボールギャグですか？」冷璇《ロン・シュエン》が自分の意見を言う。

「いいえ、ボールギャグは首の位置にかかっていませんでした」安績が首を振る。「もう一度被害者の死因を思い出してください。被害者は溺死していました。つまり……彼の頭部は水に浸かっていたのです。それでは被害者の頭部を引っ張っていたものとは……」

「もしかして……水を固めた氷？」またもや鐘《ジョン・クゥ》可が先に答えた。

「そのとおり！　氷です。犯人はまたしても密室に入らずに陸寒氷さんを殺害し、氷と空中コテージの特性を利用して殺人計画を実行したんです。つまり凶器は小屋そのものだったのです！」

「安《アン》先生、もう少し詳しく解説していただいていいですか？　犯人は小屋を利用して仕掛けをつくったんですか？」楊森《ヤン・セン》が戸惑いの表情を見せる。

「それでは順番に説明しましょう。まず陸《ルー》家のみなさんもご存じでしょうが、陸寒氷さんには変わった趣味があって、いつも入居者の女性と刺激的なプレイに興じていました。これは犯人も知っていたはずです」言い終えたとき、安縝は葉舞《イエ・ウー》を横目で見た。

向かいの葉舞は気にする様子もなく足を組んだ。

「その日の夜八時頃、葉舞さんは陸寒氷さんの手足を拘束し、彼を空中コテージに閉じ込めました。陸寒氷さんは部屋の隅にある敷布団にもたれていて、その前の夕食に犯人に睡眠薬を盛られていたのかは分かりませんが、寝てしまいました。その一時間後、犯人は行動を開始したのです。

犯人が空中コテージの屋上によじ登ったとき、天井にある換気用の天窓の真下ではちょうど陸寒氷さんが寝ていました。そこで犯人は天窓から鉄の鎖でできたフックを下ろし、陸寒氷さんの足枷のあいだにある鎖に慎重に引っかけると、勢いよく引き上げて陸寒氷さんの体を宙吊りにしたんです。その瞬間、彼は目を覚ましたかもしれません。犯人がただちにフックを離すと、陸寒氷さんの体は小屋の床に激突し、頭を打ったため彼は再び気を失いました。頭部に鈍器で殴られたような傷があったのはこれのせいです。

次に犯人はさっきの動作を繰り返し、陸寒氷さんを再び宙吊りにしました。空中コテージのそばにある槐《えんじゅ》の木に事前に鎖を巻きつけていた犯人は、陸寒氷さんを引っ張り上げると、もう片方のフックを槐に巻いた鎖に引っかけて、陸寒氷さんの体を固定させました。これで彼は鎖に吊られて、頭部が下になり床スレスレの体勢となりました。両手も手錠で後ろに拘束されているため、そのさいに腕が床に着くということはありません。

それから犯人は空中コテージの外に延びている水道管をはずし、新たに長いホースをつないで、その片方の先端を屋上にまで引っ張り上げて、天窓のなかに入れました。そして支柱にある水道の元栓をひねり、ホースを通して屋上の天窓から部屋に水を注いだんです。

そうです、犯人は部屋に注水したんです。床は強化ガラスだから密閉性が高く、扉の下の部分と床にも高低差があるから、注ぎ込まれた水は一定の深さまでたまります。空中コテージの面積は十平方メートル程度ですから、一人の人間の頭部を沈めるとなると、三十センチほどの深さが必要になります。つまり室内に三トンぐらいの水を注いでようやく逆さ吊りになった陸寒氷さんの頭を水没させせられるんです。

家庭用蛇口から流れる水の量は一時間で平均〇・五から〇・六立方メートルほどですが、支柱に接続した水道管を蛇口より太いものにし、元栓を全開にすれば、流れる量は二倍ほどになります。そうすると、室内に三トンの水をためる場合、おおよそ三時間ほどかかります。その間、陸寒氷さんは口と鼻が水に浸かったため、とっくに溺死していました。

水面が陸寒氷さんの首まで水平に満ちたとき、犯人は元栓を閉めてホースを抜き取りました。その頃は深夜零時ぐらいだったかもしれません。それからは、深夜に急激に低下する気温にすべてを委ねたんです。冬の上海の昼夜の寒暖差は最近特に顕著です。あの日の夜はかなり冷えました。そのとき私は入院していましたが、毛布をもう一枚くれないかと看護師に聞いていました。犯人は気温が一番冷え込むその夜をわざわざ選び、計画を実行したに違いありません。急激に訪れた寒さによって小屋にたまった水は氷となり、陸寒氷さんの頭部を凍らせたんです。

もちろんその前に犯人は同じ機種のリモコンを使い、天窓から室内のエアコンを切ることを忘れていませんでした。そうでなかったら室内の気温が高すぎて凍りませんから。その夜、胎湖《タイフー》も小屋のなかと同じく氷が張りました。とにかく、数時間が経過すると、すっかり凍って丈夫な氷が死体の頭部をしっかり固定したのです。ここからがトリックのクライマックスになります……

すべての準備が整うと、犯人は鉄骨によじ登り、酸素アセチレン炎で三本のワイヤーを焼き切りました。おそらく両端を先に切ってから、真ん中を切断したはずです。水道管、はしごのネジ、電線はその前にとっくにつけ換えています。ワイヤーを焼き切る前に水道管を撤去し、はしごをはずし、空中コテージが落ちるさいに邪魔になるものを何もかも取り払ったんです。

その間、陸寒氷さんの足首はずっと槐の木に引っかけられたチェーンとフックで固定されていました。そして犯人がワイヤーの最後の一本を焼き切った瞬間、重力の作用で小屋は落下しました。その一瞬で氷を含む小屋全体の重量が陸寒氷さんの頭部にのしかかったんです。頭部が氷に挟まれていたため、小屋が落下するとともに彼の頭は強引に引きちぎられ、足首は枷に引っ張られたため折れました。すべてが一瞬の出来事でした。

犯人はこのようにして空中コテージを無理やりに首切り刑具へと変えたんです」

4

空中コテージ斬首トリック解説図

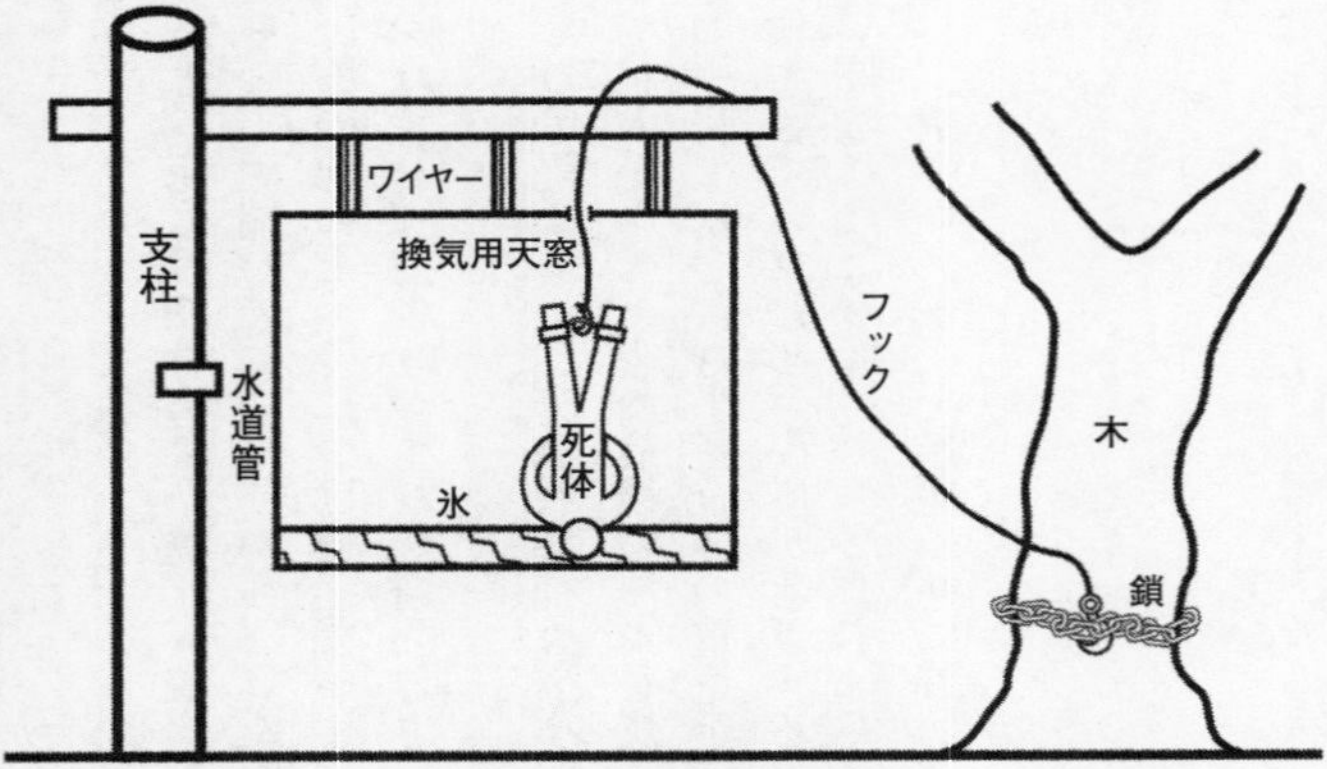

話を終えると、安《アン・》縝《ジェン》は私物のスケッチブックをめくり、その一ページを全員に見せた。そこにはトリックの実演イラストが描かれていた。

分かりやすい解説画像に全員が言葉を失った。類を見ない殺人の手口に驚嘆していたため、誰からも質問が出なかった。まさにこの瞬間、呼吸音さえ聞こえなかった。

安縝は襟を正し、話を続ける。

「陸《ルー・》寒氷《ハンビン》さんの頭部を切断したあと、犯人は死体を投げ捨ててフックと鎖を回収しました。その後、また屋上に登り、氷の融解を速めるためにリモコンで室内のエアコン暖房をつけました。これが犯人が小屋を停電させられなかった理由です。そして斧か何かで小屋の壁にヒビを入れ、解けた水を小屋から排出させました。早朝に暖かくなるので、胎湖《タイフー》に張っていた氷も徐々に溶け、小屋にたまった水と湖の水が混ざりますが、これも絶好の目眩《めくら》ましになります。われわれが室内に水がたまっているのを目にしたとしても、普通に考えれば、壁のヒビから胎湖の湖が浸水したと思うだけで、小屋のなかに最初から水がたまっていたなど考えもしません。

小屋に注水したとき、天窓から流れ込んだ水で陸寒氷さんの体が濡《ぬ》れはしましたが、死体は結局水に浸かっていたので、そこまで不自然には見えません。

湖面の氷が溶けると、岸辺の傾斜によって、小屋も胎湖側に傾くことになります。それによって死体と頭部も小屋の端に転がっていきます。そうすれば死体は天窓の真下に置き去りにはなりませんし、トリックも見破られづらくなります。

三軒の空中コテージは普段、陸寒氷さんと葉舞《イエ・ウー》さん以外に誰も来ることがないので、死体を見つけるのは空中コテージの鍵を持つ葉舞さんだけです。葉舞さんは陸寒氷さんを監禁すると、翌日の昼に食事を届けに行くそうです。そのときには氷もすっかり溶けてます。こうして犯人はまたしても密室殺人という魔術を演じきってみせたわけです。

それと、あの晩、陸《ルー》家で小屋が落下する轟音《ごうおん》を聞いた人がいるはずです。しかしその夜の食事に睡眠薬が入っていたのか、音を耳にしたところで、寝ぼけて聞こえた幻聴かと思ってしまい、夜更けに空中コテージまで見に行くこともしなかったでしょう」

「確かに聞こえた……」鐘可《ジョン・クウ》は安縝の怒濤《どとう》の推理から徐々に冷静さを取り戻した。

「安《アン》先生、小屋に三トンの水を入れるっていうのは……ちょっとオーバーじゃないかい？小屋が耐えられるかね？」陸義《ルー・イー》が疑問を口にする。

安縝が一言《ひとこと》ずつ自信を込めて説明する。「小屋は鉄骨構造で、床も強化ガラスでできているため、きわめて頑丈です。さらに小屋のてっぺんに三本連結しているのは、それぞれ太さ二十四ミリの鉄ワイヤーです。二本切ったところで、一本で重さ七千二百十五キロ、つまり七トン余りの重量を支えられます。三トンの水と小屋そのものの重さを足しても充分余裕があります」

「嘘じゃないだろうな？」陸義はまだ半分信じきれてない。

「いまのデータは新華大学の物理学の専門家（おそらく前述の本書の作者孫沁文が生み出した探偵、物理学の准教授の赫子飛のこと。ちなみに新華大学は架空の大学で、モデルはおそらく清華大学）が導き出したもので、間違いありません」安縝はそうつけ加えた。

5

自分の息子が凄惨な死に方をした一部始終を聞かされて陸礼《ルー・リー》の精神はほぼ崩壊していた。赤黒く染まった顔を抑え、全身をピクピク痙攣《けいれん》させている。

語り手として、安縝《アン・ジェン》は自分の推理をもっとも理性的な方法で述べただけにすぎず、そのために無難なセリフで残酷な真相をごまかす余裕がなかったのも事実だ。だが陸礼の様子を見て、自責の念が込み上げた。

「話はこれぐらいにしておいて、その頭のおかしな人殺しはいったい誰なんだ？」陸義《ルー・イー》が質問をかぶせる。

「ああ、それでは、犯人の正体を発表しましょう」安縝は出席者を見渡した。「まず、陸《ルー・》哲南《ジャーナン》さんの事件で、事件現場に残された糖衣チョコから、犯人は赤緑色覚異常の人物だと判断しました。そのときは警察がその特徴から陸礼さんを容疑者と見なしましたが、実は、陸《ルー》家には、陸礼さんの他にもう一人、赤緑色覚異常の人物がいるのです」

その言葉が言い終わると、陸家の住人たちはたがいに疑惑の眼差しを向けた。

ここで安縝が視線を鐘可《ジョン・クゥ》に向ける。「鐘可さん、説明を」

全員に注目された鐘可は少し緊張した。

「えっと……その、実は……」鐘可はしどろもどろに話す。「あの日の誕生日パーティーで、陸礼さんが赤と緑のろうそくの区別がついていなかったから、色覚異常だと考えたんですけど、実は他にも一人、色覚異常と思われる反応を見せた人がいます……陸礼さんの後ろにいた小虹《シャオ・ホン》さんです」

「小虹も色覚異常なのか？」陸義が確認する。

「はい」鐘可がうなずく。「陸礼さんがろうそくを取り間違えたとき、後ろで見ていたはずの小虹さんもすぐに注意しませんでした。つまり小虹さんも赤と緑の区別がつかなかったということです。それにその前にも、呉苗《ウー・ミャオ》おくさまから黄水晶のブレスレットと翡翠《ひすい》の腕輪のどちらの色合いがきれいか聞かれたときも、表情を強張らせていました。どうしてかというと、赤緑色覚異常の人は緑と黄色の区別もつかないからです。彼女から見て、ブレスレットも腕輪も同じ色だったんです」

「そんなこともあったか……」陸義は信じようとせず首を振った。「つまり殺人犯はうちのメイドの小虹だったのか⁉」

「彼女だけじゃありません」安縝は座る姿勢を正して話を続けた。「陸寒氷《ルー・ハンビン》さんの事件では、空中コテージの屋上と槐《えんじゅ》の木のそばに足跡が消された痕跡がありました。犯人がそうしたのは、自分の独特な歩き方を隠したかったからにほかなりません。陸家で他人と異なる歩き方をしている人物と言えば？」

「まさか……范小晴《ファン・シャオチン》？」陸文龍《ルー・ウェンロン》が振り返る。「彼女は歩くときずっとガニ股だし、誕生日のときに祖母からも指摘されたのに一向になおさないままだ」

「そのとおりです」安縝が同意してうなずく。「あの日、陸寒氷さんが二階の娯楽室で范小晴にセクハラしていたとき、彼女の靴下を脱がしたのですが、そのさい、私は范小晴のある特徴に目を引かれました。彼女は扁平足《へんぺいそく》だったんです」

「扁平足？」

「人間の足の裏は平面ではなく、土踏まずといって、ボコッと凹んでいる部分があります。土踏まずのおかげで、歩いているときに地面から足に伝わる衝撃を吸収できるんです」陸文龍が医者らしくみんなにレクチャーする。「しかし扁平足は土踏まずが潰れているので、歩くときに足裏全体が地面に接触するんです。ほとんどの場合、扁平足に治療は必要ありませんが、重症だとずっと立っていたり歩いていたりすると、足裏の内側が痛み、関節の腫れを引き起こします。他にも、歩く姿が人と異なり、ガニ股などになることもあるんです」

安縝は背筋を伸ばし、はっきりと口にした。「つまり、陸家連続殺人事件の犯人は、メイドの劉彦虹《リィウ・イエンホン》と范小晴だったのです！」

犯人の名前を初めて耳にし、陸家の人々の顔に深い疑念が浮かんだ。

「最初の事件で范小晴が陸仁《ルー・レン》さんを窒息死させたとき、プラスチックフィルムに不注意にも自分のマニキュアを残してしまいました。鑑識から報告が上がれば、きっと重要な証拠になると思います。そして犯行に必須な潜水服と酸素ボンベは陸家にもともとあったものです。陸寒氷さんはスキューバダイビングが趣味でした。昨日、陸礼さんに確認を取り、陸寒氷さんは潜水装備一式を持っていて、三階の西側の貯蔵室にまとめて保管してあるとのことでしたが、警察が捜索した結果、それらの装備は見つかっていません。おそらく犯人が持ち去って使用してから、犯行後に処分したんでしょう。

二つ目の事件は、鐘可さんが言ったように、陸哲南さんは夕食時、彼女が口にした料理しか食べていません。だとしたら、彼はいつ睡眠薬を盛られたのか？　実は睡眠薬は彼のご飯茶碗に直接盛られていたんです。これができるのは、おそらく、当時彼にご飯をよそった小晴《シャオチン》だけです。そしてその時間帯、劉彦虹は客間に姿を見せていませんでした。なぜなら彼女はすでに陸哲南さんの部屋に潜み、殺人計画のために準備をしていたからです。三つ目の事件では、二人して全員分の食事に睡眠薬を混ぜ、深夜に力を合わせて陸寒氷さんを殺害しました。実行後、小晴はガニ股歩きに気づかれるのを恐れ、足跡を全部消したんです。

そして、被害者の部屋に嬰棺釘《えいかんくぎ》を入れ、事件現場にへその緒を置いたのも彼女たちです。密室殺人はおどろおどろしい雰囲気を出し、呪い話に辻褄《つじつま》を合わせるとともに、警察の捜査の目を攪乱《かくらん》するためだったんです」

「アイツらは陸家にいったいなんの恨みがあるんだ？　どうしてあんな殺しかたをしたんだ⁉　それもあんなひ弱な女二人で……」陸義は目の前に出された結論を信じられなかった。

「彼女らは陸家に強い恨みを抱いているんですよ！」安繽が王芬《ワン・フェン》に目を向ける。「陸家のメイドと陸礼さんがともに赤緑色覚異常であることが、単なる偶然と思いますか？」

「ということは……」梁良《リャン・リャン》はようやく真相にたどり着いた。

「以前、色覚異常の遺伝に関して話し合ったとき、こう言ったことがあります。娘が色覚異常なら、父親は必ず色覚異常だと」

この発言に陸礼はもう落ち着かなくなり、急に立ち上がると激昂《げきこう》して叫んだ。「嘘だ！ あり得ない！」

安縝はペースを崩さずしゃべり続ける。「そして陸文龍さんもおっしゃいましたが、扁平足はときに足の裏が痛みます」そして驚愕する陸義を見つめた。「陸義さん、私が陸家の調査にやってきたあの日、あなたは足が痛むから部屋で休むとおっしゃっていましたね……私の予想が正しければ、あなたも扁平足なんじゃないですか？」

「俺は……」陸義の額に冷や汗がにじむ。

「扁平足は常染色体の不完全顕性の遺伝です。つまり、扁平足は遺伝子の他に別の要素によって生じる可能性があります。しかし陸家に二人の扁平足の持ち主がいる……これもできすぎじゃないでしょうか？」安縝の両目は絶えず陸義を見据えている。

王芬が不意に愕然《がくぜん》とした表情を浮かべた。

「みなさん、現実を受け入れてください。劉彦虹と范小晴は陸礼さんと陸義さんの血のつながった娘であり、二十数年前にあなたがたによって胎湖《タイフー》に捨てられた二人の女児なんです！」

6

「まさか……何を言っているんだ……もうたくさんだ」陸《ルー・リー》礼は表情を強張らせ、顔全体をひどく歪《ゆが》ませている。

「あの子たちなの……本当にあの子たちが」王《ワン・フェン》芬も落ち着きをなくし始めている。隣に座る陸《ルー・ウェンロン》文龍がしきりに慰めている。

安《アン・ジェン》縝は大きく息を吸い、話を続ける。「小《シャオ・ホン》虹と小晴《シャオチン》は当時自分たちを救い出した王芬さんのことをとっくに忘れていたのかもしれませんし、王芬さんも二人を見ても分からなかったのでしょう」

事実を知った陸義《ルー・イー》と陸礼は王芬を同時に恨みがましくにらみつけた。

「要するに、当時あやうく殺されかけた二人の女の子がなにがしかの方法で陸《ルー》家に紛れ込んだとともに、二十年余りあとに陸家のメイドとなったんです。おそらく陸家に来てから彼女たちはずっと復讐の機会をうかがっていたのでしょう。自分たちなりの方法で、当時自分たちを捨てて殺そうとした陸家に復讐をしようと考えていたんです。彼女たちは呪われた子どもでしたが、いま、逆に陸家全員に呪いをかけようとしたんです。これこそが殺人の動機です」

全員黙り込み、ひどく苦しげな表情を浮かべている。是非を問う心の天秤が傾き、世界が混沌とした灰色に包まれたようだった。

まさにそのとき、一人の警察官が慌ただしく客間に入ってきた。「梁《リャン》隊長、二人のメイドを発見しましたが……二人は……」

「落ち着け、何があった？」梁　良《リャン・リャン》が尋ねる。

警察官は何度かあえいだのち、声を落として言った。「死んでいました」

その警察官を先頭に梁良と冷　璇《ロン・シュエン》が続き、その後ろで楊森《ヤン・セン》が安緗の乗った車椅子を押し、陸家の面々もあとを追う。一同、陸家の裏にある林に着いた。胎湖《タイフー》のそばにそびえる木の下に范　小　晴《ファン・シャオチン》と劉　彦　虹《リィウ・イエンホン》が横たわっている。二人の首にはロープが巻かれ、一本の折れた木の枝にもロープが結んである。

木の周囲には規制テープが引かれ、それをくぐって梁良が一人の警察官に状況を聞いた。「梁隊長、死体を発見したのは十分前です」警察官が地面を指差しながら報告する。「木にはよじ登った跡があり、おそらく二人は木に登ってからロープで首を吊って自殺したのですが、木の枝が二人分の重さに耐えきれず折れてしまい、二人とも落下したんです。しかし落ちる前に二人ともすでに窒息し、事切れたのでしょう」

梁良は身をかがめて、すでに血色が失せた劉彦虹と范小晴の顔にわずかに視線を落とし、二人を搬送させた。

その後、警察はメイドの部屋から、日記帳を破いた一枚の紙を見つけた。そこには乱れた文字が書かれ、鑑定の結果、劉彦虹の筆跡だと分かった。

二月三日、晴れ

いま思い返すと、孤児院で初めて小晴に出会ったとき、昔から知っていた気がした。わたしたちの運命はとっくにひとつに重なっていたらしい。子どもの頃を孤児院で過ごしたわたしは自分の境遇も、両親に捨てられた理由も分からなかった。小晴も同じで、わたしたちは寄る辺なく生きていた。

十二歳のときに親切な家族に引き取られ、二歳年上の小晴も同様に別の家へ行った。その後、小晴とはたまに連絡を取ったが、離れ離れに暮らしていたため連絡はめっきり減り、徐々に疎遠になった。ある日、わたしと小晴は同じ時期に差出人不明の手紙を受け取り、その内容に驚愕させられた。

手紙にはわたしと小晴の悲惨な身の上が記されていた。上海の郊外に陸という家がある。長きにわたって、女児が生まれればその家族は赤ん坊を屋敷近くの湖で溺死させている。そしてわたしと小晴は昔、湖に遺棄された赤ん坊だというのだ。わたししたちは従姉妹《いとこ》同士だった？　手紙にはさらに、わたしたちは心優しい人に助け出され、孤児院に入れられたとも書いてあった……

わたしたちが女の子だったというだけで、捨てられ殺される運命を受け入れろとでもいうのか？

手紙の内容は一文字たりとも信じられなかった。この世にこれほど人道に背いた出来事があるのだろうか？　差出人は誰だろう？　降って湧いたさまざまな疑問を抱きつつ小晴に連絡を取ると、彼女もひどく戸惑っていた。話し合った結果、わたしたちはこの都市に来て、陸家に行き、真相を探ることにした。

どうにかして陸家のメイドとなってから、わたしたちはこの家の異常なところを徐々に肌で感じ取った。一家で一度も女児が生まれていないこと、そしてあの呉苗《ウー・ミャオ》という老婆が見せる女性への態度も、わたしたちは深く考えたくなかった……そして陸礼という人物と出会ったときに心の奥底に湧き上がった不思議な感覚は……

長期の潜伏の末、手紙の内容がおそらく事実であることをわたしたちは次第に認めた。

小晴とわたしは大いに苦しんだが、憎悪と不満が勝った。どうしてわたしたちが運命に弄《もてあそ》ばれなければいけなかったのか？　どうして神さまはこんなことをお許しになるのか？　わたしたちは復讐し、やられた分やり返そうと心に決めた。陸家の人間をこのまま生かしてなるものか！

百は下らない復讐の方法を考えたわたしたちは、〝嬰呪《えいじゅ》〟という陸家にもっともふさわしい死の呪いを選んだ。陸仁《ルー・レン》、陸義、陸礼の三人の家族のなかから必ず一人ずつ死に至らしめ、残された人間を恐怖と苦痛のなかで生かし続けないとわたしたちの気が晴れない。そして今日、わたしたちは計画を実施した。掃除のとき、わたしは一本目の嬰棺釘《えいかんくぎ》を陸仁の部屋に置いてきた……どうやらこの時点で、わたしたちの人生にも復讐しか残されていないようだ。

ついさっき、陸家の三人に命をもって償わせたら、一緒に自殺して終わらせようと小晴と話してきたところだ。神さまがわたしたちを哀れに思い、地獄に送らないよう祈っている。

「二月三日に書いたということは、事前に遺書を用意していたということでしょうか？」

梁良はしわくちゃの紙を舐《な》めるように見た。

「犯人による自白にはなるでしょう。これで一件落着ですね」安績は車椅子の上で安堵の息をついた。「復讐のために、二人の犯人が陸家の三人を殺害後、罪から逃れようと自殺したということです」

「本当に悲惨な話ですね」後ろにいる楊森がため息をつく。「こんなに長く手を焼いた事件もようやっと解決となりました。さすがは安《アン》先生です」

そのときメイドの部屋のゴミ箱の中身を調べていた冷璇が新たな発見をした。なかからレシートを見つけた彼女が報告する。「梁隊長、見てください。文房具店のレシートです」

「文房具店？」レシートを受け取った梁良が目を凝《こ》らす。

「怪しいです」ここに来て冷璇が自身の見解をはっきり述べた。「あの自白の日記は事件がひとつも起きていないときに書かれたもので、殺人計画全体の詳細は記されていませんでした……自白を書いた日記以外に、彼女らは他の日記を書いていたんじゃないかと疑っていたんです。

このレシートのおかげで疑念が晴れました。実は昨日、彼女らは文房具店で鍵つきの日記帳を買っていたんです。二人は自殺をする前に犯行の一部始終をその新しい日記に記したんだと思います。しかしその日記は現在見つかっていませんし、自殺現場にもありませんでした。つまり、劉彦虹と范小晴は他に部屋を借りていて、日記帳もそこにあるのではと思います」

「成長したな、冷《ロン》」梁良は親指を立てた。「その可能性は小さいが、まるっきり根拠がないとも言えない。二人が陸家以外に生活していた場所を調べる必要があるな。新しい日記帳も見つけられるかもしれん」

冷璇がうなずく。そばにいた安縝と楊森は特に口を挟まなかった。終わってみれば、漫画家である安縝は並はずれた洞察力と緻密かつ大胆な推理で、三件の密室殺人事件を立て続けに解明し、深い霧に包まれた二人の犯人を白日の下に晒《さら》したのだ。あとは、鍵師に扮し、安縝を刺し殺そうとした男の共犯者を見つければ、陸家殺人事件は片がついたも同然だ。

第十二章　仮面の下の罪

1

この古い集合住宅の地下室は面積二十平方メートル足らずで、家賃は月わずか八百元だ。壁には一面カビが生えていて、折りたたみベッドが二台並び、壊れかけの四角いテーブルが置かれている。テーブルの上には不気味な物が山のように積まれ、胸に銀の針を刺された毛糸の人形、六芒星が描かれた羊皮紙、錆《さ》びた角釘、コウモリの標本、正体不明の粉末が入った缶、蛇の抜け殻が絡みついた十字架などがある。足を踏み入れると、低予算ホラー映画の世界にいるかのように錯覚する。

暗闇のなか、地下室の木製扉が軋《きし》みを上げる。懐中電灯のひと筋の光が屋内を照射し、壁にハレーションが揺れ動き、いくつもの破れた蜘蛛《くも》の巣をときどき照らす。ひとつの人影が足音を殺しながら入ってきて、懐中電灯を部屋の隅から隅へ向ける。

そのとき、人影は折りたたみベッドの枕元に置かれた黒い何かに目を向けた。近づくと、それはまさに彼が求めていたものだった。それはなんの変哲もない中学生用の日記帳で、側面には鍵がついているが、いまは解錠されている。

ノートをつかんだ人影はいっきにそれを開いた。しかし日記帳の一ページ目に突如現われた文字に啞然とした。

犯人はおまえだ！

わずか七文字が七本の鋭いナイフと化し、それぞれがまっすぐに人影の肉体を突き刺したようだった。

次の瞬間、地下室の扉が勢いよく押し開かれた。扉の奥に立っているのは安《アン・》縝《ジェン》、梁《リャン・》良《リャン》、冷《ロン・》璇《シュエン》、そして鐘《ジョン・》可《クウ》だ。

「おまえら……」人影の驚愕し切った表情は真っ昼間に幽霊でも見たかのようだった。

安縝がゆっくりとなかに入り、言った。「ここで一番会いたくなかった人物が、本当にここに現われるとはね」

人影は声を失った。

「本当に彼が真犯人なんですか？」冷璇が人影に疑惑の眼差しを向ける。いまこのとき彼女の目の前には、見知った顔の人物が立っていた。

「説明しましょう」安縝は背筋を正し、腰の痛みを我慢しながら、非の打ち所がない推理を再び披露する準備をした。「まず不思議に思ったのが、陸寒氷《ルー・ハンビン》事件で消された足跡です。私が以前話した推理どおりだと、犯人はガニ股で歩く范小晴《ファン・シャオチン》となりますが、ここでひとつの矛盾が生まれます。范小晴の扁平足《へんぺいそく》はかなり深刻な状態であり、ずっと立っていると足の裏が痛くなるほどです。そんな彼女が空中コテージをテキパキと上り下りすることが本当にできたんでしょうか？

似たような矛盾は陸哲南《ルー・ジャーナン》の殺害現場にもありました。以前、テーブルの糖衣チョコから犯人が赤緑色覚異常だという結論を出しました。しかし陸寒氷の証言で、頭を殴られたような衝撃を受けました。彼は陸哲南が殺されたあの晩、窓の奥に緑色の鬼火を見たと言ったんです。その鬼火とはいったいなんなのか？〝火〟と聞いて何か思い当たるものがありませんか？　そうです、現場に残された焼け焦げたへその緒です。鬼火とはつまり、犯人がへその緒を燃やしたときの炎だと考えられます。そのときドアの外にいた鐘可さんが焦げ臭さを突然嗅ぎ取ったのも、犯人が部屋でへその緒に火を点《つ》けたという証《あかし》です。

それなら火はどうして緑色だったんでしょうか。これは突き詰めて考えなければならない問題です。〈その緒の何かの成分が火を緑色に変化させたのでしょうか？　高校化学を思い出してください。炎色反応の実験で、着火して緑色の火を出すのはどんな物質だったでしょう？

当てずっぽうは駄目ですよ。では陸哲南の殺害現場のもうひとつの手掛かりを振り返ってみましょう。焼け焦げた〈その緒は犯人によって棚に置かれ、そのそばにはプラモの塗料の瓶が転がっていて、白い塗料が〈その緒についていました。少しわざとらしいと思いませんか？　神経質で注意深い陸哲南が蓋を閉めなかったとは、普通に考えてあり得ません。犯人が〈その緒を置くときにうっかり倒してしまったとしても、塗料がこぼれたのはどういうわけでしょうか？　もしすべて犯人の計画の内だとしたら？

犯人はどうして〈その緒にわざと塗料をかけたんでしょうか？　緑色の炎を頭に思い浮かべて、プラモの塗料の成分に注目すれば、疑問が明らかになります。白い塗料には硫酸バリウムという、耐燃性があり、塗料の安定剤としてよく添加されている物質が含まれています。そして炎色反応でバリウム塩は燃焼時に黄緑色の炎を出します。これが鬼火の真相です。

それでは犯人は〈その緒に塗料をかけてから燃やしたんでしょうか？　そうだとしたら、なぜ焼け焦げた〈その緒にもまた塗料をかける必要があったんでしょうか？　これは明らかに理にかなっていません。頭をひねって考えると、もっとも筋が通った解釈はひとつしかありません。それは、燃える前からすでに〈その緒に硫酸バリウムが染み込んでいたのに、犯人は気づかなかったということです。犯人は〈その緒を燃やし、緑色の炎を見てようやく〈その緒に硫酸バリウムが付着していることに気づいたんです。そこで、その事実を隠すために、焼け焦げた〈その緒に塗料をかけて、塗料に含まれる硫酸バリウムによってもともと付着していた硫酸バリウムを覆い隠そうとするほかなかったんです。要するに、木を隠すなら森のなかというわけです。

さらに推理を進めると、〈その緒にもともと染み込んでいた硫酸バリウムはどこで付着したんでしょうか？　犯人の身近にあったから、犯人は〝硫酸バリウム〟と関係のある人物としか考えられません。その特徴がバレたくなかったから、犯人は手段を尽くして〈その緒の硫酸バリウムを隠さなければいけなかったんです。ここまで話せば、みなさんももうお分かりですね？

さて、緑色の火に話を戻しましょう。先ほどの推理で、犯人が緑色の火を見て、〈その緒に硫酸バリウムが付着していると気づいたというのはもう周知の事実です。ならば、それはつまり、犯人は緑色と黄色を見分けられる人物ということ……赤緑色覚異常ではないんです。

どうしてこんなことが起きたのでしょうか？　陸哲南の殺害現場にも、陸寒氷の殺害現場にも、まったく矛盾するふたとおりの状況証拠が見つかっています。犯人は扁平足だけど、高所に登れた。犯人は赤緑色覚異常だけど、緑色の火を見分けられた――いったいどちらが正しく、どちらが間違っているのでしょう？

それとも……手掛かりの内の何かが、真犯人が他人に罪をなすりつけるためにわざと残した攪乱《かくらん》だとしたら？　そう考えると、最初の水密室事件で、潜水服を着ていた犯人がプラスチックフィルムにマニキュアをつけたということも、本当にあり得る話でしょうか？

さあ、考えるベクトルを変えて、別の角度から問題に切り込んでいきましょう。犯人が現場にへその緒を残したのが呪いの雰囲気を出すためだったとすると、二番目、三番目の事件でわざわざへその緒を燃やしたのはなぜでしょうか？　陸哲南事件で、犯人がへその緒を燃やしたのは煙幕を張るためだったと以前推測しましたが、理由はそれだけでしょうか？　〝へその緒を燃やす〟という行為に、犯人の別の意図が隠されていないでしょうか？

最初の事件現場と、あとの二つを比べると、その〝意図〟は容易に想像できます。ものを燃やしたとき、煙の他に何が発生するか考えてみてください。答えは――焦げ臭さです。そう、犯人は焦げ臭さで現場に残った臭いに蓋をしようとしたんです。その臭いは、犯人自身が発したものかもしれません。

これで、最初の事件のへその緒が焼け焦げていなかった理由はもう分かりますね？　不要だったからです。プラスチックフィルムによって犯人と現場は完全に隔たれていたので、体についた臭いが室内にまで漂う心配はありません。そして犯人が潜水服を着た目的はもうひとつあり、それは臭いや頭髪といった微細な証拠をたまった水のなかに残るのをできるかぎりふせごうとしたんです。

さあ、ここまで来ると犯人の二つの特徴を推理できます。ひとつは、犯人は硫酸バリウムと接触した。二つ目は、犯人の体には特徴的な臭いがついていたということです。ああ、もちろん三つ目もあります。犯人は赤緑色覚異常でもなければ、足にも問題がなかったということです」

2

梁《リャン・リャン》良と冷《ロン・シュエン》璇、鐘《ジョン・クゥ》可は人影を見つめながら、脳内で真犯人の特徴と目の前の人影をひとつずつ比べた。

安《アン・》縝《ジェン》が左耳のイヤホンをはずし、話を続ける。「以上の二つから、真犯人をだいたい特定することができました。しかしそれ以外にも腑に落ちないことがもうひとつありました。じゃあ犯人はどうして私を殺そうとしたのか？　という点です。何か重要な手掛かりを見つけたために、犯人に二度も命を狙われたということでしょうか？

陸寒氷《ルー・ハンビン》から鬼火の話を聞いたせいか？　それとも焼け焦げたへその緒の意図に気づいたからか？　どちらも違うと思います。犯人がそこまでして私を狙ったのは、彼の正体に直接つながる何かを見つけたからに違いありません。それはいったいなんなのか？　散々《さんざん》頭をしぼっても一向に答えは出てきませんでした。そこで考えを変えてみたんです。自分が何かを見つけたわけじゃなく、犯人がそう思い込んでいるだけなんじゃないかと。

ある人物に疑いの目を向けてから、二階のトイレを調べたときのことを思い出し、ある些細《ささい》な点に気づきました。あの晩、陸小羽《ルー・シャオユィー》はトイレでたまった水から這い上がった真犯人を目撃し、すぐに窓を閉めました。ならその窓を閉める物音が犯人に聞こえていたとしたら？　犯人は自分が二階のトイレから何者かに見られたと知った。しかしどういうわけか、当時トイレにいたのが私だと思い込んでしまった。犯人は私に見られたと思ったから、〝あとに引けず〟口封じをしようと考えたんです」

「ちょっと待ってください……」鐘可は考えが追いつかなかった。「どうして犯人はトイレにいた人物が先生だと思ったんですか？　先生は陸《ルー》家の住人じゃないですよね？」

「犯人の立場に立って、彼の心理を推察してみました」安縝が人影を指差す。「犯人が当日夜のトイレにいたのが私だと考えた理由は、主に二つあります。一つ目は、私がその夜、陸家に泊まっていたと思っていた。二つ目は、二階のトイレのとある特徴から、なかにいたのが私だと判断した」

「特徴？　特徴ってなんです？」

「鏡がないことです」安縝は端的に言った。

「鏡？　どういうことです？」

「二階のトイレの鏡は陸小羽が以前割ってしまったせいで、設置されていなかったんです。そしてそのトイレは、あの屋敷で唯一鏡がないトイレだったんです」

「まだよく分からないんですが……そのことと先生になんの関係が？」鐘可はまだ要領を得なかった。

「私は鏡恐怖症なんです」

予想外の安縝の言葉に、全員耳を疑った。

「かっ……鏡が怖い？」安縝と長年の付き合いがある梁良さえ知らないことだった。

「ええ、子どもの頃から鏡を恐れるようになったんです。鏡どころか、光を反射する物体さえ見るのが駄目なんです。しかしそのことは両親以外、誰も知りません」安績が説明する。

「そんな……何年も前から鏡を見たことがなかったんですか？　じゃあどうやって自分の格好を確認していたんです？」鐘可には信じられなかった。

「ポラロイドカメラで自撮りするだけです。携帯電話ができてから便利になりました。目を閉じて自分を撮影すれば、自分の姿を見られるんですから。それに私は女性じゃないので、そこまで身だしなみに気遣う必要もありません」安績は平然と言う。

「そんなのでいいんですか……」

「さて、話を戻しましょう」安績は人影に視線を向け続けている。「犯人は自分が二階のトイレから目撃されたことに気づいたものの、誰に見られたかまでは分かりませんでした。そこで彼は考えます——二階の各部屋にはトイレが設置されているのに、どうしてその人物はわざわざ共用トイレを使ったのだろうか？　当然、犯人は陸小羽がそこを秘密基地代わりにしていることなど知りませんし、このことからも真犯人は陸屋敷内部の人間ではないことが分かります。

犯人は二階のトイレに鏡がないことを知ると、すぐに鏡恐怖症の私と結びつけました——鏡が怖い安績だからこそ、わざわざ鏡がないそのトイレに行ったんだと。この結論を導き出した犯人は、目撃者が私だと信じて疑わなくなったんです」

冷璇が梁良に耳打ちする。「安《アン》先生の脳みそってどうなってるんですか……」

「さて、ここまで論理的に考えれば、〝真犯人による推理〟から逆説的に真犯人の新たな特徴を推理することができます。それは――彼は私が鏡が怖いことを知っている人物――だということです。

私が鏡を恐れていることに気づけるのはどんな人物でしょうか？」安縝は振り向き、不意に梁良を指差す。「梁《リャン》さんはあり得ます、なにせ長年の付き合いです。彼の車に乗せてもらうときに毎回後部座席に座りますが、それはサイドミラーを見るのが怖いからです。このことから、梁さんが私の鏡恐怖症に気づく可能性は高いです」

安縝にそう言われ、梁良に緊張が走った。「ええっと、私は本当に知りませんでしたよ。てっきり後部座席のほうが広いからだとばかり……」

「しかし陸哲南《ルー・ジャーナン》が殺されたとき、梁さんは市外にいて、鉄壁のアリバイがあります」

「冗談ですよね？　自分も容疑者リストに並んでいたんですか？」

梁良は複雑な笑みを浮かべた。

「梁さんの他に、鐘可さんも秘密に気づける機会がありました」安縝はピンときていない鐘可に目を向ける。「喫茶店で初めて出会ったとき、私は窓側から離れた場所で、ガラスドアに背を向けて座っていました。あれも人影が映るガラスをできるだけ見ないようにしていたためです」

「そうだったんですか……てっきり人間嫌いなのかと」鐘可はようやく悟った。

「しかし鐘可さんも犯人ではありません。木材が落ちてきたとき、彼女も一緒にいましたし、自身も怪我を負う危険がありました。それに陸家に一年暮らしているのだから、小羽が二階のトイレによく遊びに行くことを知らなかったとは考えにくい」

「それはどうも。わたしも容疑者の一人だったから、ここに呼んだんですね？」疑いが晴れた鐘可は面白くなさそうに口をとがらせた。

「では、梁さんと鐘可さん以外で私の鏡恐怖症に気づける可能性が高かったのは、おそらく〈漫領《マンリン》〉編集部の人間です」安縝はまっすぐに人影を見つめる。「編集部の人間は全員、私の癖——デジタルで絵を描かない——を知っています。パソコンを使うときも、反射を防止するノングレア液晶しか使いません。カーテンはいつも閉めて窓ガラスを隠していますす。これらのことから、私が鏡を恐れていると判断できたはずです」

　人影の呼吸が急に早くなった。

「そのため、犯人はまたもや絞れました——〈漫領〉編集部にいて、硫酸バリウムに触れたことがあり、独特な臭いを漂わせている人間です」人影を指差す安縝の鋭い眼差しには、一点の曇りもない。「これらのことを踏まえて、すべての特徴に合致する人物はただ一人。陸家連続殺人事件の本当の犯人は、きみだ、楊森《ヤン・セン》」

3

楊森《ヤン・セン》は湿布を貼った首をかき、眼鏡の奥から陰鬱な暗い眼差しを向けている。普段の彼とは大違いだ。

安《アン・》縝《ジェン》は楊森を見つめながら話す。「最初の事件で犯人は巨大なビニールシートで密室をつくったけど、湖から引き上げられたそれを見た瞬間、どこかで見た覚えがあった気がした。記憶を探しまわってようやく思い出したんだ。きみの家で見た、あのビニールシートだった。

前も言ったけど、ああいったビニールシートはホコリ避けになる。そして最近、きみの家が改修工事をすることになって、大掃除に私は呼ばれたわけだ。そのとき、家具に覆いかぶさっていたのがあのビニールシートだった。つまりきみにとってあの道具はもともと所持品だったんだ」

楊森は彫像のようにその場からいっさい動かない。

「思い返すと、あの日休憩室で小籠包《シャオロンバオ》を食べていたとき、最近陸家《ルー》に行かなかったかと聞いたね。行ったと答えたけど、それは陸家で殺人事件が起きる前だった。でもきみは、自分が凶行に及んだあの日に陸家にいたと誤解した。でも実際は、行ったのはもっと前の話だ。

そのとき、陸家で面白いものを見たと言って、顔についた小籠包の食べかすをきみに拭いてもらったとき、早く彼女を見つけたらどうだ、リフォームしたばかりの家で一人暮らしはもったいないとも言った。その言葉で、疑い深いきみは、あの晩、二階のトイレから私に見られたのだと思った。そして〝家のリフォーム〟のことに言及したのも、ビニールシートについて匂わせたのだと考えた。

そのとき、私がすでに全部見抜いていて、自首するようほのめかしているのだと思ったんだ。でも当時の私はまったく何も分かっていなかった……そして二度の襲撃が失敗に終わっても相変わらず私に糾弾されることもなかったので、自分の考えすぎだと徐々に安心していった。

ついでに言うと、小籠包を食べ終わって、トイレで手を洗ってから出てきたときも、私の顔にはゴミがついていた。その点も、私が鏡を見たがらないという証明になった。普段から私的な付き合いがあり、車にも乗ったことがあったから、そういうところにけっこう気づいていたはずだ。だから楊《ヤン》さん、きみは誰よりも私の鏡恐怖症を簡単に見抜けたはずだ」

そのとき、鐘可《ジョン・クウ》が口を開いた。「安《アン》先生、じゃあ……硫酸バリウムはなんなんですか？ 漫画の編集者がそんな物質に接触しますか？」

安縝が口角をわずかに上げて話す。「楊さんと方慕影《ファン・ムーイン》が病院まで見舞いに来た日、影《イン》さんが叫花鶏《ジャオファジー》を持ってきてくれたんです。叫花鶏《ジャオファジー》の作り方の話になったとき、楊さんは、不衛生だ、この前叫花鶏《ジャオファジー》を食べたせいで胃腸炎になったと言った」ここまで話すと、安縝は梁良《リャン・リャン》を見た。

梁良がうなずく。「梁《リャン》さん、あの件はもう調べてくれましたか？」

「ああ、陸哲南《ルー・ジャーナン》が殺された日の早朝、楊森は確かに病院の消化器内科へ検査を受けに行っています。医者がバリウムを飲ませて胃カメラ検査をして、急性胃腸炎と診断しています」

「もう間違いありません」安縝が自信を込めて言う。「胃腸炎になった楊さんが飲んだバリウム――それが硫酸バリウムの正体です。陸文龍《ルー・ウェンロン》がこの前、大学の講義で言っていましたね。バリウムとはつまり硫酸バリウムのことであり、胃腸の病気を検査するときに造影剤としてよく使われ、胃のなかに入るとX線が病気の箇所を透過します。

しかしバリウムは胃腸で吸収されないため、正常な排便によって体外に排出される前に、腸壁や胃壁に粘着するんです。その日の夜、楊さんは陸哲南を殺した。そしてへその緒を取り出したとき、腐敗臭で気持ち悪くなったのか、もともと胃腸の調子が悪かったのか、うっかり嘔吐してしまった。吐いた量はそれほど多くなかったかもしれませんが、嘔吐物がへその緒に少しかかってしまった。へそのなかにはまだ排出されていなかったバリウムも偶然含まれていた。バリウムが付着していたせいで、へその緒は燃えたときに緑の火を発したんです」

このとき、安縝はあらゆる点を一本の線でつなげた。

「じゃあ独特な臭いって？」鐘可がまた尋ねる。

「楊さんのそばに行ったら、変な臭いを嗅ぎ取れるはずです。実は私の体にもついています」安縝は思わせぶりに上着をめくり、腰を露わにする。「湿布の臭いですよ」

「あっ！　湿布だったんですか！」

安縝は楊森の首を見つめる。「楊さんは頸椎《けいつい》が悪かったから、首の後ろに痛み止めの湿布を以前から貼っています。こういったのは貼り続けると臭いが漂ってくるんです。それにこの臭いは皮膚に染みついて、体を洗ってもなかなか落ちない。急に貼らなくなっても、まわりが違和感を覚えるものです。

二つ目の事件で犯人は、陸哲南の部屋に長時間潜んでいましたから、体についた湿布の臭いを現場に残さないというのは難しいです。三つ目の事件で犯人は、空中コテージに上りましたから、天窓付近に湿布の臭いが残っていないともかぎりません。だからへその緒の焦げた臭いで、うっすら漂っている湿布の臭いを覆い隠そうとしたわけで、絶妙な策とも言えます。

殺し屋が病室にやってきたあの日、私もかすかに彼の体から湿布の臭いを嗅ぎ取りました。しかし自分も腰を怪我して湿布を貼っていたので、そこまで気にしなかったんです。いま考えてみると、二つの臭いには少し違いがありました。この点も、私を殺そうとしたのが楊さんだということを証明しています。おそらく、鍵師に扮した男も彼で間違いないはずです。

そうそう、陸寒氷《ルー・ハンビン》が殺された翌日の午後、見舞いに来た楊さんは目の下に真っ黒なくまをつくっていました。おおかた、前夜に空中コテージで、水を注水して凍るまで待つという斬首計画を実行していたせいで、徹夜だったんじゃないんでしょうか？　改めて考えると、真犯人を指し示す手掛かりはかなり多いんです」

楊森は微動だにせず立ち尽くしているが、突然逃げ出さないよう、前に進み出た梁良が彼に冷たい手錠をかけた。

4

そのとき、梁《リャン》 良《リャン》の携帯電話から新着メッセージが届いた通知音が鳴り、内容を表示させた彼は一言《ひとこと》言った。「麻薬取締班からだ」

安《アン》 縝《ジェン》は梁良から携帯電話を受け取り、画面をじっくり読むと、楊森《ヤン・セン》に目を向けた。

「楊《ヤン》さん、やっぱりきみが陸仁《ルー・レン》の麻薬売買の仲介人だったんですね。これが殺人の動機でしょう？」

楊森は目を合わさず、拘束された両手を固く握りしめている。

「そうなると、密室殺人を起こした理由も説明がつく」

「密室殺人を起こした理由？」鐘《ジョン》 可《クウ》が疑問を抱く。「呪いに辻褄を合わせるためじゃないんですか？」

安縝が首を振る。「犯人がここまでの労力をかけて三つの密室をつくった理由が、呪いのとおりにして恐怖感を出すためという幼稚なものだったと本当に思っているんですか？」

鐘可は言葉が出なかった。

「犯人のこれまでの行動と同じく、陸家《ルー》殺人事件の密室にはいずれも意味があったんです。事件の全貌を再現してみましょう」安縝は立ちっぱなしで若干《じゃっかん》疲れたようで、そのまま折りたたみベッドに腰かけた。「事件の発端として、楊さんが麻薬の仲介人になったことから話さないといけないと思います。

陸礼《ルー・リー》と〈漫領文化《マンリンウェンフウァ》〉はずっと協力関係にあったから、その編集者の楊さんも陸家にしょっちゅう出入りして、陸礼とも私的な交流がありました。そのつながりから陸仁とも知り合ったんです。ここ数年、出版業界は不景気で、作家の負担がますます深刻になっているので、薬物依存症になって、薬物を買い始める作家が増えました。ベテラン編集者の楊さんはたくさんの作家と面識があります。陸仁はそのルートに目をつけ、楊さんを仲介人として抱き込んで、販路を拡大しようとしたんです。陸仁が具体的になんと言って楊さんを口説いたのかは分かりませんが、楊さんはこの何年ものあいだ、陸仁の麻薬密売を手伝っていました。きっと儲けたことでしょう、最近新居とアウディも購入しましたし。

しかし一方で楊さんが陸仁と陸家自体に警戒心を抱き続けていたのも当然の話でした。この数年でさまざまな手段を使い、陸家の住人一人一人の素性を徹底的に洗って、その仕事や生活習慣、癖など、さらにはメイドが色覚障害で扁平足《へんぺいそく》だという情報まですべて把握したんです。そして最近、陸家を訪れたさい、メイドの部屋にあった日記帳を偶然発見し、その内容から陸家の驚愕の秘密をつかみ、二人のメイドが昔捨てられた赤ん坊で、陸家の住人の殺害計画を企《くわだ》てていることを知ったんです。

しかし、テーブルに置かれた品々を見てから、劉彦虹《リィウ・イエンホン》のあの日記の内容を思い出してほしいのですが……彼女たちは本当に殺人を考えていたんでしょうか？　どうやって人を殺せばいいのか本当に理解していたのか？　と言うべきかもしれません。日記でも劉彦虹が、〝嬰呪《えいじゅ》〟で呪い殺してやると書いていましたが、これは文字どおりの意味だったのかもしれません。彼女らの頭のなかでは、〝呪殺〟という殺しかたは可能という認識だったんです。

ある日、楊さんとのあいだで麻薬をめぐるトラブルが起きた陸仁は、地下小屋に隠れてやけ酒を飲んでいました。陸仁に電話をかけて小屋にいると知った楊さんはその日の夜、陸仁と話し合うために車で陸家の近くまでやってきて、湖心《フーシン》公園に侵入し、陸家裏の地下小屋の前まで来ました。しかしそのとき、小屋の入り口はすでに雨水で水没していたんです。仕方なくその場をあとにしましたが、翌日になっても陸仁は小屋から出てきません。

そのとき、楊さんに陸仁への殺意が芽生えました。陸仁をどうにかして殺し、持っている麻薬を独り占めしてやろうと考えたんです。これで水密室がつくられた動機がなんなのか分かりましたか？

陸仁が売っていた〝ドライフルーツ〟という麻薬の特徴をご存じでしょうか？　水に浸すと成分が変質するというものです。楊さんは陸仁の所持品と地下小屋に〝ドライフルーツ〟が隠されていると思い、その事実を確認しようとしましたが、南の壁にある小窓からは小屋の内部がはっきり見えません。しかし地下小屋の扉を開ければ、水がいっきに流れ込んでしまい、それで薬物が濡《ぬ》れてダメになってしまったら、とんでもない損失になります。

そこで機転を利かせて、この前部屋のリフォームをしたときに使ったビニールシートを持ち出すとともに、陸家に忍び込んで三階の貯蔵室から陸寒氷《ルー・ハンビン》の潜水装備を盗み出したんです。深夜、潜水服を着てビニールシートを手に、再度地下小屋を訪れた彼は、ビニールシートをバリア代わりにして扉の周囲に貼ってから潜水し、扉を開けました。これらはみな、小屋にある薬物が水浸しにならないようにするためです。当初は、ビニールシート越しに小屋のなかを観察して、本当に薬物がないか確認するつもりだけだったはずです。あれば、薬物を取り出す別の方法を考えたでしょう。しかし残念ながら、からっぽの小屋に〝ドライフルーツ〟はありませんでした。そのすぐあとに扉の近くで寝ている陸仁も見つけたので、ビニールシート越しに体をひととおりまさぐるも、やはり〝ドライフルーツ〟

は出てきませんでした。

そこで楊さんは陸仁の殺害を決意し、ビニールシートで彼の口と鼻をふさいで窒息死させました。ここまでだったら、楊さんはビニールシートを破いて現場から離れ、陸家にはそれ以上何も起こらなかったはずです。しかし楊さんの脳裏に悪魔のような計画が生まれたんです……

メイドの日記を思い出し、嬰呪や復讐が頭を駆けめぐり……この件を復讐による連続殺人事件に仕立て上げられないかと考えたんです。殺人の動機もスケープゴートもすぐ近くに揃っているのだから、利用しない手はありません。罪から逃れるために、楊さんはすべてを劉彦虹と范　小　晴《ファン・シャオチン》になすりつけようとしたんです。

手始めに、陸仁の死を常識では説明できない密室殺人に変える必要がありました。そこで楊さんは陸仁の携帯電話を叩き壊しました。おそらく自分の不利になる写真や録音データが入っていたのでしょう。続けて扉を閉め、ビニールシートを回収して人知れずその場を離れました。そして徹夜で車を運転して、陸　文　龍《ルー・ウェンロン》が教えている医大へ着くと、そこから三つのへその緒の標本を盗み出し、戻ってきてそのうちのひとつを小屋の窓の外にぶら下げたんです。そうして呪いで幽霊がやったように見せかけました。

そしてビニールシートに范小晴のマニキュアを塗って、胎湖《タイフー》に捨てました。その後、私たちにそれとなく胎湖を捜索するよう差し向けて、警察に赤ん坊の骨とビニールシートを見つけさせたんです。ちなみに、犯行時に着ていた潜水装備はどこかで処分しているでしょう。潜水服の内側には自分のDNAが残りやすいから、ビニールシートみたいに湖に沈めて警察に発見させるということはできません。

しかし、劉彦虹の日記に書かれていたとおり、陸家で三人死なないことには彼女らは安心しないんです。願いをかなえたら劉彦虹は范小晴と心中するつもりでした。メイドを犯人に仕立て上げ、彼女らを罪から逃れて自殺させるために、楊さんはあと二人殺さなくてはいけなかった。そこで陸哲南《ルー・ジャーナン》と陸寒氷を選んだんです。

そう決めてから、楊さんは殺人計画全体を練り始めました。彼は〝二重の罠〟を打つ必要があった。メイドに対して、事件現場を不可解な様相にしました。事件が複雑怪奇になればなるほど、メイドたちは呪いの成功を信じて疑わなくなるからです。それこそ、何がなんでも現場を密室にしなければならなかった理由です。もう一方で、警察に対してマニキュアや糖衣チョコや足跡の除去といった偽の手掛かりを用意して、警察の視線をメイドに誘導させました。

陸哲南と陸寒氷が死ぬと、メイドたちは進んで命を絶とう決め、警察も彼女たちを重要な容疑者と見なします。そこで楊さんがすきを見て、日記にあった〝自白の手紙〟を破り、彼女たちの部屋にこっそり置けばすべて成功です。たとえば昨日の午後、陸礼のお見舞いに行くと言っていましたが、メイドの部屋に忍び込むことは可能でしたね。

最初の事件が公《おおやけ》になり、陸仁が密室の小屋で無惨な死に方をし、現場に一本のへその緒が残されていたことを知った劉彦虹は、呪いが成就したんだとあっさり信じます。思うに、陸仁を殺したあとすぐに楊さんはメイドと接触したんじゃないでしょうか。メイドたちに手紙を書いて、そのなかで自分のことを〝呪い師の使者〟とかと名乗ったんです。そして〝使者〟として、すでに〝嬰呪〟の〝地呪〟が効果を発揮するよう二人を手伝い、陸仁を呪い殺したと告げた。手紙のなかではまた、陸仁が死んだ現場の詳細な様子を書いて、メイドたちの次の計画を予言したんです。これでメイドたちに自身の〝呪力〟をあっという間に信じ込ませ、言いなりにさせた。それからはずっと手紙を通じてメイドたちに自身の犯罪の手伝いをさせ、彼女たちから陸家の情報をリアルタイムで受け取っていた。もちろん、メイドたちにとって、これらの作業も呪いには必要不可欠な条件でした。

たとえば〝釘は体に触れさせれば申し分ない〟という理由で、彼女たちに陸哲南の背中に嬰棺釘《えいかんくぎ》をくっつけるよう命令したこととか。〝呪いをかけているときは邪魔が入ってはいけない〟と言って彼女らに食事に睡眠薬を盛らせて、劉彦虹に夕食後ずっと自室で待機するよう命じたり、〝結界を閉じる〟などと言って、陸家から出たあと、彼女たちに窓やドアの鍵をすべて閉めさせたりとか。そして楊さんはその立場で劉彦虹に日記本を提出させ、今後書いてはならないと命じたんです。〝日記から二人の怨念を吸い取るため〟とかの理由をでっち上げれば大丈夫だったでしょう。呪いと幽霊の力を信じているメイドが相手なら、心理学的なテクニックを上手に使いさえすれば、彼女たちに多くのことをさせられたんです。またこれは彼女たちに向けられた疑いを強めることにもなりました。もちろんすべての手紙は楊さんの指示で、最終的に彼女たちに焼き捨てさせたはずです」

安縝の長々とした演説が終わると、梁良、冷璇《ロン・シュエン》、そして鐘可の脳内で陸家殺人事件の全貌がようやく明らかになった。

「きみが網にかかるよう、罠を仕掛けたんだ」安縝は立ち上がり、楊森のそばに近寄った。

「今朝、陸家で推理を披露して、きみの望みどおりメイドたちが犯人だと言いましたが、実は昨晩のうちに警察は彼女たちを保護していたんです。私と梁《リャン》さんに説得され、彼女たちも真相をしゃべりました。今日は森のなかで、彼女たちにひと芝居打ってもらったんです。彼女たちに死体を演じて木の下に寝てもらったのは、その光景を見せて本当に自殺したんだと信じ込ませるためです。

それから、冷璇さんにわざとレシートと日記帳の不審な点を言わせて、メイドが本当に日記帳をもう一冊持っていたんじゃないかと疑念を抱かせました。彼女たちが〝呪い師の使者〟と接触していたことを日記に書いていたり、連絡に使った手紙を燃やしていなかったりしたら、計画は水の泡ですから。それでここまで駆けつけて、警察が来る前に日記や他の証拠を処分するつもりだったんでしょう。

この地下室は劉彦虹と范小晴が超自然的な殺人方法を研究するために借りた場所です。きみも見たとおり、ここにあるのはどれも奇怪な道具ばかりです。陸家の調査をしていたとき、メイドを尾行してここまで来たことがあったから、この場所を知っていたんでしょう。

そして最後に言わせてください、楊さん、実は心のなかではずっと、真犯人がきみだと信じたくなかった。でも現実は本当に残酷です。だからこそ私は現実より漫画のお話のほうが好きなんです」

終章

1

甬道《ようどう》のような長い廊下を歩く安縝《アン・ジエン》の内心は複雑だ。右側の窓にかかる鉄格子が、灰色の床に規則正しい影をつけ、どこかへ続くはしごを思わせる。

安縝の腰はすでに完治し、もう問題なく歩けた。だいぶ歩いたと感じたときようやく、〝取調室〟のプレートが見えた。ドアのそばで梁良《リャン・リャン》がタバコを吸いながら彼を待っていた。

「禁煙したんじゃないんですか？」

「難しいんですよね。でもクスリよりマシです」梁良は遠慮なくタバコを吸いながら言った。「彼がなかで待ってますよ」

安縝が取調室の扉を開けると、囚人服姿の楊森《ヤン・セン》が座っていた。後ろには警察官が一人、立っている。

「楊《ヤン》さん」安緽は楊森の向かいの椅子に座った。

「まだ楊さんって呼ぶんですか？　いまのぼくは単なる殺人犯ですよ」楊森は普段どおりの話し方でほほ笑んだ。楊森が犯人だと明らかになってから、安緽にとって初の対話となる。

「この呼び方で慣れているので」

「昔に戻りたいな」

「薬物の密売に手を染めたときから、きみの人生は狂ってしまったんですよ」

「ふん、あなたから正論なんか聞きたくありませんね」

「正論じゃなくて正道ですよ」

しばらく黙ったあと、楊森がまた口を開いた。「安《アン》先生は困窮にあえぐ日々を過ごしたことがありますか？　ゴミ箱から残飯を漁る苦境が分かりますか？　優秀な編集者になって、毎日コツコツ真面目に働いて、仕事に命をかけたところで、収入なんか雀の涙程度です。有名人や金持ち、経営者と比べたら私なんか何者でもないですよ。

金が必要でした。有り余るほどの大金が欲しかったところに、陸仁《ルー・レン》がチャンスをくれたんです。やつから金を惜しげもなく使う面白さを教わり、欲しい物はなんでも買えるようになり、想像したこともないほどの贅沢を味わわせてもらえました。金さえあれば世のなかすべての悩みも不安も本当に解決してくれるんだって。考えようによっては、麻薬とほぼ一緒です。

しかしある日、さらなる財を手に入れようとしていた矢先に、陸仁が突然、足を洗うと言い出したんです……なんだそりゃって話でしょう？　ぼくを引きずり込んでおいて、自分はもらうもん手に入れたらおしまいってことですか？　問い詰めたら小屋に逃げ込んでやけ酒を飲み始めたんです。それで酒の勢いに任せて、これまでずっと間違ったことをしてきたが、もうすぐ二人目の孫が生まれるから善行を積んでこれまでの悪行をしっかり償いたいとのたまいました。そして警察に自首して洗いざらい話すとも。

そんなこと絶対にさせるわけにはいきませんよ。やつにはもうすでに一度、人生を狂わされているんだから、これ以上めちゃくちゃにされてたまるもんですか！　だからやつをなんとしてでも殺さなきゃいけなかったんです。

安先生の才能は想像をはるかに超えていましたよ。才能っていうのは漫画じゃなくて探偵のってことです。まさかぼくの犯行を暴くのがあなたになるとは、考えてもいませんでした。一分のすきもない推理には正直、脱帽です。推理のほとんどは問題ありませんが、ただひとつだけ、どうしても修正したい点があります」

安績は楊森の顔を直視しながら、「どこを？」と尋ねた。

「先生は本当にメイドに罪をなすりつけたいがためだけに、ぼくが陸哲南《ルー・ジャーナン》と陸寒氷《ルー・ハンビン》を殺したとお考えでしょうか？」楊森はいきなり顔を上げると、狂ったように笑った。「安先生、ぼくがあなたの一番の愛読者だっていうことを忘れないでください。ぼくは昔から、先生が描いたキャラクターになって、彼らのように心ゆくまま人を殺してみたいと思っていたんです！　陸仁を殺し、ぼくのなかの野獣が目を覚まし、殺しの才能が解放されたんです。罪を犯したいと切に願い、自分が人々の記憶に残ることを切望しました。どうせ陸《ルー》家の人間なんか全員死ぬべきなんです！　どうですか安先生、ぼくは次の作品に描かれる資格がありますか？」

安績は淡々と首を振った。「残念ながら、ありません」

2

数日後、新聞や週刊誌、そしてネットメディアが陸《ルー》家殺人事件を大々的に報道した。事件そのものもそうだが、女児を湖に投げ捨てて溺死させたという裏事情も徹底的に丸裸にされ、国じゅうが騒然となった。警察が捜査に介入し、事件の関係者である陸義《ルー・イー》と陸礼《ルー・リー》が逮捕され、王芬《ワン・フェン》の供述が決定的な証拠となった。そして呉苗《ウー・ミャオ》は赤ん坊殺害事件の主犯と見なされた。警察が病院で彼女の逮捕状の発行を待っていたところ、彼女はわめき散らしながら窓台に上って自殺すると脅した。しかし足を滑らせ、本当に二十階の高さから落ちてしまい、ミートソースと化した。

「もうすぐ八十になる老人なんだ。牢屋になんか入りたくない！」

「あなたは単なる殺人犯だ」

駅に間に合った梁良《リャン・リャン》の脳裏に、呉苗との最後の会話がこだました。

改札の前では、劉彦虹《リィウ・イエンホン》と范小晴《ファン・シャオチン》がスーツケースを手にそれぞれの養父母が暮らす町へ帰るところだった。

見送りに来た梁良を見ると、劉彦虹は虹のようにまぶしい笑顔を見せた。「梁《リャン》刑事、ありがとうございました」

「王《ワン》おばさまのこと、どうぞよろしくお願いします」隣の小晴《シャオチン》も梁良に頭を下げる。彼女は髪の毛を自分の好きな黄色に染めなおし、ツインテールから若さを放出している。

「大丈夫です。二人も元気で。じゃあまた」簡単な別れを告げ、梁良は二人に手を振りながら、彼女らがプラットホームへ向かうのを目で追った。

冷璇《ロン・シュエン》がホットコーヒーを手に梁良の背後に現われる。

「梁隊長、彼女たちを起訴しなくてよかったんですか？」

「二人とも運命に不平等を強いられたんだ。われわれは能力の許す範囲で、間違った運命をできるかぎり正すだけだ」梁良の言葉は普段の彼からは想像もつかなかった。

そのとき冷璇と梁良の携帯電話が同時に鳴った。電話を終えた二人は次の事件現場へ急いだ。

全国を震撼させた陸家殺人事件はついに幕を下ろした。

3

晴れた日の午後、再び陸屋敷を訪れた安縝《アン・ジェン》を迎えたのは陸文龍《ルー・ウェンロン》だった。

「安《アン》先生」陸文龍は安縝の手を固く握った。「今回、あなたがいなければ事件は解決できませんでした。父と二人の従弟《いとこ》もようやく浮かばれたことでしょう」

「とんでもない」

「しかし父が麻薬を売っていたとは、考えもしませんでした」

「お父さんは自分なりのやり方ですべての結果の責任をとろうとしたんでしょう」

いまの陸屋敷に住んでいるのは、陸文龍一家と執事、そして鐘可《ジョン・クゥ》だけだ。陸寒氷《ルー・ハンビン》が亡くなり、葉舞《イエ・ウー》も引っ越していった。真っ昼間だというのに、冷え冷えとした屋敷内は閑散としている。だがその寒々しい雰囲気も陸小羽《ルー・シャオユイー》の騒がしい声ですぐに打ち破られる。

「お子さんが生まれたそうですね？」

「ええ、女の子です」陸文龍はうれしそうに笑った。

「女の子？」

「はい。一家に女の子が生まれないことはかねて疑念を抱いていて……」陸文龍は口重そうに切り出した。「だから産婦人科の先生に頼んで、偽の超音波検査結果を出してもらって祖母たちの目を欺いていたんです。子どもが生まれたらここを引っ越すつもりでした」

「そうだったんですか。ご出産おめでとうございます」安縝は両手を組んで拱手《きょうしゅ》しながら尋ねた。「お名前は？」

「陸橙《ルー・チョン》です」

「いい名前です。きっときれいな女の子になりますよ」

「ありがとうございます」

「安先生」階段を下りてきた鐘可が安縝に声をかける。

「では二人ともゆっくりしててください。私は張《ジャン・モン》萌に会いに病院に行かなきゃいけないので」陸文龍は慌ただしく屋敷を出ていった。

「お腹減ってません？　一緒にアフタヌーンティーでもどうです？」

「いいですね！　じゃあこの前の日本料理屋にしましょう」食べ物のことになると、鐘可は快諾した。

4

「先生の編集者が犯人だったなんて、本当に思ってもいませんでした」鐘《ジョン・クゥ》可は海老《えび》天を口に入れ、陸《ルー》家殺人事件を振り返った。

「私も最初は思っていなかったですよ」この件に触れるたびに安《アン・ジェン》縝は少し心が苦しくなる。「でも、事件は解決しましたが……まだ解けていない謎が残っています」

「え？　謎って？」鐘可は目を剥いて、好奇心に満ちた視線を向けた。

「劉《リィウ・イエンホン》彦虹と范《ファン・シャオチン》小晴が、見知らぬ人物から手紙をもらって、自分たちの出生の秘密を知ったと言っていたじゃないですか」安䌹はレモンソーダを飲み、眉をひそめた。「その見知らぬ人物の正体は？　それにどうして陸家の秘密を知っていたのか？　王芬《ワン・フェン》に確認しましたが、自分は出していないと否定していました」

「うーん……」鐘可は海老を味わいながら天井を仰いで考えた。「神さまの導きとか？」

「私は無神論者です」

「でも解けていない謎といえば、わたしも思い出したことがあって……」彼女は突然不安な様子でしゃべり出した。「陸哲南《ルー・ジャーナン》の部屋の前で見張っていたあの夜、黒い影が北側の廊下に走り去るのが一瞬見えて……犯人がそのときもう部屋に潜んでいたんだとしたら、あの黒い影はいったいなんだったんでしょう？　本当に……赤ん坊の幽霊だったんじゃ？」

「疲れすぎて幻覚でも見たんじゃないかな？　それに近視は目に硝子体混濁ができやすくて、黒い影が映り込むことがあるんですよ」安䌹はすぐに合理的な説明をした。

「そうなんですかね……」鐘可は納得いかない様子だ。あの黒い影は網膜に映った幻影ではなく、実際に存在していたのだと疑わなかった。

安䌹がため息をつく。「そんなことは考えなくていいじゃないですか。もう過ぎたことです。悩みも解決したし、正式に『暗街《アンジェ》』の話に移りませんか？」

「分かりました。セリフはもう練習してきたので、明日、〈悦音《ユエイン》〉でリハーサルですか?」鐘可はついに大好きな声優業に復帰した。

「打って変わって積極的ですね。実際、最初に私がキャスティングの話を持ってきたときも、心のなかではとても喜んでいたんじゃないですか? 本当にツンデレ体質ですね」

「ツンデレじゃないです!」やがて天ぷらの盛り合わせが空《から》になった。「初めて会ったときは、ひと目をはばかって隅っこに座っているものだから、変な人だなと思いましたが、まさか鏡が怖かったなんて」

安縝は仕方なさそうに首を振った。

この話題になったので、鐘可は興味ありげに質問を続けた。「安《アン》先生はどうして鏡が怖いんですか? いつからそうなんです?」

「子どものときからですよ。十二歳からかな……鏡をまったく見られなくなったのは」

鐘可の手が突然止まった。「十二歳? 死のクロッキー画家に殺されたご近所を目撃したのもその年でしたよね?」

「ええ」

「そのことと関係があるんじゃ……ご近所の部屋にちょうど鏡があったとか」鐘可は憶測を述べた。

安績はなんとか思い出そうとしている。「言われてみれば、化粧鏡があったような。でも現場にそれがあっただけで、鏡恐怖症になんかなりますかね？」

鐘可の脳内に大胆な仮説がとっさに浮かんだ。「安先生はそのとき鏡のなかで、死のクロッキー画家の顔を見たんじゃないですか？　姿を見たんですよ！」

「それは……」

「そして先生はその記憶に蓋をしたんです。鏡を見ようとしないのは、その顔をもう一度見るのが怖いから……おそらく、先生が知っている顔だったんです」鐘可はつばを飲み込み、告げる。「死のクロッキー画家は、先生の身近な人物なんです！」

安績は瞬間、感電したかのように全身がしびれた。

訳者あとがき

初めて日本語に翻訳された孫《スン》・沁文《チンウェン》の作品は、二〇一五年に電子書籍として自費出版された短篇集『現代華文推理系列　第二集』（訳：稲村文吾）に収録されている「憎悪の鎚」でしょう。客を装って不動産業者を空き部屋まで案内させ、その場で殺して現場を密室にするという密室殺人事件が多発し、推理小説オタクの弟が刑事の兄の捜査に協力するというお話ですが、このときはまだ鶏丁《ジーディン》というペンネームでした。その後、二〇二一年九月号の《ミステリマガジン》に掲載された「涙を載せた弾丸」（拙訳）では、鶏丁（孫沁文）という表記になっています。この作品は、密室状態の地下室で頭蓋骨に穴が開いた白骨死体と壁にめり込んだ銃弾が見つかるという不可思議な状況から端を発した数十年に及ぶ復讐の物語が描かれています。

もともと鶏丁というペンネームで活躍していた彼が本名の孫沁文で作品を発表するようになった理由は不明ですが、一説によるとエゴサ対策（鶏丁《ジーディン》だと、鶏肉とナッツを炒めた宮爆鶏丁《ゴンバオジーディン》などの料理がヒットする）だと言われています。とは言え、彼を知る読者の大半はいまだに彼のことを鶏丁という親しみやすい名前で呼んでいて、自分もその一人です。しかしここでは混乱を避けるため、孫沁文と書きます。

一九八七年に上海に生まれた孫沁文は二〇〇八年から推理小説を書き始め、《歳月・推理》《推理世界》《最推理》など、当時隆盛を誇った中国のミステリ雑誌にいくつもの短篇を発表しました。二〇二一年時点で五十七本の短篇を書き上げ、うち四十四本が密室ものということから分かるように、彼は密室ものに並々ならぬ関心とこだわりを持っており、いつしか中国の「密室の王」と呼ばれるまでになりました。

本書『厳冬之棺《げんとうのひつぎ》』（原著タイトルは『凛冬之棺《リンドンジーグアン》』）は二〇一八年に中国で孫沁文名義として出版された、彼にとって初となる長篇ミステリ小説です。上海という大都市の郊外にさまざまな噂がついてまわる一家が暮らす大屋敷があり、そこの長子が入り口を水でふさがれた半地下の貯蔵室で窒息死体になっているのが見つかるものの、実はその貯蔵室は彼が死ぬずっと前から水没していた「水密室」だということが分かり、一介の刑事の手には負えない不可能犯罪事件となります。そこに有名漫画家でもあり、警察の非常勤似顔絵師としてこれまで何度も捜査に協力し、密室殺人事件を解決してきた安縝《アン・ジェン》が現われます。

彼は屋敷に暮らす新人声優の鐘可《ジョン・クゥ》の不安を取り除き、自身の漫画が原作のアニメのヒロインの声を演じてもらうために推理を買って出て、現場の様子と関係者の証言を絵に再現する手法を使ってあっという間に真相に肉薄するも、自身も危険にさらされることになります。そして彼がなぜ密室殺人事件捜査の専門家になったのかという過去の因縁も明らかになり、本書がシリーズ物として構成されていることがうかがえます。

日本同様中国でも、漫画家も声優も全員が稼げる職業ではありませんが、飛ぶ鳥を落とす勢いの安績とブレイク必至の鐘可の描写に、作者がその業界の前途に希望を持っていたことが分かります。その反面、推理小説家は作中で薬物依存症になっていたり自殺したりと散々で、何か恨みでもあるのではと疑ってしまいます。

中国屈指の大都市の片隅で暮らす旧家、打ち捨てられたセレブ向けの公園、男児しか生まれない家系、赤ん坊の呪いなどの薄気味悪い要素が密室殺人事件を不気味に彩っている一方、声優に憧れる若者やアニメ化を控えた有名漫画家が暮らし、スマホで車が呼べ、美味しい日本料理が食べられるという現代的な上海の生活風景が描かれ、この旧弊《きゅうへい》と新風を融合させた作者の試みは、日本の読者の目にきっと興味深く映るのではないでしょうか。

ところで、本作をすでに読んだかたの中には、赫子飛《ハー・ズーフェイ》という物理学の准教授とか、「モスマン事件」を解決した警官の王《ワン》といった作者の別シリーズの主人公が当たり前のように登場することにとまどわれたかもしれません。また「黒曜館事件」は中国の推理小説家・時晨《シーチェン》の小説のタイトルで、『今夜宜有彩虹《ジンイエイーヨウツァイホン》』は同じく推理小説家・陸燁華《ルー・イエフゥア》の作品です。原文にはいずれも注釈が書かれていませんが、滞《とどこお》りのない読書体験を提供するため、野暮を承知で訳者注を追記しました。中国のミステリ小説界隈は横のつながりが強く、また作者と読者の距離が近いです。中でも孫沁文、時晨、陸燁華は上海在住で同年代のこともあって仲が良く、ビリビリ動画でミステリに関するトーク動画を配信していたこともあります。こういった小ネタからも、同界隈の微笑ましさや親しみやすさを感じていただければ幸いです。

実は今年の五月、訳者は住んでいる北京から上海に旅行した際、時晨が経営している推理小説専門書店「謎芸館」に立ち寄りました。そこで偶然一日店長を務めていた孫沁文に『凛冬之棺』を翻訳していることを告げ、原著を読み終えたときからずっと聞きたかった「このシリーズに続きはあるのか」と尋ねたところ、「続刊はある」と自信満々の答えをもらいました。日本での反応が中国での続刊の発売をさらに後押しするはずですので、本書を手に取ってくださったかたがたには、この中国の「密室の王」の初長篇について忌憚《きたん》のない意見をいただけたらと思います。

二〇二三年八月

作中に、特定の病気に対する偏見ととられうる表現がありますが、原文を尊重し、忠実な訳語を採用しています。

災厄の町〔新訳版〕

Calamity Town

エラリイ・クイーン
越前敏弥訳

三年前に失踪したジムがライツヴィルの町に戻ってきた。彼の帰りを待っていたノーラと式を挙げ、幸福な日々が始まったかに見えたが、ある日ノーラは夫の持ち物から妻の死を知らせる手紙を見つけた……奇怪な毒殺事件の真相にエラリイが見出した苦い結末とは？　巨匠の最高傑作が、新訳で登場！　解説／飯城勇三

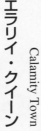

九尾の猫〈新訳版〉

Cat of Many Tails

エラリイ・クイーン
越前敏弥訳

次々と殺人を犯し、ニューヨークを震撼させた連続絞殺魔〈猫〉事件。〈猫〉が風のように街を通りすぎた後に残るものはただ二つ——死体とその首に巻きついたタッサーシルクの紐だけだった。〈猫〉の正体とその目的は？　過去の呪縛に苦しむエラリイと〈猫〉との頭脳戦が展開される。待望の新訳。　解説／飯城勇三

ハヤカワ文庫

さよなら、愛しい人

Farewell, My Lovely

レイモンド・チャンドラー

村上春樹訳

刑務所から出所したばかりの大男、へら鹿マロイは、八年前に別れた恋人ヴェルマを探しに黒人街の酒場にやってきた。しかしそこで激情に駆られ殺人を犯してしまう。偶然、現場に居合わせた私立探偵のマーロウは、行方をくらましたマロイと女を探して夜の酒場をさまよう。狂おしいほど一途な愛を待ち受ける哀しい結末とは？　名作『さらば愛しき女よ』を村上春樹が新訳した話題作。

大いなる眠り

The Big Sleep

レイモンド・チャンドラー

村上春樹訳

十月半ばのある日、マーロウはスターンウッド将軍の邸宅に呼び出された。将軍は、娘が賭場で作った借金をネタに、ガイガーという男に脅されているという。マーロウは男の自宅を突き止めたものの、建物の周囲を調べている間に、屋敷の中で三発の銃声が轟くのだった……探偵フィリップ・マーロウ初登場作の新訳版！

女には向かない職業

An Unsuitable Job for a Woman

P・D・ジェイムズ

小泉喜美子訳

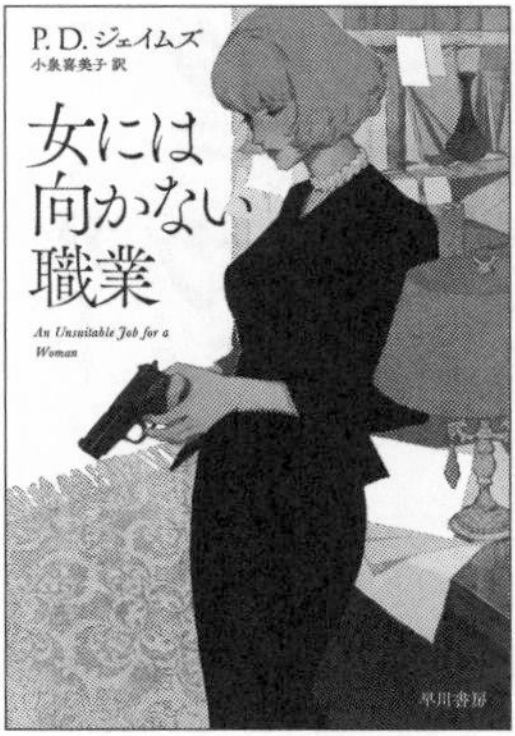

探偵稼業は女には向かない——誰もが言ったがコーデリアの決意は固かった。最初の依頼は、突然大学を中退して命を断った青年の自殺の理由を調べるというものだった。初仕事向きの穏やかな事件に見えたが……可憐な女探偵コーデリア・グレイ登場。第一人者が、新米探偵のひたむきな活躍を描く。解説／瀬戸川猛資

ハヤカワ文庫

コールド・コールド・グラウンド

The Cold Cold Ground

エイドリアン・マッキンティ
武藤陽生訳

紛争が日常と化していた80年代北アイルランドで奇怪な事件が発生。死体の右手は切断され、なぜか体内からオペラの楽譜が発見された。刑事ショーンはテロ組織の粛清に偽装した殺人ではないかと疑う。そんな彼のもとに届いた謎の手紙。それは犯人からの挑戦状だった！ 刑事〈ショーン・ダフィ〉シリーズ第一弾。

ハヤカワ文庫

サイレンズ・イン・ザ・ストリート

I Hear the Sirens in the Street

エイドリアン・マッキンティ
武藤陽生訳

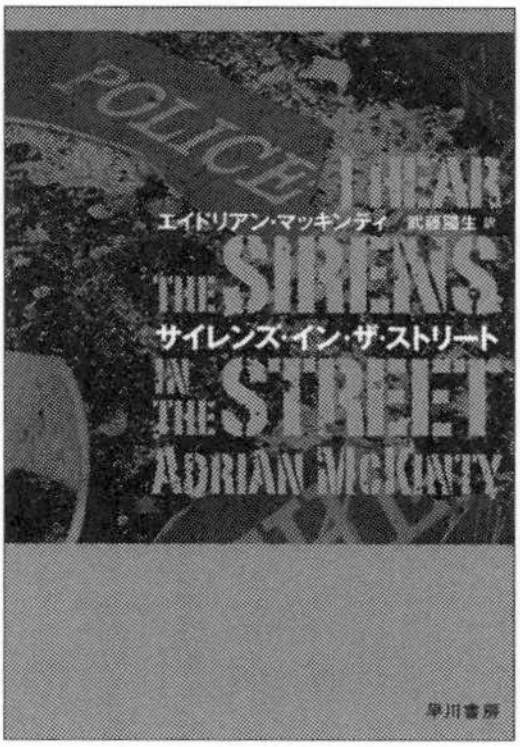

フォークランド紛争の余波で治安悪化が懸念される北アイルランドで、切断された死体が発見される。胴体が詰められたスーツケースの出処を探ると、持ち主の軍人も何者かに殺されていた。ふたつの事件の繋がりを追って混沌の渦へと足を踏み入れたショーン警部補に、謎の組織が接触を……大好評のシリーズ第二弾！

ハヤカワ文庫

ＩＱ２

Righteous

ジョー・イデ

熊谷千寿訳

亡き兄の恋人だった女性から、高利貸しに追われる妹ジャニーンを助けてほしいと頼まれた探偵〝ＩＱ〟。腐れ縁のドッドソンを伴い、彼女が住むラスベガスに赴くが、事態は予想よりも深刻だった。ジャニーンは中国系ギャングの個人情報に手を出し、命を狙われていたのだ。待望のシリーズ第二作。解説／丸屋九兵衛

ハヤカワ文庫

解錠師

The Lock Artist

スティーヴ・ハミルトン
越前敏弥訳

〔アメリカ探偵作家クラブ賞最優秀長篇賞／英国推理作家協会賞スティール・ダガー賞受賞作〕ある出来事をきっかけに八歳で言葉を失い、十七歳でプロの錠前破りとなったマイケル。だが彼の運命はひとつの計画を機に急転する。犯罪者の非情な世界に生きる少年の光と影をみずみずしく描き、全世界を感動させた傑作

ハヤカワ文庫

訳者略歴　北海学園大学人文学部日本文化学科卒，中国語文学翻訳家。訳書『時間の王』宝樹（共訳），『ガーンズバック変換』陸秋槎（共訳）（以上早川書房刊），『知能犯之罠』紫金陳　他多数

HM=Hayakawa Mystery
SF=Science Fiction
JA=Japanese Author
NV=Novel
NF=Nonfiction
FT=Fantasy

厳冬之棺《げんとうのひつぎ》

〈HM511-1〉

二〇二三年九月　二十日　印刷
二〇二三年九月二十五日　発行

（定価はカバーに表示してあります）

著者　孫《そん》沁《しん》文《ぶん》
訳者　阿《あ》井《い》幸《こう》作《さく》
発行者　早川浩
発行所　株式会社　早川書房
郵便番号　一〇一 - 〇〇四六
東京都千代田区神田多町二ノ二
電話　〇三 - 三二五二 - 三一一一
振替　〇〇一六〇 - 三 - 四七七九九
https://www.hayakawa-online.co.jp

乱丁・落丁本は小社制作部宛お送り下さい。
送料小社負担にてお取りかえいたします。

印刷・中央精版印刷株式会社　製本・株式会社フォーネット社
Printed and bound in Japan
ISBN978-4-15-185751-5 C0197

本書は活字が大きく読みやすい〈トールサイズ〉です。